Accommoder au safran

©2021. EDICO
Édition : JDH Éditions
77600 Bussy-Saint-Georges. France
Imprimé par BoD – Books on Demand, Norderstedt, Allemagne

Réalisation graphique couverture : Cynthia Skorupa
Photographie de couverture : © Maryssa Rachel

ISBN : 978-2-38127-155-2
Dépôt légal : mai 2021

Le Code de la propriété intellectuelle n'autorisant, aux termes de l'article L.122-5.2° et 3°a, d'une part, que les copies ou reproductions strictement réservées à l'usage privé du copiste et non destinées à une utilisation collective , et d'autre part, que les analyses et les courtes citations dans un but d'exemple et d'illustration, toute représentation ou reproduction intégrale ou partielle faite sans le consentement de l'auteur ou ses ayants droit ou ayants cause est illicite (art. L. 122-4).
Cette représentation ou reproduction, par quelque procédé que ce soit constituerait une contrefaçon sanctionnée par les articles L. 335-2 et suivants du Code de la propriété intellectuelle.

Maryssa Rachel

Accommoder au safran

JDH Éditions
Romance Addict

*À mon avis, c'est ça qui déglingue les gens,
de ne pas changer de vie assez souvent.*

Charles Bukowski

L'ENNUI

Avril.
Je n'ai pas envie de me lever. Je n'ai pas envie de me laver. Je n'ai même plus envie de me réveiller. Quelques rayons passent par les interstices des volets clos, ils me narguent. Qu'importe. Je suis si bien, là, allongée sous la couverture, les yeux fermés.

La maison est plongée dans un silence de plomb. Mon « mari » est parti travailler, et moi, moi, je me laisse aller.

Je n'ai goût à rien à part dormir. Lorsque je dors, je ne pense pas. Lorsque je ne pense pas, je vais bien. Sommeil anormalement prolongé. Hypersomnie.

Une fois les yeux ouverts, mon cerveau s'enclenche. « Go, vieille branche ! » Je n'ai même pas la force de fouler du pied la grosse couette épaisse.

Me v'là à lister toutes les choses que je dois faire aujourd'hui. Plus j'en ajoute, moins j'ai envie d'en faire.

***

Le chihuahua de la voisine aboie. Ce chien aboie constamment, mais personne ne dit rien, car madame Gontrand, maîtresse du chihuahua, est propriétaire de son appartement.

Quand on est propriétaire, on est quasi intouchable, surtout lorsque la résidence est majoritairement locative.

Je pourrais monter et gueuler après la Gontrand, car je suis également propriétaire, mais je ne le ferai pas, non pas par lâcheté, mais parce que j'ai la flemme…

Gontrand est professeur de littérature au lycée Jules Ferry, elle a appelé sa bête « Platon » ; ouais, c'est con…

Dans la rue, elle se donne de la contenance et de l'importance ; quelle classe, quelle culture que de hurler : « Platon, au pied ! Platon, dépêche-toi, fais caca ! »

Platon pue, Platon n'a plus de dents, Platon a le poil ras, Platon met des manteaux en laine l'hiver. Platon aime retrousser les babines et montrer ses gencives bordeaux-noires. C'est pas un sourire, c'est une mise en garde… « *Attention chien méchant.* »

***

Je suis toujours allongée, et je pense à Platon, je me demande dans quel état sera la vieille Gontrand lorsque son clebs sera mort. Elle le suivra certainement… Un appartement de dispo supplémentaire…

***

Si je reste trop avachie, je vais me choper des escarres et me ramollir.
Tiens, Platon n'aboie plus.
Dehors résonne le réacteur d'un ULM, ça doit être beau la vie vue d'en haut.

***

Je m'ennuie au lit, je m'ennuie dans ma vie, je m'ennuie avec mon mari, avec ses amis. Je sais bien que l'ennui est important, sauf quand il est imminent. À force de trop en bouffer, de l'ennui, je finis par faire une indigestion. Je crois que je suis en pleine dépression. Bore-out. Ras-le-bol général…
J'ai besoin de mouvement, de nouveauté, une sorte de tempête en pleine mer. Envie et besoin de bruit dans mes oreilles à m'en rendre sourde.
Mais j'ai peur… peur de quoi ? J'sais pas, mais j'ai peur…
Le silence est oppressant, pesant et étouffant.
Envie et besoin de faire la fête, de m'enivrer et vomir à quatre pattes dans les cabinets, la tête dans la cuvette.
Ma barque prend l'eau. Le lac sur lequel je navigue est pollué. J'étouffe dans ma cabane de vie aux murs trop épais, aux angles droits trop parfaits.

Je meurs à petit feu dans ma maison aseptisée. Je crève dans ma relation « amoureuse » qui m'opprime chaque jour un peu plus.

Mon jardin secret est en friche depuis trop longtemps. C'est ma faute, j'aurais dû l'entretenir, le désherber, le labourer. Impossible de faire pousser quelque chose sur une terre aride ! Les longues herbes folles de mon existence envahissent petit à petit mon âme, nourrissent petit à petit mes tourments, étouffent petit à petit mes rêves et mes passions. Me v'là « pouet », maintenant...

Trop de travail à faire dans le *jardin* de mon subconscient, j'ai baissé les bras.

Je m'assois, ou plutôt je m'allonge, et j'attends que ça passe. Je sais bien que j'ai tort, il ne faut pas attendre que quelque chose arrive, il faut se donner les moyens de concrétiser ses projets – encore faudrait-il que j'en aie. Paraît qu'il faut foncer à travers champs, quitte à se piquer les pieds et à marcher sur des objets tranchants. *J'ai attendu, le bonheur, j'ai attendu, et il n'est jamais venu.*

Je regarde crever les plus belles plantes, là, sous mes yeux. Je vois les fleurs se faner, les arbres se dessécher et je ne fais rien, rien. Je reste immobile, les fesses posées sur la dalle froide *à m'en choper des hémorroïdes.*

La peur paralyse mes pensées... *Kleenex...*

***

Le train-train quotidien m'use, me ronge, me crève.

Boulot, métro, dodo, petites sorties préparées une semaine à l'avance, car il faut tout planifier dans la vie ; il faut tout prévoir, jusqu'aux rouleaux de papier toilette qu'on empile dans le cellier, car « on ne sait jamais ». Peur de manquer.

Plus rien ne me fait rêver. Mon pied gauche est cloué au sol, je tourne en rond.

Laver les vitres, laver le sol, baiser vite fait, faire la poussière, ranger, faire à manger, nourrir le mari, travailler, s'occuper encore de la maison, inviter les amis, ranger encore la maison, baiser vite fait, passer à la Poste, passer à la banque et à la boulangerie, puis se faire baiser, vite fait, et s'emmerder, encore et toujours, et ne surtout jamais se plaindre.

Je passe mon temps à ne rien faire au lieu de sortir pour m'extasier devant l'existence et profiter de la vie qui peu à peu fout le camp.

***

Quand j'étais enfant, je ne me rendais pas compte que la vie était courte, je me pensais immortelle et ne me souciais pas du temps qui passe.

Ado, je traînais avec les copains, je traitais les plus de vingt-cinq ans de vieux cons en me promettant que jamais je ne serais aussi débile qu'eux en vieillissant.

À trente ans, je me suis laissé envahir par la routine. Comme beaucoup, je me suis même mariée… *quelle connerie.*

Avec mon mari, on a acheté une maison à crédit… évidemment. Petit à petit, je me suis laissé aller, lui aussi, d'ailleurs…

Aujourd'hui, j'ai plus de quarante ans, mes hormones font n'importe quoi, je me laisse dominer par mes humeurs ; tantôt heureuse, tantôt triste, tantôt au fond du gouffre.

Je réfléchis différemment. Je suis en pleine déconstruction. Pré-ménopause… le début de la fin… ou la fin du commencement. Oui, à un peu plus de quarante ans, on peut être pré-ménopausée, mais on n'en parle pas, car c'est tabou, la ménopause… Ben moi, je vais le dire, ben moi, je vais le hurler. JE SUIS SÛREMENT Pré-MÉNOPAUSÉE, ET JE T'EMMERDE…

***

Je passe mon temps à remplir le frigidaire comme je remplis les papiers inutiles que j'envoie aux administrations. Envoyer un nouveau RIB, faire la déclaration d'impôts, payer les factures, les réparations de la voiture, piocher dans le budget vacances pour remplacer le chauffe-eau, acheter des produits sous vide, des produits bio, changer de forfait téléphone – *sur le site internet, car dans les boutiques, c'est la merde* – récupérer le recommandé, coups de fil au banquier... je suis épuisée... *encore, oui, ça ne t'arrive jamais à toi ?*

Je remplis mon vide existentiel devant mon poste de télévision. Je m'invente une vie par procuration – *lalalilalalala ça me rappelle une chanson*... Parfois, la surconsommation, les distractions viennent panser ma petite misère, juste en surface... Sous le pansement, la plaie s'infecte.

Je gaspille mon temps, je gaspille ma vie. Je regarde les opportunités d'exister passer sous mon nez.

Quant à l'amour. Ah ! L'amour. Il a foutu le camp, une nuit, comme ça, pschitt. J'ai regardé le visage du mari, endormi. Bouche ouverte, il bavait... il fronçait les sourcils aussi, putain que je l'ai trouvé laid... J'ai soupiré. Je me suis rendu compte que je ne l'aimais plus. Vide sentimental.

Dans notre couple, plus de surprise, tout est calculé, tout est prévu, tout devient triste, monotone, routinier, chiant à en crever.

C'est ma faute, je n'ai rien fait pour essayer de me sortir de ce bourbier, je me disais que ça passerait et qu'après tout, je n'étais pas à plaindre.

Gentil époux, jolie maison, jolie voiture, les petits amis, sourire, encore sourire, faire semblant d'être épanouis, faire semblant d'être complices... Il paraît que pour vivre heureux, il faut vivre à deux. C'est faux, car je connais la solitude à deux. C'est terrible de se sentir seule avec un être à ses côtés.

Petite, j'avais des rêves plein la tête, des rêves trop vite jetés à la poubelle. Plus jeune, j'étais pleine d'énergie, d'humour, de joie de vivre, et en vieillissant, tout s'est évaporé dans les landes. *Faudrait que j'adopte un chihuahua, j'sais pas...*

Hier, l'amour renforçait mes ailes et me permettait de planer à trois mille mètres au-dessus des nuages. Aujourd'hui, je me désespère, je pleure, je détruis, je déchire, je subis l'existence. J'suis un boulet.

Mais c'est quoi, l'amour ? Un carton trop lourd rempli de déception, de douleur, de pleurs, d'un peu de joie, d'orgasmes éphémères et de furtifs moments de bonheur.

C'est con, l'amour… En face du miroir, dans le reflet de l'autre, je me voyais un peu, alors, je me sentais bien, je me sentais « amoureuse ». C'était juste une impression. Je ne sais pas si je parviendrai à être heureuse de cette façon.

Inconsciemment, je pensais que l'« Autre » pourrait combler le vide, le manque, le trou béant de mon âme – *à noter que je suis un peu névrosée, mais ça, tu l'auras déjà remarqué…* Puis je me suis réveillée. L'Autre n'est pas exceptionnel, l'Autre n'est pas un sauveur, l'Autre devient un « rien ». Je n'ai plus envie de faire d'efforts, je n'ai plus envie de me battre.

J'ai peur de moi-même, de ce que je suis, de ce que je veux, de ce que je vaux – *aux olives…* Je suis vieille avant l'heure.

Il n'y aura jamais d'« amour de ma vie ». On m'a fait croire qu'il existait, mais ce n'est pas vrai. On m'a blindé le cerveau avec des histoires d'« amour toujours » ; de « *once upon a time* ». Personne « vécurent heureux et eurent beaucoup d'enfants » – *ouais ça se dit pas, mais je fais ce que je veux, c'est MON histoire.*

***

Combien sommes-nous à flipper de la solitude, et à nous jeter dans les bras du premier venu pour éviter d'être seules ?

Combien de couples terminent leur relation dans la souffrance ? Souffrance proportionnelle au désir amoureux.

Combien d'amoureux ont-ils fini par se haïr à force de s'être trop aimés ?

Combien, comme moi, ont peur de tout ; peur de péter la bulle de confort, peur du changement, peur du vide, peur de la précarité, peur de la maladie, peur de la mort, peur des gens, peur, peur, peur… J'sais bien que c'est à cause de la peur si ma vie est aussi fade qu'une gelée au thé vert…

Avec mon mari, pourtant, ça n'a pas toujours été platonique, je serais hypocrite de dire ça.

***

Au début de notre relation, mon mari et moi passions notre temps à nous découvrir, à discuter, à rire et à faire l'amour… On se suffisait à nous-mêmes. Nous étions jeunes… et cons. On ne se souciait pas du lendemain, car nous étions deux pour supporter les douleurs du quotidien.

Au début, ça ne me faisait pas peur de vieillir à ses côtés, c'est plus tard que j'ai pris conscience des choses.

Aujourd'hui, quand j'imagine devoir passer le restant de ma vie près de lui, ça m'angoisse autant que lorsque je prends la dernière clope dans le paquet, un samedi à deux heures du matin – y a pas de tabac ouvert dans ma bourgade, le dimanche…

Le temps qui passe a fait chuter notre libido.

On a tellement fait l'amour qu'on a usé notre corps et notre sexe. On connaît d'avance tous les gestes et les soupirs. On se connaît trop bien.

Hier, on pouvait faire l'amour des heures, voire des week-ends complets… Aujourd'hui, ça nous prend cinq minutes montre en main. On le fait parce qu'il faut le faire, parce qu'on nous a dit qu'un couple sans sexe, c'est la mort de la relation. On a bien essayé de nouvelles positions, mais rien n'y fait, il bande mou et ma chatte s'assèche – *c'est très difficile à dire, « ma chatte s'assèche »*…

J'ai essayé beaucoup de choses. J'ai même appliqué à la lettre les conseils de mon amie Jessie. Elle me disait d'imaginer des trucs pendant qu'il me faisait l'amour. De me faire des petits films cérébraux. Ah ben ça, pour m'en faire, je m'en suis faits… *Marie à la piscine, Marie à la plage, Marie en discothèque, Marie se tape le buraliste de l'avenue Albert Einstein, Marie est jolie, Marie sent bon, elle danse Marie, elle danse…*

T'façon, j'ai beau essayer d'imaginer quelqu'un d'autre que mon mari dans le lit, j'ai beau essayer d'imaginer des situations excitantes, rien n'y fait. Tout me ramène à lui ; son odeur, sa voix, ses râles trop familiers ; sa façon de planter dans mon ventre ses doigts avant d'introduire sa demi-molle recouverte de lubrifiant.

Je connais déjà tout de cet autre qui m'épuise. Je m'asphyxie, comme si des chaînes trop lourdes m'avaient enveloppée ; comme si des cordes tranchantes se resserraient, chaque jour un peu plus, à m'en compresser la poitrine... *Qu'est-ce qu'elle faisait, Marie, avant de mourir ? Hééé hééééé héééééé – onomatopées d'étouffement...*

Les jours, les mois, les années s'écoulent. C'est triste la vie de couple quand on n'a plus rien à se dire, plus rien à découvrir.

***

Mon mari s'appelle Ludovic, tout le monde l'appelle Ludo. Il me faisait rire, mais ça, c'était avant. Je me souviens de cette époque où nous passions des heures à refaire le monde, le cul posé sur notre canapé Ikea, acheté en période de soldes. C'est tellement loin, tout ça.

À l'époque, j'avais le cœur qui tombait en bas du ventre lorsqu'il me serrait fort dans ses bras ou qu'il m'embrassait passionnément. Je ne le connaissais pas et j'avais tout à apprendre de lui, et lui, tout à apprendre de moi. Je pensais qu'il était l'homme de ma vie ; lui pensait que j'étais la femme de sa vie ; nous partagions nos joies et nos peines, nos espoirs et nos désillusions.

Aujourd'hui, nous ne partageons plus rien à part le repas du soir et le lit conjugal. Nous sommes là, mais nous sommes invisibles ; nous ne nous voyons plus, nous parlons, mais nous ne nous entendons pas. *« Là on me voit, là on me voit plus, on me voit, on me voit plus, on me voit un peu, on me voit plus, on me voit. »*[1]

---

[1] *Astérix et Obélix : Mission Cléopâtre*, le film... J'ai de super bonnes références cinématographiques...

Le prince charmant s'est transformé en crapaud. À son contact, j'ai des éruptions cutanées.

Je pourrais trouver un travail qui me plaît et qui me rapporte un salaire mensuel fixe, mais à mon âge…

P'tain, je ne suis pas sortie de l'auberge… *rouge*…

LE MARI

Ludo a plus de quarante ans, comme moi, peut-être en Préandropause.

Bel homme, paraît-il, je ne sais pas, je manque d'objectivité, car je le connais trop. Je passe tellement de temps avec lui qu'il est devenu familier, trop familier, comme la cuillère à soupe, l'assiette creuse ou le verre-cantine – *tiens, j'ai vingt-deux ans...*

J'essaie de retrouver le jeune homme libre que j'avais connu. Le jeune homme rieur et plein de vie, celui qui avait encore des cheveux, une barbe pas taillée, un mec qui se moquait de savoir si la mode était au blanc, à l'orange ou au noir ; un gars qui se battait pour sa liberté, un homme qui était plein d'idées et de convictions que je partageais. L'homme s'est transformé en « quelque chose », en acteur de vie ; en petit robot, en pantin ridicule. Il s'est laissé absorber par la vie en société. Il ressemble à tout le monde, aujourd'hui.

Au début, Ludo avait un corps d'athlète, il s'entretenait. Je ne suis pas seule à m'être laissé aller.

Depuis qu'il travaille en tant que commercial, il a pris plus de 10 kilos. Les restaurants à gogo, le manque d'exercice physique, le manque d'amour, le manque de tout, ont gonflé son ventre. Il n'a pas choisi son travail, c'est plutôt le travail qui l'a choisi.

Il n'a pas eu le choix, car il faut bien le remplir ce frigidaire.

Ludo voulait être comédien. Il a suivi les cours Florent avec passion et conviction, mais personne ne s'est intéressé à lui, il était complètement invisible. Il manque de charisme, Ludo. Ses rêves se sont effondrés. Il a pris le boulot qu'on lui a proposé sans broncher, et il s'est oublié.

Aujourd'hui, il n'a plus de passion, même pas pour les oiseaux. Il adore lire le journal, il gueule tout le temps contre tout, alors qu'il ne comprend rien à rien.

Il gueule contre la société qui « n'a que des problèmes », contre la politique, contre les gens trop cons qui n'ont rien compris. Il n'a plus de principes, il vote à droite parce qu'il dit que c'est mieux pour tout le monde. Ça fait bien de faire semblant de comprendre quelque chose à la politique. L'impression d'avoir un pseudo contrôle sur les évènements, et ça donne l'occasion de se plaindre et de gueuler après les élections… « Ah, j'aurais su, j'aurais pas voté pour lui » *nia nia nia*. Moi, je ne vote plus depuis des années… J'ai compris que ça ne servait à rien…

Il a changé, Ludo, il est passé du blanc au noir, d'un esprit éclairé et libre à étriqué du ciboulot. Il devient de plus en plus stupide, il régresse. Ce n'est pas sa faute, c'est la faute à la vie, la faute à la société, aux publicités, aux médias qui nous enfument le ciboulot.

Il dit qu'il n'est pas homophobe en prétextant que lorsque nous étions jeunes, nous fréquentions Jean-Chri, « tu te souviens à quel point j'aimais bien déconner avec lui ? » qu'il m'avait dit avant de continuer : « Alors comment veux-tu que je sois homophobe, je dis juste qu'ils n'ont pas besoin de s'exposer et encore moins de se marier. » *Ta gueule, Ducon…*

Il dit qu'il n'est pas xénophobe, qu'il est très ami avec Momo l'épicier au coin de la rue, ce qui, pour lui, excuse aisément ses propos racistes. Il dit qu'il aime bien les « jaunes » et les Portugais, qu'il a juste un peu de mal avec les Arabes et les noirs qui bouffent le pain des Français.

Il dit qu'il n'est pas macho, mais je dois rester à la maison, pour préparer le repas, laver ses caleçons et ses chaussettes. Il veut que la maison soit propre, puisque je n'ai que ça à faire de mes journées, astiquer, astiquer, astiquer.

Il voudrait que le service militaire soit de nouveau obligatoire, ce qui permettrait aux jeunes d'apprendre la vie.

Il voudrait qu'on revienne aux francs, la vie était tellement plus belle avant.

Il est contre l'avortement, même s'il ne s'agit pas de son corps. On galère tellement pour avoir un enfant.

Il a peur de ce qu'il ne connaît pas et ne maîtrise pas. Il est devenu abject, bon à quitter sans remords ni regret.

Il ne comprend jamais rien, Ludo, je suis obligée de tout lui expliquer, lentement.

Il hurle en levant les bras au ciel ; ça fait du bien de crier en gesticulant et grimaçant lorsqu'on n'a rien à dire.

Il aime faire cuire la viande sur le barbecue, l'été. Ça lui donne de l'importance de penser qu'il est le roi de la saucisse. L'été, parlons-en de l'été... Il porte toujours son tee-shirt CIC et son short pourri, il dit : « Ça fait du bien d'être décontracté. »

Il rigole en éructant bruyamment après avoir sifflé sa bière. Car c'est classe, pour lui, un homme qui rote, qui pète... Par contre, la femme a juste le droit de se taire.

C'est toujours la même chose, on joue à être des gens bien, normaux et attentionnés, alors qu'on est deux paumés, des mauvais joueurs de vie, deux vieux cons aigris par la vie.

***

Il est là... tout près de moi. Regarde-moi ça... il est assis, ou plutôt avachi sur le canapé. Il pose sa main sur son estomac, il rigole et il me dit : « T'as vu ça un peu ? Je deviens vieux... » Après quarante ans, on est tous sur la pente descendante.

***

La semaine, Ludovic est en costard-cravate, et le week-end, il met son vieux jogging déformé. Moi, du lundi au dimanche, je traîne en peignoir qui pue. *Si t'en as marre du descriptif des personnages, t'as qu'à passer au chapitre suivant...*

Ludovic n'aime pas sortir de chez lui, il me dit : « Je sors assez la semaine. » Je reparle de lui, encore de lui, et lui, lui, lui... Il me fatigue, même quand il n'est pas là...

Il déteste les boîtes de nuit, les livres, l'art, le ciné et les concerts. Lorsqu'il était jeune, tout était différent. On jonglait entre les festivals avec un sac sur le dos. C'est le jour où il s'est rendu compte qu'il ne pourrait jamais vivre de sa passion qu'il a rejeté l'art en bloc.

Il a eu peur de l'échec, il ne s'est jamais battu…

Terminés les expositions, les galeries d'art, les festivals… Tout ça, c'est trop difficile pour lui. Difficile d'être confronté à son échec, l'égo en prend un coup. À l'époque, il aurait pu s'accrocher, mettre toute sa bonne volonté et aller jusqu'au bout des projets qu'on lui proposait. Mais il a préféré la facilité. La facilité, pour lui, c'est le salaire mensuel, les tickets-restaurant, la mutuelle d'entreprise.

***

Tous les soirs, à dix-neuf heures trente pétantes, l'homme rentre à la maison. Comme tous les soirs, il jette sa pochette sur la table, me salue d'un signe de tête. Le repas est prêt, on s'installe sur le canapé. On regarde la *Nouvelle Star* à la télé. Après manger, je lui prépare son café, et moi un thé. *Quelle vie formidable…*

Il me dit : « Elle est belle ma vie à tes côtés. » *Tu parles…*

Parfois, il gueule histoire qu'on se prenne un peu la tête. Il râle comme il râle en regardant les actualités. Il râle histoire que nous ayons un semblant de vie et de communication. Il râle pour me dire « t'as pas vidé le lave-vaisselle », « t'as oublié de prendre le lait ». *Nanani nanana…*

Je devrais parvenir petit à petit à le remettre à sa place, mais je n'y arrive pas encore.

Ça me fatigue de penser aux esclandres qui suivraient si je disais le fond de ma pensée.

Je me trouve mille excuses pour ne pas changer, pour ne pas sortir de ma bulle confort. Je prétexte la fatigue, je prétexte la « non-envie », je prétexte tout et n'importe quoi. La seule chose qui m'empêche d'avancer, c'est la peur, la peur du changement à venir, *mais ça, si t'as suivi, je l'ai déjà dit…*

Comment parvenir à être heureuse si je ne parviens pas à m'affirmer ?

***

Comme tous les soirs, à la fin du programme télé, plus de surprise, on se couche dans le lit aux draps frais qui sentent bon l'assouplissant – *J'suis Minidou, aussi doux qu'un petit nid d'oiseau.*

Allongés l'un contre l'autre, on s'embrasse sur la joue et on se dit « bonne nuit ». *Manque plus que le dentier dans le gobelet sur la table de nuit...*

Par réflexe, je me blottis contre son corps.

Je me blottis contre lui l'hiver quand j'ai trop froid. Je plaque mes pieds contre ses jambes. Il sursaute, il me dit : « Tu as les pieds froids. » Je me colle contre son corps pour me réchauffer, même si je ne supporte plus son odeur.

Je me colle pour ressentir un peu de chaleur, et lorsque je n'ai plus froid, je me tourne de mon côté et je l'écoute ronfler.

Nous sommes tous deux responsables de notre déclin sentimental.

***

Ah ! Il est beau le portrait que je viens de faire du mari...
Ah ! Il est chiant celui que je viens de faire de notre vie...

ABDICATION

Un jour de mai – midi.

Ludo est parti travailler depuis plus de trois heures, je suis seule à la maison.

Seule dans ces conditions, ça m'arrange bien, je ne supporte plus sa présence.

Treize heures trente.

Je m'assois dans le lit. Oui, encore le lit, mon meilleur ami.

J'ouvre un œil, puis deux ; *pour voir, c'est mieux*. Je bâille, je m'étire. Je pose un pied par terre, puis le deuxième ; *pour marcher, c'est mieux*. J'ouvre la fenêtre et les volets. Tiens, il va faire beau aujourd'hui. Pour ce que j'en ai à foutre.

J'aère mon lit, réflexe. Il y a les traces de nos ébats de la veille. Dix minutes, une fois par mois, c'est bien suffisant.

Je ne compte plus les fois où j'ai pleuré après l'amour. Je ne compte plus les fois où je lui ai dit que je n'avais pas envie, mais que, pour avoir la paix, j'ai fini par céder. J'ai rarement du plaisir, j'ai souvent simulé. Il paraît que nous sommes nombreuses dans ce cas-là, à encore subir le « devoir conjugal », comme disait ma grand-mère. Faut que ça cesse… merde…

Ludo n'a jamais été un bon coup. La levrette est sa position favorite. « Chéri, enfonce-moi ton kiki, ça y est, je jouis. » Mais « avant », je trouvais ça bien. Mon corps le réclamait. Ce n'est plus le cas aujourd'hui.

Je fais toujours semblant de jouir avec Ludo… Une fois qu'il a terminé, je me lève, je vais prendre une douche, puis je retourne me coucher.

On n'est même pas capables de faire un enfant. Ça fait des années qu'il éjacule dans mes ovaires ; des années qu'il éjacule dans le vide ; des années qu'aucun spermatozoïde n'a réussi à franchir le cap de l'ovule. Pathétique.

Il me disait : « Le problème vient de toi. » Le problème vient toujours de l'autre. J'ai culpabilisé le temps d'attendre les résultats des analyses. Puis le docteur a dit que son sperme n'était pas assez « actif ». Un sperme inactif, ça pète la virilité.

On a pensé à l'insémination artificielle, mais on n'a jamais le temps. L'adoption, n'en parlons pas… On n'a jamais le temps, car, la semaine, on bosse, et le week-end, on regarde la télé.

***

Je vais dans la salle à manger, je me fais tourner un café, j'allume mon ordinateur portable. Je fais les choses par réflexe, tout par réflexe, même me connecter sur mon réseau social est devenu un réflexe. *Comme toi… dis pas le contraire, je te vois…*

Je perds une heure en babillage et en lynchage avec les copines ; je mate la vie des gens, je perds mon temps. Quand je vais aux toilettes, je ne bouquine plus, et je ne réfléchis plus à ma vie, je vais sur Internet.

Après n'avoir rien fait, je me fais tourner un deuxième, puis un troisième café, j'allume la télé-copine ; la vaisselle dans l'évier est empilée. Le lave-vaisselle m'a lâchée le mois dernier. Je tourne en rond, je pousse du pied quelques moutons.

Je m'assois sur le canapé, je mets mes pieds sur la table, je m'allume une cigarette, je sais que Ludo déteste quand je fume. Je profite toujours de son absence pour faire ce que je veux. Moi qui me pensais libre, je me rends compte que je suis complètement dépendante.

Deux heures avant qu'il rentre, j'aère la maison et je mets du spray « qui sent bon » – fabrication maison[2]. J'asperge les coussins, les rideaux, la moquette, les tapis. Puis, quelques minutes avant qu'il rentre, je me brosse les dents énergiquement pendant quatre minutes, je me gargarise avec un bain de

---

[2] *Recette de grand-mère ; un dixième d'assouplissant, huit-dixièmes de flotte et un dixième de vinaigre blanc… ça peut te servir…*

bouche puissant, je change de vêtements sans prendre de douche, et j'attends.

Ce paragraphe est aussi chiant que ma vie...

Ludo n'a jamais senti que je fumais, il est bien trop absorbé par sa petite personne pour se soucier de moi... *Me voilà à me victimiser, je m'auto-saoule.*

Un jour, j'avais oublié de vider le cendrier. Il m'a regardée, il a froncé les sourcils comme s'il voulait m'engueuler et m'a dit : « Dis donc, tu n'as pas repris la cigarette ? » Question rhétorique à la con. « Bien sûr que non, c'est Jessie qui est passée à la maison », je lui avais répondu.

Il n'y a rien de plus facile que mentir. Mais ça, je l'ai appris avec le temps. Bref, Ludovic m'a tendu les bras, fait un gros câlin et caressé la tête avec sa main droite en me susurrant : « C'est bien, poussin, il ne faut pas reprendre cette saleté. Je t'aime. » Au début, j'aimais bien son côté paternaliste, ça me rassurait, mais à la longue, ça m'a gonflée.

Je ne sais pas ce que je vais faire de ma journée. Je n'ai pas envie de sortir, car qui dit « sortir » dit « se laver », et je n'ai absolument pas envie d'aller me laver.

Je me laisse aller, Dieu, que je me laisse aller... Je ne vais plus chez le coiffeur, je m'habille comme un sac.

Dans mon tiroir de sous-vêtements sont pliées en quatre des culottes délavées en coton, bien souvent sans élastique, avec des fils qui partent dans tous les sens[3]. Je m'en cogne. Je ne mets plus de dessous chics pour des soirées chocs, je n'ai plus envie de faire d'efforts. Faut dire que les soirées chocs... enfin, voilà quoi...

Dans mon armoire, deux vieux jeans se battent en duel, des tee-shirts datant des années 2000 bouffés par les mites, quelques vieux gilets et pulls miteux *et mes chaussettes rouge et jaune à p'tits pois*. Je ne possède qu'une seule « jolie tenue » que

---

[3] *Les copines et moi, on appelle ça « nos culottes de règles ».*

j'ai emballée dans un plastique. C'est ma tenue pour les *grandes occasions*, même si j'en ai peu. À quoi bon s'habiller en princesse pour traînasser à la maison ?

Je n'attends pas seulement le week-end pour faire grève de la savonnette. Peu m'importe de sentir mauvais, au contraire, ça m'arrange, au moins, je suis certaine que Ludo n'aura pas envie de mettre son nez entre mes cuisses.

Je ne me rase plus non plus, j'ai le persil qui sort du cabas, des jambes de yéti, des oursins sous les aisselles.

Je suis une femme qui s'émancipe, par étapes. J'apprends à me libérer des codes esthétiques qui empoisonnent la vie… menteuse que je suis… ça n'a rien à voir avec une quelconque émancipation, c'est juste que je n'ai pas envie…

Je ne vois pas pourquoi je devrais passer mon temps à « souffrir pour être belle », alors que mon mari, lui, se la coule douce. Quelle perte de temps que de passer trois heures dans la salle de bains à me faire saigner les guiboles et le maillot pour être présentable. Les jambes abîmées, la chatte en feu, il n'y a rien de bien séduisant, en fait. Les contraintes contrôlent nos faits et gestes.

Je fais croire à tout le monde que je suis une guerrière, de celles qui se battent pour la liberté des femmes ; mais je ne suis juste qu'une pauvre nana qui se laisse aller. Si j'étais féministe, je me battrais pour être libre, je ne serais pas dépendante de mon mari, je ne serais pas mariée non plus ; si j'étais féministe, j'aurais pris un appartement juste pour moi, et même si j'étais tombée amoureuse, j'aurais gardé ma petite île précieuse, je ne l'aurais pas quitté pour m'installer avec « Lui ».

***

Je ne connais plus la chaleur du feu de la passion ; mon cœur ne s'emballe plus lorsqu'il me dit « je t'aime ». Inconsciemment, j'essaie de me convaincre que tout peut être comme avant.

« Je t'aime », c'est si facile à dire, mais à penser, à ressentir, c'est autre chose, et à prouver, c'est encore plus difficile.

On dit « je t'aime » comme on dit « j'ai envie de chier », ça sort tout seul.

On dit « je t'aime » pour dire « fous-moi la paix » ; ou pour dire « je suis bien avec toi, là, à cet instant ».

On dit « je t'aime » pour combler les silences.

On dit « je t'aime » par habitude.

On dit « je t'aime » pour avoir la paix.

On dit « je t'aime » pour ne pas faire mal, pour ne pas blesser.

Mais quand on aime vraiment, on n'a pas besoin de dire « je t'aime ».

Le « je t'aime » se lit dans les yeux. Le « je t'aime » ne se chuchote pas, ne se raconte pas. Le « je t'aime » se vit, se ressent, tout simplement.

Je ne ressens plus le « je t'aime ».

Je deviens chaque jour un peu plus mélancolique, un peu plus triste. Je m'enfonce peu à peu dans une sorte de dépression sentimentale. *Kleenex 2, le retour…*

Je me sacrifie, je sacrifie ma vie, je passe à côté de plein de choses qui me permettraient de me sentir vivante. *Passe-moi une corde… que j'en finisse.*

Nous supportons la vie, dans une prison dorée, sans érotisme.

***

Elles sont longues mes journées. Bon sang qu'elles sont longues… pfff.

Ah ! j'ai oublié de dire que je ne suis pas uniquement femme au foyer, M'sieurs-Dames, j'ai un petit métier. Je travaille à la maison, je suis *pigiste* dans un petit quotidien montpelliérain.

***

Une semaine, un mois, une année, les jours s'écoulent et se ressemblent, et moi, je n'avance plus, je me traîne, je vais péter un câble, ça va faire mal.

LA DISPUTE

Ludovic rentre un peu éméché. Un jour, il va se faire retirer son permis de conduire. Entre les excès de vitesse et l'alcool au volant, ça lui pend au nez. Parfois, il a l'impression que rien ne peut lui arriver.

Il vient de passer la soirée avec son patron, un contrat à signer ou une augmentation, je ne sais plus, je m'en fous… Ils ont discuté de tout ça autour d'un verre, et comme Ludovic ne sait pas dire non, il s'est laissé aller à boire un ou deux verres de plus…

***

Je suis assise sur le canapé avec un pot de glace à la crème vanille sur les genoux. *Miko et jolie côn_ne…*

« Quelle soirée ! » me dit-il en riant. Il se sent tellement bien qu'il ne se rend pas compte que moi, je ne vais pas bien. En fait, il s'en moque, à partir du moment où je suis toujours à la maison. Pour lui, tout va pour le mieux dans le meilleur des mondes…

— Mon boss m'a proposé de partir une semaine, en juin, pour une formation sur Paris, je pense que je vais avoir une bonne augmentation… il me dit en soupirant et en bâillant, bouche grande ouverte.

— … Je m'en fous, je chuchote.

— Quoi ?

Mon nez pique, les larmes me montent aux yeux, je déborde. Il perd patience et commence par hausser le ton en me répétant : « Quoi tu t'en fous ? Ça veut dire quoi ça ? » Ah ! Il joue au mâle… *pourtant, il n'a pas d'Audi…*

N'en pouvant plus, je me laisse à mon tour aller à la colère. Alors, je crie aussi. Je renverse mon pot de glace, la goutte d'eau qui fait déborder le vase.

***

Je fais une petite parenthèse... Une femme qui hurle est traitée d'hystérique, mais un homme qui hurle, c'est normal. Même le terme d'hystérique a été inventé par l'homme. Il a été évoqué la première fois par Hippocrate pour décrire une maladie de femmes. Pour dire que ça remonte à très, très loin... Les psychiatres soignaient les hystériques par le sexe. N'y a-t-il rien de plus dégradant pour une femme ? J'ai fait un dossier là-dessus il y a des années, j'aime bien étaler ma culture, parfois...

Je pense à mes sœurs, au nombre de femmes violées et abusées par la gent masculine. Sous couvert d'une supposée maladie imaginaire, inventée par l'homme, la femme était objet. Une femme doit se taire, ne pas s'affirmer, elle doit encore et toujours encaisser. Je suis à bout. *Je ferme la parenthèse...*

***

Je me suis assise et j'ai pris le temps de respirer, histoire de rassembler mes idées.

J'ai une grosse boule au fond de la gorge. Je lui dis : « Il faut qu'on parle, Ludo... »

C'est jamais bon le « faut qu'on parle », ça présage toujours un orage.

Il est debout devant moi. Je lui dis : « Assieds-toi... et écoute-moi, sinon, nous n'arriverons jamais à avancer. »

Il me regarde, l'air à la fois inquiet et en colère. Il frotte son avant-bras, anxieux. Il passe sa main sur sa tête. Il fronce les sourcils. Il pince sa lèvre inférieure. « Quoi ? De quoi veux-tu qu'on parle ? », il me demande.

Je respire un grand coup, je lui dis que mes journées sont longues et que je m'ennuie. Je lui dis que j'en ai marre de cette vie monotone, stérile.

Je lui dis : « Je ne suis pas faite pour faire la popote, je suis fatiguée, Ludo, je suis fatiguée. » Alors, il arrête de parler, il fait semblant de m'écouter. Puis, son visage se ferme et il se remet à crier. « Mais c'est ton problème. Ce n'est pas moi qui t'empêche de trouver un travail normal… Inscris-toi donc dans une agence d'intérim, tu trouveras vite, et ainsi tu pourras avoir une vie professionnelle normale et on aura plus d'argent pour se divertir… AH ! On la ramène moins, la "j'en ai marre, je suis fatiguée, nia-nia-nia". » *J'ai envie d'enfoncer mes deux index dans ses deux globes oculaires…*

Au début de notre relation, il me poussait à ne pas abandonner l'écriture, tout s'est évanoui.

Je crie plus fort que lui en agitant les bras moi aussi. Ce n'est pas compliqué de faire le pantin.

Je dis : « Tu m'emmerdes, Ludovic, j'étouffe. Avec tes manières de vieux, notre vie monotone. On ne voit plus personne. Tu me dis de retourner travailler ? Ne crois-tu pas que je travaille déjà assez ? Entre le ménage, la popote, mes articles à rédiger, j'ai à peine le temps d'aller pisser. Crois-tu que je m'éclate à écrire des articles sur la vie sexuelle des morpions, ou sur les bas de contention de tatie Huguette ? … Oh, puis, après tout, tu as raison, Ludovic, je vais reprendre mon indépendance. Tu hurles sur tout et surtout pour rien. Tu saoules tout le monde, Ludovic. N'as-tu pas remarqué que tous nos amis te fuient ? Tu te plains le soir, lorsque je n'ai pas envie de préparer à manger, mais si tu as faim et que rien n'est prêt, tu n'as qu'à mettre la main à la pâte, bon sang… Il en va de même avec ton linge. Tu veux des slips propres ? Des chaussettes propres ? Fais tourner la machine, ce n'est pas compliqué de tourner un bouton, tu verras, je t'expliquerai s'il le faut. Ludovic, je ne supporte plus de jouer les boniches. Oh ! Oui ! Je vais la reprendre en main, ma vie. Maintenant, quand j'aurai envie de sortir avec mes copines, je ne culpabiliserai plus et je sortirai. Monsieur n'aime pas les boîtes de nuit, Monsieur n'aime pas sortir, Monsieur n'aime pas les gens, Monsieur m'EMMERDE, tu m'entends ? Monsieur m'Emmerde. »

Je termine là-dessus, avant de tourner les talons et de quitter le salon. Dans la chambre, sur le lit défait, j'éclate en sanglots. Je ne sais pas s'il a tout compris, s'il a fait semblant de comprendre ou s'il n'a rien compris du tout.

Il me rejoint dans la chambre, penaud. Il s'assoit à côté de moi. Il pose sa main sur ma cuisse. Il me dit :

— Je suis désolé. On pourrait trouver des solutions, tu penses ?

— Je n'en sais rien, je me demande si tout n'est pas trop tard.

— Non, on peut toujours trouver des solutions.

— Donne-moi un exemple concret, je t'écoute, je lui dis sans même le regarder.

— On pourrait s'octroyer plus de temps, essayer de se re-séduire.

— Conneries.

— T'as pas envie... Tu penses que tout est fini, n'est-ce pas ? Après toutes ces années, Marie ?

– *Encéphalogramme de la grenouille morte* –

— Tu sais, c'est normal qu'on se dispute, regarde Paul et Clémentine, me dit-il.

Je ne réponds même pas. Paul et Clémentine, nous ne les voyons plus car Ludo les trouvait trop vulgaires.

Si seulement il pouvait, lui aussi, être vulgaire parfois ; si seulement nous aussi, nous pouvions nous disputer et nous réconcilier sur l'oreiller, ça mettrait un peu de piment dans notre vie ennuyeuse.

Après nos échanges stériles comme son sperme, il me sourit, il me dit « je t'aime » en me serrant dans ses bras.

Il me dit que bientôt, nous serons trois, qu'il faut continuer à y croire. Il me dit que bientôt, Bébé nous liera, et que tout rentrera dans l'ordre. Compte là-dessus et bois de l'eau, Dugland, je n'y crois plus à l'enfant à plus de quarante ans.

Il pense qu'un enfant arrangera les choses. L'enfant n'arrange rien. L'enfant, c'est pour faire semblant que tout va bien.

Si je parvenais, par malchance, à tomber enceinte, je le vois de là, le bel avenir qui se dessine : on élèvera l'enfant en mettant de côté nos problèmes, problèmes qui ressurgiront avec le temps. Et lorsque l'enfant aura un, deux, cinq, dix ou dix-huit ans, on se crachera au visage notre haine de l'autre, notre colère.

— Tu veux que je te prépare un café ? me demande-t-il, mielleux.

— À une heure du matin ? Déjà que j'ai du mal à dormir...

— C'est vrai ? Tu dors mal ? Il ne faut pas te faire de souci, tout ira bien, promis, il me dit en se levant, désolé, avant de reprendre. Je vais regarder une petite série sur Netflix, je ne suis pas fatigué, tu veux venir ?

— Non merci, je lui réponds.

Je me faufile sous les draps frais, je pose ma tête sur l'oreiller. Je pourrais lire un peu, mais même lire me fatigue.

Je regarde la mouche voleter au-dessus du chapeau de la lampe de chevet. J'entends le corps de Ludo s'avachir sur le canapé, puis il se racle la gorge. Bruit de tasse qui percute la table basse. Demain, c'est moi qui la débarrasserai, car cet empoté n'est pas capable de nettoyer.

Il augmente le son de la télé. Je l'entends rire, la vie n'a pas l'air de le traumatiser.

Je m'endors... Je sais que je me réveillerai dès qu'il viendra se coucher, car Ludo n'est pas un homme discret.

Il va se coller derrière moi. Je vais sentir son sexe danser contre mon fessier. Il va un peu me caresser de façon maladroite en tâtant mes bourrelets pour me faire comprendre que j'ai pris du poids et que je devrais reprendre le sport. Il me dira : « Tu dors ? » Moi, je ne répondrai pas. Alors il soufflera, se mettra sur le dos, se raclera de nouveau bruyamment la gorge, s'endormira et ronflera. Plus de surprises, plus de suspens...

LE BOULET

Je ne sais pas si notre discussion d'hier soir va faire avancer les choses ; pour dire vrai, j'en doute. Ludovic n'a jamais été le genre d'homme capable de se remettre en question.
Je n'ai pas trente-six mille solutions qui s'offrent à moi. Soit je laisse faire le temps, soit je fous le camp.

***

23 h 30. Des pas qui crissent sur le gravier, puis il y a les voix sourdes de Ludo et de son pote qui résonnent jusqu'à mes oreilles. Je le reconnaîtrais entre mille, son « pote », surtout lorsqu'il se met à rire comme un débile.
La porte s'ouvre. Aucun des deux ne quitte ses chaussures à l'entrée. À quoi bon ? Bobonne est là pour faire le ménage. Même si en ce moment, il y a du laisser-aller.
Je jette un coup d'œil aux gros godillots de l'autre idiot. Comme je m'en doutais, les semelles sont remplies de terre. Le voilà à jouer au Petit Poucet.
« Bonjour, ma chérie », me lance Ludo comme si de rien n'était, comme si tout était parfait. Son con d'ami me salue avec un sourire niais.
Son imbécile d'« ami » s'appelle Jean-Marc. J'ai en sainte horreur ce prénom.

***

Pause nostalgie, tu permets ? Je connaissais un Jean-Marc lorsque j'étais en CM2. J'en garde un sale souvenir. Jean-Marc Poitcarré qu'il s'appelait. Il était grand, maigre et faisait peur à tout le monde. Il piquait le goûter des plus faibles sans état d'âme. Une fois, je me suis battue avec Jean-Marc Poitcarré. C'était au réfectoire. Je devais avoir dans les neuf ans. J'avais redoublé mon CM2. Jean-Marc, lui, avait déjà redoublé deux fois ; pour le coup, il était bien plus vieux que moi, plus grand et plus fort aussi, mais je m'en foutais. J'étais impulsive ; gamine, j'évitais de me battre, car une fois en pleine action, j'étais prête à tout, sans peur, ni regret, ni remords… Je crois que c'était un vendredi, car je me rappelle qu'on avait mangé du poisson pané. Je me suis retrouvée à rouer de coups le Jean-Marc, après qu'il m'a giflée. Je ne me souviens plus de la raison qui nous a poussés à nous battre. Je me souviens juste que je me suis mise à détester ce prénom. *Fin…*

***

Je ne réponds pas à Ludo. Je ne me lève même pas pour leur dire bonjour, j'ai envie d'aller me coucher, d'ailleurs, je ne vais pas tarder. Je n'ai rien à faire ici. Je suis fatiguée, et surtout, je n'ai pas envie d'écouter leurs échanges verbaux dénués de sens. Il faut dire que j'en ai soupé des conversations infructueuses.

Jean-Marc vient une fois par semaine, toujours à l'heure de l'apéro.

Jean-Marc fait mine de partir, en nous sortant toujours les mêmes rengaines, « Je vais vous laisser entre amoureux, je ne voudrais pas vous déranger plus longtemps »… Ludo lui tapote toujours l'épaule en lui disant : « Mais non, tu peux rester, ça nous fait plaisir, n'est-ce pas, Marie ? » Non, ça ne lui fait jamais plaisir à Marie, mais Ludo s'en fout.

Ludo a pris en pitié son ami. C'est moche d'avoir de la pitié pour un proche. Dire qu'il n'est même pas capable d'avoir de la compassion pour sa propre femme.

Ludo est tout le temps en train de plaindre Jean-Marc, car il ne trouve pas de copine, qu'il supporte son célibat difficilement. Il y a toujours un truc qui cloche chez Jean-Marc. Une perte d'emploi, une angine qui dure trop longtemps, une panne de voiture, un impayé, un lapin posé par une meuf rencontrée sur un site de rencontres – qui, heureusement pour elle, s'est rendu compte que Jean-Marc n'était pas un « prince charmant ».

Aux dernières nouvelles, Jean-Marc voulait partir en Afrique pour trouver une épouse. J'ai eu envie de hurler. Je ne supporte pas la prostitution conjugale. Je pense à ces pauvres femmes qui devront supporter un trou du cul pour pouvoir essayer de sortir de leur misère. Et surtout à ces enfoirés profiteurs qui, sous couvert d'un bon compte bancaire, pensent que la femme a un prix.

Jean-Marc vient de passer devant moi. Relent. J'ai une remontée gastrique.

Jean-Marc pue. Il doit faire de sacrées économies d'eau. Il sent la mauvaise transpiration… pas la transpiration après deux heures de sport intensif, non, mais la transpiration du corps non lavé depuis des jours. L'été, c'est le pire… Ses tee-shirts sont cramés sous ses aisselles.

Jean-Marc pue des cheveux aussi. Difficile de ne pas les sentir, surtout lorsqu'il colle sa joue graisseuse contre la mienne pour me faire la bise. Il a les oreilles sales, le nez crochu toujours plein, les ongles dégueulasses. Il fait croire qu'il est intelligent alors qu'il est con comme ses pieds. Il paraît qu'il est « Zèbre », il le sait, car il a fait un test de QI sur son réseau social. Taré !

***

« Tu fais la gueule, Marie ? » me demande Jean-Marc en s'approchant trop près de moi. Deuxième remontée gastrique. Il a l'haleine d'un macchabée. Les poils de sa brosse à dents – *encore faut-il qu'il en ait une* – doivent fondre ou se barrer en courant. Son halitose doit certainement venir d'une accumulation de tartre. Jean-Marc a une hygiène dentaire plus que douteuse.

« Marie ? Ça va ? » il me répète. Je souris, par réflexe, en hochant la tête.

« Ludo, t'as trouvé une perle… Marie ? Tu n'aurais pas une sœur jumelle à tout hasard ? » il dit en me regardant et s'asseyant sur une chaise. À chaque fois qu'un silence s'installe, je peux être certaine qu'il va dire sa phrase fétiche… Il la sort à tous les coups.

Jean-Marc passe son temps à me tartiner de compliments hypocrites, juste pour essayer d'attirer mon attention. Juste pour essayer d'être un «homme bien comme il faut». Juste pour se faire apprécier… Ça marche pas, je l'aime pas… T'façon, j'aime personne en ce moment…

La femme parfaite de Jean-Marc est une femme qui prépare «bien à manger», qui s'occupe de la maison, qui donne son corps quand l'homme le décide, qui va chercher des bières et les ramène tout sourire, qui dit «oui» et jamais «non», une femme intelligente mais pas trop, une femme qui ne s'impose pas.

Jean-Marc et mon mari ont les mêmes goûts en matière de femmes.

Il ne me connaît pas, Jean-Marc, il ne sait pas qu'à l'intérieur de moi, ça boue, ça brûle, et que la «femme sauvage» ne demande qu'à sortir…

«Tu veux rester manger avec nous?» demande Ludo, comme à chaque fois, en lui tapant sur l'épaule.

Hier, je restais dans la cuisine à préparer la tambouille pour ces messieurs, car je suis une femme parfaite qui sourit pour éviter les conflits.

Aujourd'hui, je ne lèverai pas mon séant du canapé. «Chérie? Que nous as-tu préparé de bon à manger?» me demande Ludo en se tournant vers moi. *Nianiania…*

Mon cœur tambourine dans ma poitrine. J'ai des sueurs froides, la tête qui tourne, je ne vais pas bien, je le sens bien que je ne vais pas bien.

Je prends une grande inspiration. J'essaie de calmer les palpitations et de surtout ne rien laisser transparaître. Je me lève. Les hommes discutent en attendant que Mémère les nourrisse.

Je sors un paquet de pâtes, je le pose sur le plan de travail. Les hommes continuent de parler et de rire. Je sors une casserole, je la pose violemment sur la table. Les hommes se taisent. Je me tourne vers l'évier, j'ouvre le robinet : « Tu vois, ça, c'est de l'eau, ça, c'est une casserole. Tu mets l'eau dans la casserole, la casserole sur le feu, et lorsque ça boue, tu jettes les pâtes dedans, tu attends huit ou dix minutes, suivant si tu les veux cuites ou al dente... Je pense que tu devrais t'en sortir », je dis sans me retourner.

Je tourne les talons et me rends dans ma chambre, sans un mot...

***

« Qu'est-ce qu'elle a, la Marie ? Elle a ses règles ? », dit Jean-Marc. Et Ludo de répondre : « Ouais, ça doit être hormonal... Tu veux un verre de rouge ? » Voilà, buvez, et foutez-moi la paix.

T'inquiète, l'histoire va démarrer, mais là, j'ai besoin de me plaindre encore un peu...

INTELLO PRÉCAIRE

Le mariage est une prison.
Je ne pense pas que j'aurais le courage de tout recommencer à zéro, je ne sais même pas si je serais capable de vivre seule. C'est terrible d'avoir peur de soi-même. Tous les jours, j'erre tel un zombie dans les rues de ma ville, dans le parc, ou pire encore, d'une pièce à l'autre dans mon appartement.

Si mon esprit s'éteint, mon corps, lui, a besoin d'être réveillé. Je pensais que lorsqu'on tombait en dépression, la libido disparaissait ; apparemment, ce n'est pas mon cas, au contraire...

Il est bien vivant, mon clitoris, il se dresse encore en donnant des sensations de picotement ; il est bien avide, mon vagin, il se lubrifie rapidement. Mon sexe est affamé alors que ma tête est anorexique. Ce n'est pas mon mari que je désire... mais aurais-je le courage d'avoir un amant ? *Rires... évidemment...*

Pour ne pas intensifier ma frustration, il m'arrive régulièrement de me masturber. Je regarde un film sur YouPorn et je m'active, « comme un homme ». *Parce qu'on sait bien que seuls les hommes s'astiquent devant les films de boules, la femme, elle, elle est romantique, douce, mignonne... Eurk...*

Pour en revenir au clito... Ludovic n'a jamais été capable, comme la majorité des hommes, de trouver mon clitoris. Pour lui, c'était va-et-vient dans le vagin et basta, le reste, « démerde-toi ».

Ludovic ne supporte pas lorsque je me caresse, j'avais essayé au début, je pensais que ça l'exciterait. Lui, il trouve ça pervers, sale, vulgaire...

Pour déstresser, décompresser, oublier le désastre amoureux dans lequel je vis, pour ne pas sombrer dans une brutale dépression, lorsque je ne me branle pas, je m'impose une sortie quotidienne dans le parc près de chez moi.

Je me force à marcher pour ne pas sombrer.

Dans le parc, j'observe, je regarde la vie des gens pour oublier la mienne.

J'observe les mamans avec leur poussette, que Dieu m'en préserve… Je regarde les rares papas et leurs bambins. Ludo voulait un bébé, pas moi. Lui, il disait que c'était dans l'ordre des choses, le mariage, les enfants, papa-maman… Devant son insistance, j'ai cédé à sa demande. Faut dire que j'étais prête à enfanter, pour faire plaisir « à la société », pour éviter d'être jugée… Une femme qui n'a pas d'enfant n'est pas une femme. *Nous sommes femmes grâce à notre utérus… ben ouais, ça s'appelle l'évolution de la société…*

Toutes ces années, et toujours pas de bébé… tant mieux. C'est pas ma faute, après tout. Je peux jouer à la femme frustrée de ne pas connaître l'enfantement. Les gens me plaignent et ne me jugent pas… très bien… ça me va.

***

Dans le parc, j'observe et j'écoute les bruits de vie, les rires, les pleurs et les chansons d'enfants.

J'observe les enfants se disputer, j'observe le leader sautiller sur un pied, accompagné par mimétisme du suiveur. J'observe le gamin qui fait le pitre, les caprices, ou qui se fait remarquer.

Je regarde les mères de famille, je les écoute parler, toujours entre elles, en clan ; les mères de famille qui se plaignent des maris, parfois trop chiants, des tâches ménagères et du boulot alimentaire contraignant.

J'observe les rares papas câlins qui cajolent leurs bambins.

J'observe les pigeons qui se ruent sur un morceau de pain.

J'observe la vie, le quotidien.

C'est pratique, le parc. Le parc, ça évite de sombrer totalement dans la dépression nerveuse.

***

Je repense à ma vie, aux concessions que j'ai dû faire. J'ai fait des études, mais il fallait que je parte à Paris. On m'avait proposé une place en or. Journaliste dans un grand magazine. J'ai refusé, refusé car Ludo avait été embauché dans le Sud ; alors j'ai mis de côté ma vie pro, pour Ludo.

C'était mon choix, il ne m'a pas mis le couteau sous la gorge, j'ai juste été stupide de ne pas m'imposer.

Puis, c'est trop facile de reporter la faute sur l'autre. Mes remises en question quotidiennes me poussent à me haïr chaque jour un peu plus.

Je travaille dans un petit journal local, aujourd'hui ; le genre de torchons que personne ne lit, à part les retraités, et ceux qui achètent en kiosque ou dans leur bar préféré, le *Dauphiné libéré* avec le programme télé, *Paris Turf*, et l'*Humanité*…

J'écris des articles inintéressants sur la vie quotidienne des gens dans le Sud : *Concours de Pétanque à Pétaouchnok city – Concert de la paroisse Saint-Machinchose les oies – La nouvelle boutique de prêt-à-porter ouvre ses portes.*

Les gens que je rencontre me lassent. Il n'y a plus rien qui me passionne. J'utilise toujours les mêmes bases pour les interviews, je les enregistre et les écoute uniquement pour « taper » mes articles.

Ça me permet d'arrondir mes fins de mois, même si je suis payée à coups de lance-pierres.

Je suis une intello précaire, et le problème avec les intellos précaires en France, c'est qu'on bosse comme des idiots et qu'on ne gagne pas notre vie.

Ludo est fier de dire « ma femme est journaliste », juste histoire de gonfler son égo. Il s'en fout de savoir si mon boulot me passionne ou pas. « Journaliste », c'est un bien grand mot… je n'ai même pas de carte de presse.

Il faut que je m'adapte aux « lecteurs ». Au début, j'étais tellement fière d'avoir mon nom cité dans le journal en fin d'article que je collectionnais mes papiers. Aujourd'hui, je n'en ai plus rien à cirer, il n'y a pas de quoi être fière, en fait.

Ludo me répétait sans cesse : « Reste à la maison, ça ne me dérange pas de m'occuper de ma petite femme, et au moins, tu pourras écrire » ; enfin, ça, c'était avant, avant le « retourne bosser, feignante »...

J'ai fait le choix de rester à la maison parce que Ludo gagne sa vie pour deux.

J'ai attaqué des romans que je n'ai jamais terminés, par manque de courage, par crainte de me planter, par peur de ne pas être comprise, par peur de l'échec, par manque d'inspiration, car je m'autocensure pour éviter de choquer.

La seule chose qui me lie à Ludo aujourd'hui, c'est l'argent. Moi qui suis contre la prostitution conjugale... Je suis pathétique.

Pour Ludo, je n'ai pas les revenus nécessaires pour m'en sortir correctement toute seule, il m'a assez rabâché que sans lui, ma vie serait ratée... Quatre ans d'études après le bac, ça devrait me donner l'embarras du choix, même si je dois finir caissière à Intermarché, *mais je ne compte pas faire ça toute ma vie.*

« Tu te serais retrouvée dans la merde, à vivoter dans un HLM, heureusement que je suis là pour m'occuper de toi », il m'a dit. Cette phrase résonne encore à mes oreilles.

M'en souviens comme si c'était hier...

***

Pause, parenthèse, une de plus... faut que je te dise un truc... Un soir, chez des amis, je ne me rappelle plus lesquels, car eux non plus, on ne les voit plus. Ludo venait de lancer devant tout le monde que sans lui, je ne serais rien... Il fait partie des hommes qui pensent que la femme n'existe pas sans l'homme... Il se foutait de savoir s'il me mettait mal à l'aise ou pas. Il a rigolé fort. Il a regardé les gens. Il jouait au « grand homme »... au « patriarche », à l'homme fort qui conseille et protège, comme si la femme n'était pas capable de prendre sa vie en main… Je restais silencieuse, j'encaissais, je me disais que ce n'était pas si grave que ça, après tout, que je n'étais pas à plaindre et tout et tout…

Bref, je l'ai maudit, mais je n'ai rien dit, je crois même que moi aussi, j'ai souri.

Les paroles parasites pénètrent le subconscient, le rongent, le gobent, le ramollissent…

Ludo aurait aimé avoir trois enfants, et une petite femme qui prépare des tartes aux pommes ; une femme qui lui lave ses slips et ses chaussettes qui puent, sans broncher ; une femme qui se tait.

Ah ! Je l'ai été, cette femme-là, par contrainte plus que par désir.

Pendant longtemps, je pensais qu'on avait une façon bien à nous d'alimenter l'amour ; je pensais que nos engueulades stériles… ses coups de gueule débiles nous permettaient de tenir… Connerie !

La crise de la quarantaine est là. J'ai pris conscience que j'étais sur la pente descendante, adieu mes vingt ans, adieu jeunesse, bonjour galère. Je deviens vieille, la peau flétrit, une ride au milieu du front à cause des soucis, des ridules au coin des lèvres à force d'être crispée ; puis j'ai la peau des bras qui commence à tomber… Dans peu de temps, je vais marcher le dos courbé, les mains déformées à cause de l'arthrose, j'aurai un énorme grain de beauté-verrue au coin du nez, du poil au menton… J'ai déjà du poil au menton… *fermez la parenthèse…*

***

Je me penche… Je me penche au bord du précipice… J'entends une voix grave et suave m'appeler : « *Marie, Marie…* » Je me penche encore un peu, je me laisse envoûter. « *Alice tombe.* »

***

Je m'appelle Marie, j'ai 40 ans, je suis mariée depuis quinze ans maintenant. Je me suis mariée jeune, j'ai bouffé ma jeunesse, mais je ne peux en vouloir qu'à moi-même. J'ai quarante ans et je ne baise plus. Quarante ans et la vie d'une vieille de soixante piges. Même ma mère s'éclate au lit plus que moi.

J'ai choisi de me marier jeune, car Ludo et moi étions amoureux, et parce que nous pensions, pauvres idiots, que ce serait continuellement la passion.

Ludo rentre du boulot toujours au bout du rouleau. Il vend des machines pour les bureaux ; des imprimantes, des fax, des trucs technologiques, des trucs pour alimenter l'idiocratie constante.

Il me raconte tous les soirs sa journée, ou du moins il essaie de s'exprimer à voix haute, il s'en fout de ce que je pense, il veut juste parler. Moi, je n'en ai rien à faire de ses élucubrations. *Voilà… maintenant que je t'ai bien fait chier avec mes lamentations, on passe aux choses sérieuses… Café ? Thé ?*

BLASER

Juin.
Samedi matin, l'empereur, la reine et le petit prince.
Une fois de plus, je suis... couchée dans mon lit. Ma tête dépasse tout juste de la couette, je ne pense plus, je ne rêve plus.

J'entends Ludovic fredonner dans la salle de bains. J'entends l'eau couler, son rasoir claque contre le lavabo, et il sifflote encore. Il va falloir que je passe derrière lui pour donner un coup d'éponge, il a la manie de toujours laisser ses poils traîner partout. Il est incapable de nettoyer derrière lui, il faut tout faire à sa place.

« Hey, chérie, ça te dirait de partir en Bretagne pendant les vacances ? » qu'il hurle de la salle de bains.

Dix ans que nous partons en Bretagne. Dix ans que nous louons le même bungalow, emplacement 13, dans le même camping. Dix ans que nous rejoignons les mêmes amis. Dix ans que nous faisons les mêmes activités : randonnées dans la baie de Saint-Brieuc, visite des phares de la côte que je connais par cœur, parties de cartes le soir, de pétanque la journée. Une fois, nous avions fait un petit écart dans notre programme pour profiter des bienfaits d'une thalasso. Ludovic s'est ennuyé, et me l'a bien fait savoir... *Il soufflait, bougonnait, marmonnait... et vas-y « je m'ennuie », et vas-y « j'espère que c'est bientôt fini » et vas-y, et Wasa vas-y Wasa...*

Bref, mêmes endroits, mêmes restaus, mêmes gueules, même merde.

« Encore la Bretagne ? Et pourquoi pas la Corse pour changer un peu ? » je lui réponds, en me levant doucement.

Assise sur le lit, les coudes sur les genoux, la tête sur les mains, *et tchic et tchac et tchic et tchac, han han...* Je n'ai pas du tout envie de me lever.

« Ah non, pas en Corse », il me dit en passant sa tête dans l'encadrement de la porte. Son visage est, par endroits, recouvert de mousse à raser. Il s'essuie machinalement avec une serviette délavée.

Cette serviette, on l'avait volée, il y a plus de quinze ans, dans un hôtel qu'on avait squatté lorsqu'on n'avait pas encore notre appartement.

Aujourd'hui, Ludo n'aime pas le changement, ça lui fout la pétoche. Tout ce qui pourrait chambouler sa vie lui fait peur ; alors que moi, je n'attends que ça, une petite étincelle, juste une petite étincelle pour que le feu de mon existence reprenne.

Ludo est levé depuis sept heures du matin. Il n'arrive plus à faire de grasses matinées depuis de nombreuses années. « Je me lève tôt, moi », me dit-il sur un ton de reproche.

Puisqu'il ne parvient pas à faire de grasses matinées, il pourrait en profiter pour me préparer mon petit-déjeuner, ben non… *MONSIEUR N'EST PAS CAPABLE DE FAIRE TOURNER SON CAFÉ TOUT SEUL…*

Pour que je me réveille, Ludovic fait du bruit. Il entre dans la chambre bruyamment, fait claquer la porte en sortant, entre de nouveau en soufflant. Parfois, il me secoue et me dit : « Tu ne sais pas où j'ai mis mes clefs ? » *Dans ton cul, t'as cherché ?* Il ressort, puis il met la télé trop fort.

***

Instant présent… « T'as bien dormi, ma chérie ? » me demande-t-il, la peau parsemée de morceaux de papier toilette. « T'as vu ? Je me suis encore coupé, il faut que j'achète un rasoir électrique… » me dit-il en frottant le bas de son visage avec sa main droite.

« Tu fais du bruit, le matin, Ludo, tu sais que j'ai du mal à m'endormir en ce moment, y a que le matin que je dors bien », je lui dis. Il m'embrasse, alors qu'il sait que je déteste les baisers du matin, bouche qui pue et salive épaisse, ça me donne envie de vomir. « Je suis désolé, je ne me suis pas rendu compte que je faisais du bruit… » *Mytho*…

Je suis toujours assise au bord du lit. Je mets mes grosses chaussettes, car j'ai des problèmes de circulation sanguine. Je gonfle en été, et en hiver, mes orteils sont bleu-violet.

« Tu me fais du poulet ? » me demande-t-il.

Il n'est que onze heures, je me lève à peine et il me demande de lui préparer à bouffer.

— Tu ne veux pas un café ? je lui demande.

— Si… bien entendu… mon troisième, il en restait d'hier dans la cafetière, je l'ai bu froid, pas top…

— Ben pourquoi que tu ne l'as pas mis au micro-ondes ?

— J'aime pas les ondes… J'ai envie de poulet, mon poussin. J'ai faim, ça fait plus de quatre heures que je suis debout, et tu sais que je ne déjeune jamais.

Il me répond en passant sa main sur mon visage et il termine par :

— Sacré bout de bonne femme.

Je vais dans la cuisine, je nous fais tourner un café et je sors les cuisses de poulet du frigidaire.

Je pose la tasse sur le plan de travail, les cuisses dans une poêle abîmée, il faudrait que je pense à en acheter une autre, celle-là commence à accrocher.

Je mets un peu d'huile, je coupe deux oignons, je chiale… je laisse couler les larmes. Il paraît que ça lave les yeux.

Je tourne mes deux cuisses de poulet.

Je me tourne, je regarde le mari, je l'observe : le nez dans son « *Libé* », ses pantoufles aux pieds.

Il a laissé la serviette de bain sur le dossier de la chaise, je vais devoir l'enlever lorsqu'il ira faire la sieste. *Oui, on fait une sieste… mais pas une sieste crapuleuse, non, une bonne vieille sieste à l'ancienne… maman d'un côté, papa de l'autre…*

Il se racle la gorge, il se racle tout le temps la gorge en grattant son avant-bras lorsqu'il est nerveux. Il somatise beaucoup,

Ludo. Ses soucis sortent par les pores de sa peau en formant d'immondes boutons blancs et purulents.

Il lève les yeux de son journal, me regarde sans même me voir. Il esquisse un sourire rapide ; il me dit que je suis jolie, avant de replonger dans la lecture de son quotidien. Un réflexe verbal, « tu es jolie ». Oh oui ! Que je dois être jolie avec mes cheveux emmêlés ; jolie dans ce vieux pull qu'il faut que je pense à jeter. « Tu es jolie », c'est comme « je t'aime », juste des mots pour faire « beau ».

***

La graisse du poulet gicle dans la poêle, une goutte vient se poser sur ma main… ça brûle. Je retourne les cuisses de poulet, j'ajoute un peu de safran.

SOPHIE

J'essaie de me convaincre en me disant qu'après tout, je ne suis pas si malheureuse que ça. Si l'herbe est plus verte ailleurs, c'est peut-être parce qu'elle est artificielle après tout, ouais, comme sur notre terrasse...
Télévision, distraction... oublie.
Je m'intéresse à des séries qui ne me font pas réfléchir. Des séries « faut-que-je-regarde-la-fin », ce genre de séries débiles, sans queue ni tête, que je regarde bave aux lèvres et yeux grands ouverts.
Ils ont tout compris, les gens de la télévision, il faut bien occuper les mamans pendant les siestes des enfants, les vieux en fin de vie, les gens au RSA ou au chômage. Faut bien occuper les gens qui « jouent à domicile ». S'ils s'ennuient, c'est un coup à ce qu'ils se mettent à réfléchir, et c'est dangereux, un « gens » qui réfléchit.
Cette distraction-là ne concerne pas tellement les intellos précaires. Les écrivains, les artistes, les intellectuels disent : « Je n'ai pas de télé. » M'font rire, ce sont les premiers à se connecter sur leur tablette tactile pour regarder un porno sur « youteube.fr » ou un film sur « filmsstreaming.as ».
Au moment où je commençais à m'endormir, la sonnette retentit. Je n'ai envie de voir personne. Je pointe aux abonnés absents. Je baisse le son de la télévision et j'attends, télécommande dans la main droite, bras tendu vers l'écran – *mannequin challenge domestique*.
« Marie, ouvre, j'sais que t'es là », hurle Sophie.
J'ai rencontré Sophie il y a une petite dizaine d'années, en changeant mon forfait téléphone ; c'est con la vie, parfois. Elle travaille en tant que commerciale pour une grande marque de

téléphonie mobile… *SFR… Les bouquins, c'est comme à la téloche ? Faut citer trois autres marques quand on en a nommé une ? OK… Bouygues, Free et… Orange…*

Sophie n'a pas encore été victime d'un burn-out.

Sophie est célibataire. Elle fait croire à tout le monde qu'elle est heureuse comme ça, mais je sais, moi, qu'elle voudrait quelqu'un sur qui elle pourrait se reposer, juste un peu. Quelqu'un avec qui parler lorsqu'elle rentre du boulot. Quelqu'un avec qui elle pourrait sortir le soir sans craindre l'agression. Quelqu'un avec qui elle pourrait faire des trucs qu'on fait à deux. Mais un « quelqu'un » pas chiant, un « quelqu'un » qui ne l'étoufferait pas, un « quelqu'un » qui ne lui ferait pas de crises de jalousie… *une meuf, en somme…*

Elle passe son temps sur Internet à la recherche de la perle rare, drague dans les clubs, s'amourache du premier venu qui la prend pour une idiote.

À nos âges, les hommes sont soit mariés, soit névrosés, soit les deux… Elle va déchanter le jour où elle va s'apercevoir que les princes n'existent que dans le rayon gâteaux des grandes surfaces.

J'ai fait quelques sorties avec Sophie, et depuis, elle me harcèle tous les week-ends pour qu'on recommence, et moi, je refuse toujours.

Je ne sais pas pourquoi je refuse alors que je crève d'envie de me déhancher sur une piste de danse.

Je crève d'envie de remuer mon gros cul à en faire bander les idiots imbibés d'alcool ; de croiser le regard d'un homme et de ressentir les papillons s'agiter en bas du ventre. Je crève d'envie de me faire draguer, qu'un homme m'invite à dîner avant de me plaquer contre le mur de sa chambre à coucher.

Je ne le fais pas, car je n'ai pas le courage de le faire. Je ne veux pas ressembler aux MILF qui sortent tous les samedis en club. Non, je ne veux pas leur ressembler, à ces connasses perchées sur talons aiguilles, ces femmes sûres d'elles, putain que je les envie... Je ne le fais pas, surtout, parce que je suis super complexée.

Fidélité, fidélité... Qu'est-ce donc, la fidélité ? *Je t'en pose des questions ? Hein... t'inquiète, je vais y répondre toute seule...* La fidélité est un concept vieux comme le monde, inventé par l'homme, pour emprisonner encore plus leurs femmes. L'homme peut se délecter de la présence de ses maîtresses, et la femme doit l'attendre sagement, avec si possible un bon gratin dauphinois et un rôti de bœuf. *Guide de la parfaite ménagère...*

Le couple et sa supposée hypocrite fidélité. Je connais beaucoup d'infidèles, même s'ils ont trompé qu'une fois, même s'ils s'en mordent les doigts, ou pas. En fait, je ne connais personne-*pas Terence Hill*, de fidèle...

Article 212 du Code civil : « *Les époux se doivent mutuellement respect, fidélité, secours, assistance.* » Puisque, soi-disant, la société évolue, il serait peut-être temps de supprimer le terme de fidélité, car « tout le monde trompe tout le monde ».

« Ouvre, je te dis... » crie Sophie en tapant contre ma porte. *Je l'avais oubliée, celle-là... La pauvre, elle était sur pause, comme dans les jeux vidéo...*

Bref, je n'ai pas le choix. Faut que j'aille ouvrir... Je sais qu'elle ne partira pas. Je sais qu'elle sait que je suis là.

Je me lève, j'enfile mes tatanes et je me traîne jusqu'à la porte d'entrée.

— Deux minutes, je dis.

— Ce n'est pas vrai ! Ne me dis pas que tu étais encore en train de dormir ? me dit-elle en me poussant pour entrer.

— Non...

— Si, bien entendu que tu dormais. Ne me la fais pas à l'envers, s'il te plaît, tu as une tête de déterrée. Oh, mon Dieu, Marie, c'est quoi cette odeur ? me dit-elle en se bouchant les narines avant de continuer. Tu ne réponds plus à mes SMS ni à mes coups de fil. Je m'inquiète...

— Mon téléphone doit déconner.

— Arrête de me prendre pour une conne, que se passe-t-il ?
— Rien, je te dis, je suis juste fatiguée.
— Fatiguée ? Qu'est-ce t'as fait ? La bringue ? Sans moi ?
— Mais non… C'est juste que je suis au bout du rouleau.
— Au bout du rouleau ? C'est Ludo ?
— … Je ne le supporte plus.
— Si tu ne le supportes plus, pourquoi tu restes avec lui ? Tu sais que depuis 1792, les époux peuvent divorcer…
— Épargne-moi tes connaissances, s'il te plaît… Ce n'est pas si simple.
— On n'a qu'une vie… et toi, tu la gâches en geignant constamment… Tu peux me faire un café, s'il te plaît ? J'ai eu une semaine de merde…

Je lève les yeux au ciel.

Sophie n'a pas tort, je passe mon temps à me plaindre et je ne fais rien pour être heureuse à part pleurnicher.

Je mets une capsule dans la Senseo… *Delonghi, Tassimo, Philips…*

J'attends que le café coule, et comme un zombie, la tasse à la main, je m'approche de Sophie.

— Oh là là là… Marie, c'est quoi cette dégaine ? Tu te laisses aller, ma belle, il faut te prendre en main, me dit-elle en fronçant les sourcils.
— … Pas envie de m'habiller et encore moins de prendre une douche… Je dois ressembler à une clocharde, mais je m'en fous ; à part toi et Jessie, de toute façon, je ne vois personne, je réponds.
— Combien de temps que tu ne t'es pas lavée ?
— Je ne sais pas, je ne compte plus.
— Il est où, ton empaffé ?
— Il travaille, il a une vie sociale, lui…
— Et hop, la machine à plaintes est de nouveau en route…
— Oui, tu as raison… Bon, cependant, j'ai appris une bonne nouvelle…

— Ah ! C'est bien, et qu'elle est cette bonne nouvelle ?
— Il part une semaine à Paris, la semaine pro, je réponds, tout sourire.
— Très bien… Maintenant, raconte-moi ce que j'ai sans doute déjà entendu mille fois…
— Pfff… Avec lui, c'est le désert, le calme plat, l'ennui total, je vis dans une chambre anéchoïque avec lui, je risque de devenir folle.
— Il part quand ?
— Lundi prochain…
— Alors, je vais te reprendre en main.
— Je m'attends au pire, je lui dis en soupirant.

Je dis « je m'attends au pire », mais mon cœur s'emballe. Bien entendu que j'ai besoin qu'on me prenne en main, bien entendu que j'ai envie de bien m'habiller, bien entendu que j'ai envie de rentrer à six heures du matin alcoolisée.

— Et si tu venais à la maison à partir de lundi ? me dit-elle en trempant ses lèvres dans la tasse.
— Tu travailles, que veux-tu que je fasse seule chez toi ?
— Je ne bosse pas, j'ai pris une semaine de congé justement ; si je ne me repose pas, c'est le burn-out qui m'attend.
— T'es sérieuse ?
— La vie est belle, Marie, la vie est belle…
— Si tu le dis…

Sophie devient la lueur au bout du tunnel.

Je nous vois déjà nous amuser comme deux folles, dans son appartement… maquillées comme des *salopes*, habillées comme des *salopes*, en dansant comme des *salopes*.

… Ahhh la salope !!! Quel compliment dans la bouche d'un homme… Salope : femme libre… libre de faire, de dire, de vivre, de refuser les avances, de faire l'amour avec qui elle veut… Prière à l'univers : « Faites que je devienne une bonne grosse salope… »

Il va quand même falloir que je supporte mon mari pendant tout le week-end, mais je ne suis plus à ça près.

— Je ne pourrais pas vivre avec ton mari. Il est insupportable. Franchement, Marie, tu es bien faite ; moi, il y a longtemps que je l'aurais viré. Mon appartement est assez grand pour t'accueillir, on pourrait faire une collocation toutes les deux, me lance Sophie.

Oh ! La salope…

Je ne vais pas dire que ça ne m'a pas effleuré l'esprit plus d'une fois, son histoire de collocation. Ça me rassurait lorsque je m'imaginais en train de plaquer Ludo.

CÉLIBATAIRE PROVISOIRE

Je ne sais pas si je peux encore plaire, car je ne me plais pas à moi-même. Je me sens moche, grosse et vieille. J'ai bien conscience que c'est débile d'avoir besoin constamment du regard bienveillant de l'autre sur soi pour reprendre confiance, mais c'est comme ça. L'humain est un animal social…

Les papillons du sexe ne s'agitent plus dans mon vagin, *je saute du Coca light*… à croire que j'y ai mis un coup de Baygon, ils ne frémissent plus, même en été. Faut dire que je n'ai fait aucune rencontre…

J'ai passé un week-end platonique avec Ludo. On s'est croisés, on ne s'est pas parlé, comme d'habitude. Il est sorti avec ses copains samedi soir, il m'a demandé de l'accompagner, mais je n'avais pas le goût de supporter une soirée près de lui et ses amis, comme d'habitude.

Ce matin, il est parti tôt, valise à la main.

J'ai sauté du lit, *j'ai mis dans ma valise trois ou quatre chemises*, deux pantalons, mes culottes en coton jaunies par le temps, deux petits pulls légers, trois débardeurs, *lalalala*. Sans oublier mon nécessaire de toilette, qui se résume à une savonnette, une brosse à dents, une brosse à cheveux et un peu de maquillage, car on ne sait jamais… J'ai, au fond de mon placard, une boîte à chaussures ; à l'intérieur de la boîte à chaussures, des bas filés, des porte-jarretelles et quelques strings que je ne mets jamais. J'ai pris deux tailles depuis que je suis avec mon mari…

Départ imminent, destination « célibat temporaire ».

Sur les coups de midi, Sophie vient me chercher.

Elle est encore plus excitée que moi. Elle s'approche, elle touche mes cheveux, « il faut faire quelque chose avec cette crinière… », me dit-elle.

« Je n'ai pas envie qu'on touche à mes cheveux… », je lui dis. Elle hoche la tête, soupire, et me dit : « Je ne te laisse pas le choix. »

Je me rends compte que ça fait longtemps que je n'ai pas poussé la porte d'un salon de coiffure. J'épointe moi-même mes cheveux, je ne me fais aucune couleur, malgré les mèches blanches qui parsèment ma chevelure. Mes cheveux sont toujours attachés par une queue de cheval ou regroupés en chignon avec une vieille pince marron. J'suis négligée, car je suis une femme avec les cheveux longs parsemés de mèches poivre et sel… Si j'étais un homme, ça me donnerait du charme, mais j'ai une chatte, pas un pénis… fait chier.

Le coiffeur, bel homme, brun, élancé, nous accueille avec une voix grave et suave. J'enfile une blouse noire, je m'assois sur le fauteuil face à un miroir un peu trop grand à mon goût.

— Quel genre de coupe voudrais-tu ? me demande-t-il.

— Je ne sais pas, c'est Sophie qui m'a traînée jusqu'ici.

— Tu ne sais pas ? Pas la moindre petite idée ? me dit-il en touchant mes cheveux.

Sophie s'approche de lui et dit :

— Écoute, José, en toute honnêteté, tu ne peux pas la laisser avec une coupe pareille ?

Il éclate de rire et, en secouant ma tignasse, il dit :

— T'appelles ça une coupe, toi ?

Ils ont oublié que j'existais. Je suis assise devant ce miroir arrogant qui n'a de cesse de me renvoyer l'image d'une jeune vieille de quarante ans ; je les écoute, telle une spectatrice, me démonter…

José dit :

— Regarde-moi ça, je veux bien que tu gardes tes cheveux blancs, ma belle, mais là, ce n'est pas possible. Écoute, je te conseille une couleur, histoire de te donner un petit coup de jeunesse.

— T'es en train de me dire que les cheveux blancs, pour une femme, ça fait vieux ?

— Non… je dis juste que… roh, laisse tomber, et laisse-toi faire… La société n'a pas encore évolué à ce niveau-là…

Je hoche la tête de bas en haut, sans conviction. Après tout, qu'il fasse ce qu'il veut avec mes cheveux.

La sonnette du salon retentit. J'aurais préféré que le salon reste vide. Je n'aime pas trop la compagnie. Mais je suis dans un salon de coiffure, pas à domicile.

Une petite vieille, bien maquillée, toute pomponnée entre.

— Ah, Madame Bonavet, je vais avoir un peu de retard, pouvez-vous repasser dans une petite heure ? demande José.

Madame Bonavet répond :

— Mais oui, mon petit José, j'ai tellement de choses à vous raconter…

José sourit. Madame Bonavet sort du salon.

— Cette femme, la Bonavet, elle s'est mariée trois fois, trois fois veuve, elle a rencontré un autre homme, elle n'a jamais arrêté de papillonner. Elle n'a jamais été fidèle non plus. Elle n'a pas d'enfant, car elle n'en a jamais voulu ; pour le coup, grâce aux héritages qu'elle n'est pas obligée de partager, elle se retrouve blindée de thune. Elle n'a jamais bossé, et je te jure que je l'envie, dit José en préparant ma teinture.

Trois fois mariée, trois fois veuve, comment fait-elle pour tomber sur des morts en sursis ? Il me faudrait peut-être ça à moi aussi, un vieux malade plein aux as.

José badigeonne ma chevelure. Contre toute attente, je prends plaisir à ce qu'on s'occupe de moi. Ça fait tellement longtemps que ça ne m'était pas arrivé. Rinçage et massage du cuir chevelu. J'étais tellement détendue que je me suis mise à baver.

— Ne te regarde pas dans le miroir, promets-le-moi, me dit José.

Je ne sais pas pourquoi il fait tant de mystère ; ma gueule, peu importe la coupe et la couleur, restera la même… mais je joue le jeu.

J'entends le bruit des ciseaux, puis je vois les mèches colorées tomber une à une sur le plancher, comme de petits morceaux de mon passé qui s'écrasent là, juste à côté du fauteuil dans le salon de coiffure pour Dames. J'ai envie de pleurer, remplie d'une émotion fulgurante. Comme si là, au sol, ma vie défilait. Il paraît que les cheveux sont porteurs du passé. Il était temps que je les coupe.

Au bout de quelques minutes, séchage et coup de fer à lisser. « Tu es magnifique, Marie », dit Sophie. « Je suis le roi des cheveux », répond José avant de me lancer : « Un deux trois, tu peux ouvrir les yeux. » Je n'ai pas gardé mes yeux fermés, faut pas abuser, j'ai juste baissé mon regard et j'ai fixé la peinture un peu écaillée sous la console.

Je lève les yeux vers le miroir. Je me reconnais à peine. Je retire ce que j'ai dit il y a quelques instants, une couleur et une coupe de cheveux, ça change un visage. Je me mets à éclater de rire. José et Sophie sourient, *série B, film bas budget pour la télé*. Tout le monde est heureux et le vilain petit canard se transforme peu à peu en cygne. Qui l'eût cru ? *Lustucru*… Y a encore un peu de boulot, mais je ne me trouve pas vilaine.

***

Dans le sud de la France, au mois de mai, les gens commencent à sortir et à s'amuser, même en début de semaine. Les terrasses des bars sont blindées, certaines boutiques encore ouvertes, les rues sont bondées… *Ça fait rêver, hein ?*

— Un de mes amis tient une plage privée, on va commencer par se détendre un peu, tu as vu le soleil qu'il fait ? Ça fait un bien fou, me lance Sophie.

Je ne me suis pas épilée, j'ai la touffe dans un état de friche avancée et pas de maillot convenable. Ça fait rire Sophie. Elle qui, depuis des années, s'entretient, car « *on ne sait jamais sur qui on peut tomber. Ça peut aller très vite, autant être disponible à tout moment* ». Les hommes ne s'épilent pas les roubignoles et ils s'en foutent d'avoir du poil au torse. Certains ne prennent même pas soin d'eux, ce n'est pas pour autant qu'ils ne sont pas séduisants.

Bon, puisque je ne peux pas me pointer sur le sable avec le persil qui dépasse du cabas, je m'arrête dans un institut de beauté express – usine à poils. Moi qui m'étais fait la promesse de ne pas retomber dans le système… J'avoue… je ne suis pas prête à exhiber mes poils aux jambes. La société est dans le jugement permanent, un coup à ce que je me fasse cracher dessus et critiquer. Alors que je voudrais juste être aimée.

La jeune esthéticienne m'accueille, blouse blanche, l'impression de me retrouver à l'hosto, opération beauté.

Je me déshabille et j'attends en culotte Petit Bateau, allongée sur la table. Il faut que je pense à épiler également mes poils de seins. On n'en parle jamais des poils de seins, comme on ne parle jamais des poils au menton, c'est complexant pour une femme.

***

Parenthèse, éguenne and éguenne… Parlons-en, des poils… Les poils arrivent après trente-cinq ans, après un dérèglement hormonal, un truc dans le genre, à moins que ce ne soit que la vieillesse qui pointe lentement le bout de son nez, ou à cause de Tchernobyl. Toutes les mamies que je connais ont du poil au menton.

Tous les matins depuis mes trente-cinq ans, je passe trente minutes, miroir grossissant dans la main gauche, pince à épiler avec lampe intégrée, à arracher un par un les poils de mon menton et même parfois du cou. Si je les laissais pousser, je suis certaine que je pourrais avoir un très joli beau bouc roux. *Fermez la parenthèse…*

***

L'esthéticien ouvre la porte, elle enfile des gants ; la dernière fois qu'on a enfilé des gants en latex, c'était pour un toucher vaginal. Je balaie cette pensée d'un mouvement de tête. « Cuisses, aisselles maillot et SIF ? » me demande-t-elle.

Le SIF, rien à voir avec le Cif… *élimine 100 % des tâches… ça marcherait peut-être pour Ludo…* bref, le SIF… c'est le Sillon InterFessier, car oui, nous avons bel et bien des poils au cul…

Voilà, la totale, ma petite dame, accroche-toi, tu as du boulot. Prépare la cisaille, j'espère que t'es douée en art topiaire.

Pas besoin de quitter ma culotte, je ne veux pas d'intégral, je veux garder un minimum de poils, la mode 70 me convient très bien.

L'esthéticienne ouvre de grands yeux étonnés en voyant ma fourrure, puis elle fait un nœud sur le dessus de ma culotte avec un mouchoir en papier. Elle attaque doucement l'arrachage des poils de côté.

Elle applique la cire ; rien que ça, ça me fait déjà un mal de chien, ça promet.

Elle essaie de me parler, je ne réponds pas. Je me concentre.

Lorsqu'elle tire sur la bande, j'ai cru que ma peau partait avec. « Désolée, mais je crois que vos poils sont un peu longs, il faudrait les couper », elle me dit, en transpirant un peu. Elle prend un ciseau et commence à tailler le bordel.

Les jambes, les aisselles, le maillot, ce n'est pas ça le plus pénible, même si ça fait un mal de chien. J'avais oublié à quel point il est humiliant de se retrouver les jambes en l'air, les deux mains posées de chaque côté de son globe, l'anus à l'entière disposition d'une femme inconnue, positionnée entre ses cuisses.

Opération terminée. Ça lui aura pris pas loin d'une heure et demie. Je transpire, elle aussi. Elle me dit : « Je vous attends à l'extérieur. » J'enfile mon pantalon sur mes jambes lisses. Il y a longtemps que je n'avais pas ressenti cette sensation. Ma peau est endolorie. Je me demande si c'est une bonne idée de m'exposer avec les jambes remplies de petits boutons post-épilation.

***

En arrivant sur la plage, Sophie expose son joli corps mis en valeur dans son maillot deux pièces rouge. Elle est superbement foutue. Faut dire qu'aucune grossesse n'a abîmé son joli ventre, et surtout qu'elle fait du sport quotidiennement. Son alimentation est équilibrée, peu de sucre, peu de salé, jamais de gras. Moi non plus, j'ai pas de gamin, mais je ne fais pas de sport et je mange *porte naouak* : barres chocolatées, petits biscuits trop gras, hamburgers, frites, mmmh, un régal pour les papilles… Tiens, j'ai faim…

Ma pote se prive, c'est certain, mais elle le vit bien, même si elle louche, bave aux lèvres, sur les assiettes de frites… Putain de gravure de mode…

— Qu'est-ce que t'es mince, je lui lance en sentant mes cuisses celluliteuses onduler à chacun de mes pas.

« J'en ai plein le dos », « ça me gonfle », « j'en ai ras le cul » ne sont pas des expressions anodines. Le jour où je reprendrai ma vie en main, peut-être que je dégonflerai…

— Après quarante ans, ce n'est pas facile de perdre du poids, mais je t'aiderai, me lance-t-elle.

Sa bonté la perdra.

J'ai acheté un maillot deux pièces, noir, passe-partout – *pas celui de Fort Boyard*. Je ne me sens pas à l'aise, alors je reste avec mon paréo noué autour du cou qui cache mes seins, mon ventre, mes fesses et une partie de mes jambes.

Je reste à l'ombre du grand parasol, je suis tellement blanche que ça fait mal aux yeux. Sophie, quant à elle, fait des UV, elle est bronzée toute l'année.

Elle sirote un cocktail, assise dans son transat, en regardant tous les hommes qui passent devant nous.

« Tu as vu celui-là ? J'en ferais bien mon quatre heures, joli petit cul », dit-elle en regardant un homme charmant, brun, la trentaine, plutôt bien taillé. Le gars se tourne vers elle, elle lui fait un petit clin d'œil et tend son verre vers lui. Il est accompagné d'un autre garçon, plus âgé, la cinquantaine… plutôt bien conservé.

Ils s'arrêtent net. Le joli brun regarde Sophie et sourit. « Dans deux minutes, ils vont venir nous voir », me dit Sophie. Oh ! Doucement, petit poney, je ne sais pas si je suis prête à rencontrer des hommes dans l'état psycho dans lequel je suis.

Je ne me sens pas belle, comme dans la chanson de Lavoine et Ringer.

Je trempe mes lèvres dans mon cocktail rhum-fruits frais. Pas manqué, les hommes s'avancent vers nous. Fiers comme s'ils avaient « *un bar-tabac* ». Je suis stressée, mal dans mes baskets, ces années de mariage ont usé la confiance que j'avais en moi. Je ne regarde même plus les photos de moi plus jeune, ça me renvoie au temps qui passe et ça m'angoisse.

Lorsque j'ai rencontré Ludo, j'étais de celles qui se déhanchent sur la piste de danse pour gagner une bouteille de whisky. *Chauffe, Marcel, chauffe.* Je sortais tous les week-ends avec les copines, j'emballais en un battement de cils, et je me faisais sauter dans les chiottes sans remords ni regret. La vie m'a bien transformée. Adieu mon petit 36, bonjour le 42. Adieu jolies formes, bonjour cellulite et masse graisseuse.

***

Voilà, ça y est, ils sont tout près, tout près.

— Bonjour, Mesdemoiselles, dit le beau brun.

Sophie bat des cils, rigole à leurs blagues pas drôles, et moi, je reste silencieuse, droite comme un piquet, visage fermé, mâchoire crispée.

Je suis la spectatrice de ma vie… Les paons déplient leur queue, début de la parade libidineuse.

Le vieux a bien essayé de me parler, mais moi, je n'ai fait que bégayer.

Je ne pense plus à Ludo, et malgré mes faux airs de « Madame » coincée, je sens monter en moi les moiteurs de la sensualité et des élans de liberté, que je refoule inconsciemment.

Sophie a bien senti que je n'étais pas à l'aise avec les deux bonshommes, alors, avec son tact légendaire, elle les a envoyés balader.

« Tu sais, je comprends que tu ne te sentes pas à l'aise. Tu sens la naphtaline, je t'assure. Un coup de Swiffer te fera le plus grand bien. Tu es trop restée enfermée, il est vraiment temps que tu vives, tu es encore jeune. Je ne comprends pas les femmes qui s'enferment dans une prison de sécurité. Je te vois sombrer petit à petit, et je ne peux même pas t'aider. Quoi que je dise ou que je fasse, de toute façon, tu ne m'écouterais pas. Je sens qu'aujourd'hui, tu t'ouvres peu à peu. Je ne dis pas que ça va être simple, Marie, je te dis juste que tu vas, par étapes, reprendre possession de ton "moi". C'est important, tu sais... » La v'là qui soliloque, et soliloque encore...

Nous restons deux petites heures sur la plage.

J'ai chaud. Des gouttes de sueur glissent le long de mon décolleté. Je regarde, à quelques mètres de moi, les allées et venues des vagues légères. Drapeau vert. Quelques baigneurs nagent lentement. Trois, quatre jeunes s'amusent à s'éclabousser. J'envie leur manque de complexes. Si seulement j'avais un peu plus de courage, je quitterais ce maudit paréo et foncerais droit devant, en courant. Je plongerais mon corps dans l'eau fraîche. Et je nagerais comme *Madison*... même si je suis loin, très loin de ressembler à une sirène, mais ça fait du bien d'imaginer des choses, y a pas de miroir dans l'eau...

La peur du jugement, la peur du ridicule me tétanisent et m'empêchent de vivre. À quoi bon passer son temps à se priver ? À cause de qui, de quoi ? De ces gens que je ne connais pas ? Ne pourrais-je pour une fois me focaliser sur moi-même et mes envies ?

Le regard d'autrui, c'est le problème de ma vie.

Un couple d'amoureux se bécotent là, tout près. L'homme, de l'eau jusqu'à mi-cuisses, tient langoureusement une belle brune dans ses bras. Moi aussi, lorsque j'étais jeune, j'aimais les étreintes humides. Que dirait la jeune femme que j'étais si elle me voyait ainsi complexée par ce corps que je n'ai eu de cesse de maltraiter ? Elle m'enverrait chier, elle se moquerait, et elle aurait raison…

— Tu veux qu'on aille se baigner ? me demande Sophie.
— Non ça va, merci, mais toi, vas-y, si tu veux, je réponds.
— Tu es rouge comme une écrevisse, ça te ferait du bien, me dit-elle.
— Non, vraiment, je n'ai pas envie…
— Donne-moi une raison valable, chérie…
— Lorsque je me baigne avec mes règles, j'attrape de violentes crampes abdominales.
— Bonne excuse, dit-elle en s'allongeant de nouveau sur son transat et en enfilant ses lunettes de pin-up sur son nez.

Je regarde le corps allongé de Sophie ; son ventre sculpté, ses beaux cheveux étalés sur le matelas, ses ongles manucurés et tout et tout. Je jette un œil sur mes dix boudins blancs, je ronge mes ongles depuis des années. C'est moche, des doigts aux ongles rongés. J'envie Sophie ; non, pire, je la jalouse.

Je suis assise au bord de mon transat, la peau de mon ventre recouvre le haut de mon pubis. Mes seins tombent, mes bras sont flasques, et mes cuisses, rougies par l'épilation, sont pleines de vergetures et de cellulite. On ne peut pas dire que Ludo m'aide à accepter ce corps qui change et se transforme, au contraire. Après tout, ce n'est pas à lui de le faire, c'est à moi de me prendre en main… body positif.

L'alcool commence à me monter au ciboulot, et si nous voulons bouger ce soir, il est impératif que je puisse rentrer un peu, pour me reposer. Je n'ai plus d'endurance.

***

En arrivant chez Sophie, je m'étale de tout mon long sur son canapé et me mets à ronfler. Oui, parce qu'en plus d'avoir une vie de merde, je ronfle depuis plus de cinq ans…

Sophie me réveille sur les coups de vingt heures trente, fraîche et pimpante comme la rosée du matin.

Je me lève tant bien que mal. Je me regarde dans le miroir de la salle de bains, j'ai le visage gonflé, les yeux qui sortent de leurs orbites comme une thyroïdienne non soignée. Y a du boulot. Sophie rentre dans la salle de bains. Elle pose sa main sur mon épaule nue. Je ravale mes larmes, qu'ai-je donc fait pour en arriver là ?

— Tu veux que je te maquille, ma belle ? me demande-t-elle tendrement.

— Oui, après la douche, je veux bien que tu t'occupes de moi, je parviens à chuchoter.

Après une douche express *qui dissout la saleté dans l'eau*, je m'assois sur le rebord de la baignoire.

Elle applique généreusement un fond de teint zéro défaut, il m'en faudra un peu plus pour cacher mes imperfections. Ensuite, elle met du fard sur les paupières et du rouge sur mes lèvres, que je mange inconsciemment au bout de deux minutes. Je n'ai plus l'habitude d'avoir le visage tartiné, j'ai l'impression de porter un masque qui, à tout moment, peut se craqueler.

— Ça fait combien de temps que tu ne t'es pas occupée de toi ? me demande-t-elle en coiffant mes cheveux rebelles.

— Je ne compte plus les années, je réponds en soupirant.

— Ma pauv'…

— Tu sais, on s'habitue à tout…

— La vie est courte, faut que tu en profites. Il faut que tu rencontres des gens, c'est important. Tu verras, lorsque tu te sentiras belle dans le regard d'un homme, ta vie va changer…

— Pour toi, profiter de la vie, c'est faire des rencontres ? C'est se sentir belle dans les yeux d'autrui ? Tu peux avoir des discours complètement paradoxaux, Sophie. Tu prônes la liberté des femmes, et d'un autre côté, tu pars du principe que c'est l'homme qui peut l'aider à se révéler, c'est complètement antinomique.

— Oui, tu as raison… Le principal, c'est de se trouver belles et intéressantes, savoir ce qu'on vaut vraiment… au diable l'avis masculin… ce qui n'empêche pas les rencontres, hein…

— … Faut que je me sorte les doigts du cul, comme on dit… je réponds en singeant un sourire.

— Je peux te poser une question indiscrète ?

— Évidemment…

— Ludo et toi, vous faites encore l'amour ?

— Rarement. On ne se regarde plus, et quand on fait l'amour, ça dure cinq minutes montre en main, histoire de dire qu'on a encore une activité sexuelle… Il n'y a même plus de préliminaires, et la lumière est toujours éteinte. C'est moi qui n'ai plus envie de lui et non le contraire.

— C'est triste…

— Ma vie est triste…

— T'es chiante, Marie… Bon, j'ai dit à Jessie de passer au bar des Amis. Une soirée entre filles, ça ne peut que te faire du bien.

J'ai présenté Jessie à Sophie, et depuis, elles sont devenues inséparables. Jessie a le même âge que nous. Elle est mariée avec Robert, un retraité de l'armée, elle a trois enfants, déjà grands, de deux pères différents. Elle ne travaille pas, elle se fait entretenir, comme on dit. C'est terrible de dire d'une femme qui reste à la maison qu'elle se fait entretenir, comme si elle était inutile, qu'elle ne servait à rien, alors qu'elle s'occupe de ses enfants toute la journée et qu'en plus, elle fait la cuisine, le ménage, les courses et tout et tout.

Elle dit qu'elle aime Robert, l'homme qui l'aurait sauvée il y a dix ans, quand elle s'est retrouvée à la rue avec ses trois enfants, alors âgés de deux, quatre et six ans. Leur relation est presque idyllique. Lui, comme il ne peut plus avoir d'érection, et qu'il savait très bien qu'il se mettait en couple avec une poupée à la libido débridée, lui a dit qu'elle pouvait aller voir ailleurs quand elle voulait. L'essentiel, pour lui, c'est juste qu'elle pense à bien se protéger. Leur deal est «donne ton corps, mais jamais ton cœur». Une vision moderne de l'amour. Je ne sais pas. Robert aime regarder sa femme faire l'amour avec de parfaits inconnus, et elle m'a même raconté que, parfois, pendant le sexe, son mari lui tient la main. Les mœurs et coutumes sexuelles changent et évoluent. Il paraît que ça s'appelle du candaulisme. Chacun fait, fait, fait, ce qui lui plaît, plaît, plaît, qui suis-je pour me permettre de juger ?

Entourée de deux magnifiques femmes, à la sexualité effrénée, je me sens mal à l'aise et mal dans ma peau, déjà que ce n'est pas la panacée. J'ai le bourdon, j'ai envie d'aller me coucher, de dormir et ne plus jamais me réveiller.

Ludo m'a laissé trois messages sur mon répondeur, je lui ai répondu que je passais la semaine avec Sophie.

Ludo déteste Sophie, il la déteste parce qu'il a envie de la baiser, mais il sait qu'elle, elle ne voudra jamais. Il a bien essayé une fois de lui faire du rentre-dedans. Il ne sait pas que je suis au courant. Il pense que les femmes entre elles sont toujours dans la concurrence et que la complicité n'existe pas.

Ludo avait coincé Sophie en lui disant qu'elle le faisait, et je cite, «bander». Il n'a jamais employé ce genre de vocabulaire avec moi. Les hommes prennent certaines libertés parfois qui me dépassent. Sous prétexte que les femmes sont libres et jolies, ils s'adressent à elles crûment. Ils ont le langage gras, ils ne se gênent pas pour leur foutre une tite main au cul et tout et tout… mais ça change depuis peu, depuis le #… *niark niark niark…*

Ludo ne m'a jamais parlé comme ça, car… je ne peux pas être à la fois sa mère et sa putain. Sophie m'a fait promettre de ne jamais lui en parler, elle ne voulait pas d'histoires. Alors je n'ai rien dit. Ce qui me paraît étrange, c'est que ça ne m'ait rien fait. Pas une once de jalousie, rien. Je m'en moque éperdument.

***

« Ah non, ma belle ! Tu ne vas pas sortir habillée comme une clocharde », me lance Sophie. Je laisse mes jeans et mes vieux pulls sur le lit, en vrac. Sophie, son nez dans le placard, me dit : « C'est incroyable à quel point on peut se laisser aller, que tu mettes des vêtements pareils pour traîner chez toi, pour faire ton ménage ou le jardinage, je veux bien, mais pour sortir… hors de question… Ah, la voilà… enfin », me dit Sophie en se tournant vers moi, tout sourire, une robe suspendue sur un cintre dans la main droite.

Je me lève, je regarde la robe, tissu léger, coupe version Marilyn Monroe. « Je ne vais pas mettre ça ! Regarde… Ce ne sont pas des jambes que j'ai, mais des poteaux », je dis en soulevant la jambe gauche. « Tttt… elle te plaît oui ou non ? » me demande-t-elle. Je prends la robe, je la tends devant moi. « Bien évidemment qu'elle me plaît, mais je ne rentrerai jamais dedans. » Sophie me pousse gentiment et me dit : « Essaie-la, elle va t'aller, je te le garantis. »

Dans la salle de bains, j'enfile la jolie robe, joli tissu, jolie matière. Oh ! Tiens, du Gucci… *Dior, Chanel, Yves Saint-Laurent…*

Je ne parviens pas à fermer la fermeture éclair, non pas parce que la robe est trop petite, mais juste parce que la fermeture se trouve à l'arrière. Même les fringues pour nous, les femmes, ne sont pas pratiques. Tout est fait pour nous compliquer la vie… Il ne viendrait pas à l'esprit d'un créateur de foutre la fermeture éclair au cul d'un pantalon pour hommes.

Sophie remonte la fermeture… La robe me va, alléluia.

Je me regarde dans le miroir ; « pas mal », je me dis. Ça faisait une paie que je ne m'étais pas sentie un peu sexy, juste un peu hein, il ne faut pas abuser non plus… je suis loin d'être une bombe.

Mes seins lourds sont bien mis en valeur par le décolleté, la robe est assez large pour ne pas mouler mon ventre. Je me regarde de nouveau dans le miroir, je regarde mes fesses rebondies, puis mes jambes, qui, pour le coup, ne me paraissent pas si moches que ça. J'éclate de rire en tournant sur moi-même. Une autre Marie est en train de naître.

La musique entraînante résonne dans l'appartement.

Sophie vient vers moi en tenant deux coupes de champagne dans chaque main. Elle ondule, elle balance son corps, elle ressemble à un animal sauvage, indomptable, elle est tellement féline. Qu'est-ce que j'aimerais encore bouger comme ça. Mon corps est rouillé, je le sens bien.

On trinque... On rigole... On vit...

« Bon, on y va ? On se bouge ? » lance Sophie en empoignant son sac à main. Je suis prête, enfin je l'espère.

Les rues montpelliéraines sont bondées, il commence à faire bon, ça fait du bien.

J'ai l'impression que je rajeunis.

Lorsque nous marchons dans la rue, des hommes nous regardent. Depuis combien de temps ne m'a-t-on pas regardée de la sorte ? J'suis pas débile, je sais bien que les regards se tournent vers ma copine, mais j'ai le droit d'en profiter, merde !

∗∗∗

C'est beau, une ville, la nuit. Dire que je suis passée à côté durant un bon nombre d'années. D'ordinaire, je passe mon temps avachie sur mon canapé, devant la télé, avec ou sans le mari à mes côtés.

Jessie n'est pas encore arrivée. Nous nous installons en terrasse, « pour mater et fumer, c'est plus pratique », me lance mon amie. La terrasse du café commence à se remplir. Les gens discutent, les gens rient, les gens vivent. J'inspire un grand coup.

« Ça fait du bien d'exister, n'est-ce pas, Marie ? », me demande Sophie avec un petit regard malicieux. Je souris et lui lance : « Tu ne peux pas imaginer à quel point. »

On commande deux mojitos. Le serveur nous apporte une petite coupelle remplie d'olives vertes et noires. J'ai choisi ma semaine pour faire un régime, mais je meurs de faim.

— J'ai tellement envie de chips et cacahuètes ! je dis à Sophie.

— Cacahuètes que tu dis ? Que nenni… C'est terminé tout ça… Petits légumes, salade à volonté, mais tout ce qui est gras, sucré, salé, tu oublies ! elle me dit en trempant ses lèvres dans son verre.

— Sophie… le mojito… c'est bourré d'alcool… donc de sucre, ça fait grossir aussi…

— Oui, je sais, il faut savoir faire des choix dans la vie, soit l'alcool, soit la bouffe.

— Ça veut dire qu'on ne va pas manger ?

— Si… une salade, sans sauce…

— J'ai faim…

— Demande un verre d'eau, ça coupe la faim, et mange des pommes aussi…

— Il n'y a pas de pommes… Nous ne sommes pas chez le primeur.

À la table voisine, un couple mange des moules à la marinière, une bonne odeur de persil, de vin blanc et d'iode flotte jusqu'à mes narines. Je salive. C'est bon, les moules, ce n'est pas un plat trop gras…

— N'y pense même pas, ma belle. Dans les moules, y a de l'échalote, bref, des odeurs anti-amour, me dit Sophie en me surprenant en train de loucher sur l'assiette du voisin.

— Mais je ne compte pas faire l'amour ce soir… je dis.

— Ah ! ça, tu ne peux pas le savoir à l'avance, me répond-elle en éclatant de rire.

— Je ne peux pas, je suis mariée, je te rappelle, je dis.

Elle éclate de rire. Bascule sa tête à l'arrière exagérément, donne un petit coup sur mon avant-bras et me dit :

— Arrête, Marie, le mariage n'empêche pas l'adultère.

… Pas faux…

« Youhou… », petite voix derrière nous… « Les filles, je suis là… » lance Jessie, à quelques mètres de nous. Incroyablement sexy dans son jean et son haut blanc moulant, elle avance lentement en roulant ses hanches, droite-gauche, gauche-droite.

Je soupire, bon sang qu'elle est belle, et moi… et moi ? *Un petit boudin hin hin, un petit boudin hin hin…* Je vais me taper la mélodie toute la soirée, *et toi tu te lèveras avec demain…*

Sophie se lève, trépigne sur place, et moi, je reste assise, la paille à la bouche. Les gens se tournent vers nous, je fais semblant d'être à l'aise en souriant bêtement. Je sens bien que l'homme à la table à côté parle de nous. V'là que je deviens parano. J'ai l'impression que tous les mâles de la terrasse me jugent…

« Je n'y crois pas, tu as réussi à faire sortir mémère ? Quand tu me l'as dit, je pensais que tu déconnais », lance Jessie à Sophie avant de s'adresser à moi : « Ça fait plaisir, Marie, il était temps… » Envie de lui dire « je t'emmerde », mais je me tais, je souris bêtement une fois de plus… J'suis devenue une *mémère*, à cause du temps qui passe, des émissions télé, de la routine, du mariage… la faute à qui ? La faute à quoi ? La faute à moi…

On boit, on trinque, on se raconte nos petites vies. On fait tomber les masques… *ah ah ah…* Les vies de Jessie et Sophie sont tellement passionnantes. L'impression d'être dans un film… La mienne se résume en deux mots… « Je m'ennuie. »

Je commence à me décontracter un peu, j'ai même réussi à soutenir le regard d'un homme pendant trente secondes. Je sais que je louche quand je suis fatiguée ou un peu alcoolisée… mon œil gauche part en biais. L'homme en question n'était pas bien beau, mais qu'importe ? Qui suis-je, surtout moi, pour juger le physique d'une personne ?

L'homme s'est attardé sur moi, ça fait plaisir ces choses-là, puis ça fait tellement de bien de sentir le frétillement du désir. Mon corps se réveille. La dernière fois que j'ai soutenu le regard de quelqu'un, c'était à la boucherie, une vieille qui voulait me piquer le dernier morceau de gigot…

Jessie parle de ses dernières péripéties sexuelles. Elle nous raconte qu'elle s'est inscrite, il y a plusieurs mois, sur un site libertin. Elle dit que c'est pratique, que les abonnés savent ce qu'ils recherchent ; pas d'amour, juste de la complicité et du sexe, tout est clair… Il paraît que les hommes paient dix euros par mois pour consulter les profils. Pour les filles, c'est gratuit, bien évidemment, car sans femmes, pas d'hommes ; sans hommes, pas de femmes ; et sans hommes ni femmes, pas de site, je tourne en rond, là…

Sur ledit site, tout le monde prend un pseudo, pour masquer sa vie « réelle ». Les connecté(e)s postent des photos de leur fessier, leurs seins, leur bite, leur chatte, rarement leur tête.

Ensuite, ils attendent qu'une personne envoie un mail pour rentrer en connexion. Ça va vite lorsqu'une femme s'inscrit ; pour les hommes, c'est autre chose.

C'est Jessie qui m'explique tout ça, à moi, la novice de service. Sophie rigole… Je lui dis : « Et toi, t'es inscrite là-dessus ? » Elle me répond : « Oui, je l'ai été, mais c'est pas pour moi, je crois que je suis trop sentimentale… »

Les dernières annonces de rencontres que j'ai lues étaient écrites dans *Le Chasseur français*. Ça ne me rajeunit pas, tout ça…

La journée, pendant que les enfants sont à l'école, Jessie fait l'amour avec des, et je cite, « étalons bien membrés ». Ce ne sont plus des hommes, ce sont des « bites sur pattes », des « animaux sauvages », des étalons, des cochons, des chiens, des bêtes… waouh… ça fait rêver… bref, je n'en suis pas encore là, j'aurais peur de me retrouver avec des malades mentaux, le genre de gars qui séquestrent, violent avant de trucider leurs victimes à coups de couteau. Je pense comme ça à cause des séries, mais surtout à cause des actualités, maintien du peuple par la terreur. *Fallait bien que je le case quelque part…* Faut voir comme j'ai peur de la maladie aussi, puis de la mort… alors que… entre nous, nous sommes tous(tes) condamné(e)s à mourir dès notre naissance… *Déprime et écriture inclusive…*

Je sais que c'est la peur qui m'empêche d'avancer, il faut que je fasse une Ré-évolution de mon être…

Je regarde mes jolies copines décomplexées et j'espère devenir un jour aussi libérée qu'elles. Enfin, libérée, libérée, tout est relatif…

Sur les coups de minuit et demi, la fatigue me gagne. Je n'ai pas d'endurance pour les coups de folie, *c'est pas fini, folie, fini…*

« La soirée ne fait que commencer, il va falloir bouger, Marie se met à bâiller », lance Sophie. C'est chiant de sortir *mémère*…

On paie la note, le serveur se fait allumer par mes deux amies, et moi je reste là, immobile, muette comme une carpe.

***

En arrivant devant la discothèque, il y a déjà une *queue* énorme. « Venez », lance Jessie. Elle s'approche du videur, l'embrasse bouche ouverte et langue sortie. Puis ils papotent deux, trois secondes, le videur sourit, nous regarde Sophie et moi et nous fait un petit signe de tête…

Il nous fait rentrer l'air de rien, sous les râles des clients impatients. J'entends derrière moi les commentaires des gens mécontents… « Ce n'est pas possible », « c'est abusé », « il est sérieux le mec ? Ça fait une heure qu'on attend pour rentrer dans cette boîte »…

Je baisse la tête, c'est tout juste si je ne m'excuse pas en passant devant tout le monde. La musique *sonne, sonne, sonne…*

On marche dans le petit couloir, on ne fait pas la queue à l'entrée pour le vestiaire. Jessie fait un grand signe à une femme pas très jolie qui nous hurle : « Venez par là. »

« C'est un de mes réguliers, il s'appelle Juan, un super coup au lit », dit Jessie en posant sa veste et son sac sur le comptoir. J'ai mis dix secondes avant de réaliser qu'elle parlait du physionomiste de l'entrée. « Passez-moi vos affaires, les filles », dit la fille pas très jolie. Je quitte ma petite veste en cuir noir, je me sens nue, je croise les bras sur ma poitrine, j'essaie de sourire, mais je crois que ça ressemble plus à une grimace. « Détends-toi, ma grande, personne ne va te manger », me dit Sophie en éclatant de rire.

On ouvre la porte battante, et boum ! le monde m'arrive en pleine face. Je redécouvre par étapes le milieu de la nuit. Rien n'a changé à part qu'on ne peut plus cloper…

Les filles se dirigent illico vers le bar, commandent un verre en lançant *des regards de baise* à tous les mecs qu'elles croisent. Moi, je ressemble à un cochon sourd, le regard vers le sol, je me sens complètement ridicule dans ma robe de star.

« Décoince-toi un peu, Marie, on n'a qu'une vie », me lance Jessie en dodelinant de la tête sur le rythme de la musique et en bougeant son bassin de gauche à droite. Je sais bien qu'elle a raison, mais ce n'est pas facile. Elle, avec ses cheveux longs, blonds comme les blés, son regard à faire péter les boutons de braguettes, ses fines gambettes et son assurance ; elle, elle n'a pas de mal à se faire remarquer ; elle, elle peut se permettre d'avoir confiance en ELLE…

Au bout du bar, un homme ne me lâche pas du regard. Les *crevards quéquette poisseuse*, c'est pour ma poire. L'homme mesure un mètre soixante à tout casser, son ventre déborde de son pantalon trop serré, il transpire, il est chauve, il est laid. Je bois encore, et encore, jusqu'à ce que je commence à avoir envie de pisser, et bien évidemment, c'est le moment que choisissent les filles pour aller se déhancher.

Me voilà serrée comme une tresse africaine, à essayer de bouger mon corps. J'évite de bloquer sur les copines qui ondulent joliment leur popotin, satané complexe d'infériorité.

Jessie frotte son fessier contre le bas ventre d'un top model tout droit sorti des magazines de mode. Sophie rit en fixant intensément un blond aux allures slaves, et moi, je me concentre sur mes petits pas, *petit cochon, petit cochon, un deux trois, un deux trois…*

Mes deux copines sont en train d'embrasser à pleine bouche leur prince du moment. Moi, je tiens la chandelle, alors je souris, je fais semblant de m'amuser, semblant de gérer la situation. Je fais semblant de ne pas voir les regards qui se posent sur moi. Il faut que je m'amuse, je suis ici pour décompresser. De toute façon, j'ai oublié mes lunettes à la maison, je ne vois que des visages flous bouger autour de moi, et ça m'arrange bien.

Le petit gars du bar s'approche en essayant de suivre le rythme de la musique. « Bonsoir », me lance-t-il en bougeant de bas en haut ses tout petits bras. Il a une très mauvaise haleine, mélange d'alcool et de saucisson à l'ail. L'homme a quitté sa veste. Deux grosses auréoles sont dessinées sous ses bras.

J'essaye de capter le regard de mes copines pour qu'elles me sortent de cette galère, mais elles sont trop occupées et ne me voient pas. J'ignore l'homme aux aisselles mouillées. Il s'accroche à moi comme une moule à son rocher. On ressemble à un couple coincé qui n'est pas sorti depuis des milliers d'années.

J'abandonne la piste de danse en pensant que le petit gros va me lâcher, c'est loupé. Alors, je vais aux toilettes pour dames, ou du moins je fais la queue devant les toilettes pour dames. Il y a toujours la queue devant les toilettes pour dames, peu importe l'endroit, bar, restaurant, aire de repos sur l'autoroute. Il doit y avoir un passage secret que je n'ai pas encore trouvé…

Je regarde derrière moi, le petit gros a changé de proie, tant mieux. J'abandonne la queue – *comme d'habitude* – et retourne derrière le comptoir. Je commande un autre mojito et je regarde de loin mes copines s'éclater. J'ai juste envie d'aller me coucher.

« Bonsoir », me lance une voix rocailleuse. Je ne réponds pas. « Vous êtes seule ? », poursuit la voix. Je soupire, je me tourne vers la « voix » et je me retrouve non pas face à « l'œil » mais face à un homme, deux mètres vingt, cent dix kilos de muscles. Il a les dents d'un blanc éclatant. J'ai balbutié quelques mots maladroits, « Babuch klevech klouch », me v'là à parler le biglouchka… Ça l'a fait rire.

« Vous venez souvent ici ? », me demande-t-il. J'ai regardé autour de moi, je m'attendais à trouver une bande de jeunes matous assis à une table, en train de rigoler en nous regardant discuter. Une sorte de pari lancé, « pas cap de draguer la grosse au comptoir ».

Il était seul. On a attaqué une conversation version philo de comptoir. On passe du vous au tu, puis on se raconte nos vies…

« Marie, puis-je te dire quelque chose ? », me demande-t-il. « Oui, je t'écoute », je réponds en terminant ma coupe de champagne. « J'ai envie de passer la nuit avec toi. » Il me regarde intensément. Silence. Petit mouvement de tête de sa part… « Ah, tu attends une réponse, mais tu ne m'as pas posé de question », je lui dis. Il rigole et me lance : « Tu veux passer la nuit avec moi ? » Mon cœur bat vite, et comme une ado en manque de sensations, je réponds : « Oui, allons chez toi. » Parfois, il vaut mieux ne pas réfléchir, sauter du pont, comme ça, boum ; sauter dans le grand bain, comme ça, sans se mouiller la nuque… Sauter dans le lit du beau garçon, juste par envie… mettre la peur de côté… Je ne sais pas si c'est une bonne chose que je me laisse aller à cette pulsion, pulsion sûrement due à mon état second…

J'avertis les copines que je ne rentrerai pas avec elles ce soir. Mais, en toute franchise je crois qu'elles s'en battent le clitoris. Elles m'ont regardée en rigolant… Elles sont toutes joyeuses, les copines…

***

Dans la voiture en cuir du beau mâle, dont je ne me rappelle plus le prénom tellement qu'il est compliqué… je me sens bien, plutôt détendue, du moins pour l'instant…

***

Sympa, l'appartement… Puis tout à coup, je réalise que 1) je ne connais pas le nom ni le prénom de ce gars, 2) je ne connais pas son adresse, 3) personne ne sait où je suis, car moi-même je ne le sais pas…

Mon Dieu, j'suis chez un homme que je ne connais pas… et s'il lui prenait l'envie de me tuer ? Que suis-je en train de faire ? Il me demande si je veux du champagne, je réponds que oui… j'essaie de paraître à l'aise, mais j'ai une grosse angoisse qui me compresse la poitrine… lui, il me sourit… et là, il débouche avec aisance la bouteille. Je bois le verre qu'il me tend, quasi cul sec… Oh mon Dieu, que suis-je en train de faire ? Oups, une deuxième coupe… et s'il avait mis un truc dans mon verre… troisième coupe… je me sens un peu mieux, cool…

***

J'ouvre les yeux, le ciel commence juste à s'éclaircir. Je ne sais plus où je suis. Je panique comme une enfant qui fait un tête-à-queue dans son lit, englobée, avalée par la couverture, j'ai le cœur qui tambourine.

Il y a une ampoule suspendue au plafond, la peinture est gris taupe. Où suis-je ?

Je me tourne, il est là. Je ne me souviens plus que de quelques bribes de la soirée passée avec mes amies et ensuite avec le rugbyman.

Je me souviens du sourire de l'homme inconnu, de sa voix grave. Je me souviens de l'odeur du cuir dans sa voiture. Je me souviens avoir vomi en bordure de route pendant qu'il me tenait les cheveux. Je me souviens être entrée dans son petit appartement, tout petit logement, trop petit pour ce géant. Je me souviens que nous avons discuté, mais je ne me souviens plus du sujet. Je me souviens avoir pleuré. Je crois qu'il m'a embrassée, mais je n'en suis pas certaine. Je me souviens que je me suis endormie, mais je ne sais plus à quel moment.

L'inconnu dort encore, à poings fermés. Son corps d'Apollon est recouvert à demi par le drap en coton vert.

Impossible de décrire l'angoisse subite qui m'envahit. J'ai fait des choses, car l'alcool m'a désinhibée. Le produit est parti, j'ai repris conscience de mes faits et gestes. Que faire ?

Je me dégoûte. C'est la première fois que je trompe mon mari, et je me sens mal, si mal. J'ai honte de moi. Je reste là, immobile, ne sachant que faire.

Je ne vais pas dire que l'homme allongé là ne me plaît pas. Il est beau, oh oui, il est beau. Pourquoi s'est-il intéressé à moi alors que bon nombre de filles bien plus jolies se trémoussaient sur la piste de danse dans l'attente d'être aimées ? Je ne me souviens plus si nous avons fait l'amour ou si je me suis endormie après avoir pleuré. Pourquoi ai-je pleuré ?

Je me sens de plus en plus mal. Il faut que je parte avant qu'il ne se réveille.

La voisine du dessus traîne ses pieds en marchant. Un enfant pleure. Il faut partir. Marie, il faut partir.

Dois-je lui laisser un mot ? À quoi bon lui laisser un mot, peut-être qu'il ne se souvient plus de m'avoir ramenée chez lui.

Je ne vois pas de préservatif sur le sol. Mon Dieu, mon Dieu…

Me voilà à prier un dieu mort depuis des milliers d'années. Les bruits de vie de l'extérieur me ramènent à la dure réalité. Je ne suis pourtant pas de celles qui se laissent guider par les pulsions inavouées et inavouables. Qu'est-ce que je peux être coincée comme meuf…

Je me sens mal, si mal, j'ai trompé mon mari…

Je me lève, je m'habille sans faire de bruit.

Puis, d'un coup, l'homme bouge et me retient par le bras. « Bonjour, toi », il me dit. « Salut… je dois partir… glubuch glabach kech… que s'est-il passé hier ? », je lui demande en fronçant les sourcils… Il éclate de rire et me dit : « On s'est endormis en discutant… »

Me voilà à demi rassurée.

« On pourra se revoir, Marie ? », il me demande… Compte là-dessus et bois de l'eau, Marcel. « Oui, pourquoi pas, on s'appelle », je lui dis… « 0625250… c'est mon numéro », il me dit… « OK », je réponds en prenant mon manteau… « Tu le notes pas ? », il me dit… « Non, non, pas besoin, j'ai une très bonne mémoire », je réponds… Partir, partir, vite partir… *À noter que j'ai une mémoire à la con…*

***

Je ferme la porte derrière moi, je ne me souviens toujours pas de son prénom.

Je me fais la promesse de ne plus jamais suivre un inconnu, j'ai eu de la chance cette fois-ci… Je me fais la promesse de ne pas trop boire lorsque je sortirai en discothèque avec les copines afin de garder un minimum de lucidité.

***

C'est en marchant dans la fraîcheur matinale que l'angoisse d'il y a quelques minutes se transforme en une sorte d'euphorie, une soudaine sensation de liberté. Le gars, le beau mâle, veut me revoir… oui, il veut me revoir… mais… oh, merde, j'ai oublié son numéro, tant pis, c'est la vie…

***

Plus mon ennui de vie grandira, plus je risque de plonger dans les distractions éphémères. Comme si lesdites distractions pouvaient combler le vide existentiel.

À moi d'être prudente, à moi de me contrôler, à moi de ne pas sombrer.

La peur ne doit plus m'empêcher d'avancer, d'exister, de m'amuser, de me détendre, d'expérimenter et tout et tout…

N'IMPORTE QUOI

À plus de huit heures du matin, je sonne à la porte de l'appartement de Sophie. Un sachet de croissants frais histoire de m'excuser d'avoir découché. Je patiente quelques longues minutes. Elle doit dormir.

La voisine sort de chez elle, un sac poubelle à la main. Elle est bien coiffée et bien maquillée, elle sent bon. « Bonjour », me lance-t-elle, fraîche comme un gardon. J'ai les cheveux en vrac, la bouche qui pue, je me sens laide.

Je sonne une nouvelle fois. Je patiente, et j'entends des bruits de frottement sur le sol. Sophie marmonne des phrases que je ne comprends pas. Elle ouvre la porte. Elle a de petits yeux tout gonflés. Elle non plus ne s'est pas démaquillée avant de se coucher, son khôl coule sous ses yeux.

« Où étais-tu ? Jessie et moi t'avons envoyé moult messages, tu n'as pas répondu », me dit-elle en me laissant entrer. « Je suis désolée, la batterie de mon téléphone était HS », je lui réponds en baissant la tête.

« Règle numéro 1, toujours avoir un chargeur sur soi ou une batterie externe ; règle numéro 2, quand tu découches, tu avertis les copines et tu réponds aux messages qu'on t'envoie ; règle numéro 3, tu envoies toujours ta position… pas la sexuelle, ça on s'en fout hein », dit-elle en éclatant de rire avant de poursuivre, « on était à deux doigts d'appeler les flics, allez, rentre, c'est ta première erreur, ce n'est pas grave, tu es là, c'est l'essentiel. Tu vas tout me raconter, n'est-ce pas ? ». Le matin au réveil, Sophie parle trop.

Je m'assois sur le canapé. Sophie ouvre les volets de la salle à manger. Elle porte des pantoufles roses avec des pompons au bout. Elle, elle les porte bien, comme ce peignoir en satin et cette nuisette pastel. Si je mets les mêmes mules demain, je ne ressemblerais à rien ; quant au peignoir et à la nuisette, je n'ose même pas imaginer la dégaine que j'aurais.

Sophie traîne des pieds. J'entends le bruit de la cafetière qui crachote. Elle revient deux minutes plus tard avec deux tasses à la main. « Merci pour les croissants… Bon alors, où étais-tu ? », me dit-elle en s'asseyant. « Avec un homme que j'ai rencontré à la soirée », je lui réponds. « T'es sérieuse ? », me lance-t-elle en ouvrant grand ses yeux et en souriant légèrement.

Je lui raconte le rugbyman, puis l'angoisse qui m'a saisie au réveil.

— Marie, fais attention à toi, ne fais pas n'importe quoi… elle me sort.

— Dis donc, ce n'est pas toi qui m'as sorti un truc dans le genre, « si le mariage existe, l'adultère aussi » ? je lui dis.

— Marie, lorsqu'on sort d'une relation, on a tendance à se jeter sur tout et n'importe quoi. Un peu comme une boulimique. On dévore, dévore, l'indigestion est inévitable. Plus la relation est longue, plus les femmes sont affamées. Mais manger n'importe quoi, c'est aussi prendre le risque de s'empoisonner. Lorsque les femmes sortent d'une longue relation maritale, elles vivent une seconde adolescence.

— … Je n'ai rien…

— … ne m'interrompt pas, Marie, c'est important que tu saches, je n'ai pas envie que tu fasses n'importe quoi et que tu regrettes après. Tu sais, ce n'est pas facile de se regarder en face quand on fait n'importe quoi…

— … Sophie, je n'ai pas couché avec lui…

— … Quoi ? Mais il fallait le dire avant… Mais qu'avez-vous fait ?

— On a discuté et on s'est endormis…

On reste silencieuses quelques instants. Elle bâille.

— On va se coucher ? me demande-t-elle.

— Je ne suis pas fatiguée, mais vas-y toi, tu as besoin de te reposer.

Sophie se lève, traîne de nouveau ses pieds et disparaît derrière la porte de la salle à manger. La meuf vient de me faire une leçon de morale alors que la veille, elle me poussait à reprendre ma vie en main et à connaître les one-shot-baise…

Je prends la télécommande, j'allume la télé. Téléshopping, M6 Boutique, télé-achat, l'art de consommer les fesses posées sur son canapé. Je zappe avant de m'allonger sous le plaid en poil de Muppet.

***

Quinze heures – Jessie nous rejoint.

Ses yeux ne sont même pas cernés de noir à cause de la soirée d'hier soir.

— Je n'ai dormi que deux heures, mon amant avait une sacrée forme, hier. Je l'ai quitté il y a à peine une heure… dit-elle en riant.

Elle a un rire enfantin qui contraste avec ses actes licencieux.

— Viens là, toi, j'ai pensé à ça en me réveillant, je crois que tu es prête à sauter le pas… Allons, allons, ne fais pas ta timorée, tu n'as pas fait de manières hier pour partir avec cet inconnu… D'ailleurs, entre nous, tu as manqué de prudence, il ne faut jamais partir sans prendre quelques petites dispositions. Toujours envoyer un message aux copines pour les informer que tu es toujours en vie…

Jessie me traîne jusqu'à la table du salon.

Elle ouvre l'ordinateur de Sophie. Pianote son code secret. Ces deux-là sont vraiment complices ; moi, je ne laisserais mon mot de passe à personne.

Jessie me montre le site de rencontres sur lequel elle est inscrite, et ces deux pestes n'ont rien trouvé de mieux que de me créer une fiche.

Page d'inscription, le curseur clignote.

— Marie, tu verras c'est rigolo, me lance Jessie pour me rassurer.

— Je ne comprends pas le système de ce site… je dis.

— Il faut vivre avec son temps, me répond Jessie.

— Je ne sais pas si j'ai envie de rencontrer quelqu'un. Il faut que je fasse les choses dans l'ordre ; pour commencer, je devrais quitter mon mari.

— Je ne te dis pas que tu vas trouver l'homme de ta vie. C'est juste pour le sexe.

— Je n'ai plus vingt ans, mes envies ont changé. Je ne peux pas faire l'amour avec quelqu'un que je ne connais pas. À moins d'avoir quinze grammes dans le sang, et prendre le risque de le regretter par la suite.

— Que tu peux être « précieuse ». Nous sommes au 21e siècle, chérie. Le sexe aujourd'hui, c'est une sorte de produit de consommation, de distraction, un divertissement éphémère, si tu préfères.

Il est inutile que je débatte sur le sujet avec Jessie et Sophie, elles ont toutes deux une conception des relations différente de la mienne. Alors je me laisse guider et je complète ma fiche sur ledit site de rencontre.

Nom : INCONNUE

Prénom : Marie.

Ville : Montpellier.

Âge : 40 ans.

Brune. Yeux verts.

Cheveux : mi-longs.

Allure : BCBG, pulpeuse.

Auteurs préférés : Baudelaire, Rimbaud, Verlaine, Colette, Despentes, Duras, Sagan, Palahniuk.

Passions : lecture et cinéma.

Même ma fiche d'inscription est chiante à en crever.

— Je note que je suis mariée ? je demande aux filles.

— Si tu veux les faire fuir, oui, pourquoi pas, me dit Sophie en se faisant une pédicure, le pied droit posé sur le rebord de sa table basse.

— Tu es certaine que tu ne veux pas ajouter d'auteurs dans ta liste ? Peut-être même des citations ou des fiches de lecture ? se moque Jessie avant de se tourner vers Sophie et d'éclater de rire. Tu as lu ? On dirait que Marie remplit un formulaire pour trouver un poste de bibliothécaire.

— Je n'ai pas envie de tomber sur une personne inculte et débile… je réponds.

— Les gens ne sont pas inscrits pour discuter et pour s'instruire, au contraire. Ils sont juste là pour les plaisirs de la chair, me dit Sophie.

— Ça ne me donne pas envie, votre truc, je réponds.

— On s'en fout, c'est juste pour le fun, me lance Jessie.

— Si tu le dis, je réponds.

Je poste, sur les conseils de mes amies, une photo que Sophie a prise hier soir. Moi, l'air cool et décontracté, tête coupée – évidemment – dans ma robe moulante à souhait, les nénés débordant du décolleté.

Jessie surfe sur le site en me montrant des hommes les uns après les autres, comme si elle faisait défiler des articles ; « et lui, il te plaît ? », me demande-t-elle. Je fais une petite moue dubitative. « Je ne sais pas, je ne vois pas sa tête », je réponds. Ils sont souvent torse-nu, et sexe à l'air toujours dressé en contreplongée, il paraît que c'est pour flatter l'engin. Me voilà connectée depuis deux, trois minutes à peine que la petite enveloppe en haut de l'écran ne cesse de clignoter. « C'est quoi tous ces messages ? », je demande. « C'est l'effet, "nouvelle" sur le site. Les hommes sont pires que des loups affamés », me répond Jessie en souriant. Je pensais que c'était parce que mon profil était intéressant et que c'était grâce à mes références littéraires, mais « queue » nenni.

« Bon, les filles, on ne va pas passer notre soirée sur ce site, on a des choses à faire… on est bien entre filles, ne nous laissons pas polluer par le virtuel ce soir… »

On met de côté le site de rencontres et on se remet à discuter, déferlement de sujets futiles sans grande importance. Ludo n'existe plus, et c'est très bien ainsi.

La vie de célibataire, si elle ressemble à ça, ça va me plaire.

Ce soir, on décide de ne pas sortir avec les filles. Lorsqu'on n'a pas de contraintes professionnelles, tous les jours ressemblent à un long week-end.

On commande japonais, car j'ai une folle envie de manger des sashimis. Ludo déteste le japonais, ce n'est pas faute d'avoir essayé de l'initier, mais cet abruti et ses idées étriquées pensent qu'il y a du pékinois dans tous les plats.

Le livreur arrive une heure plus tard, avec trois sachets en plastique blanc, on a un peu abusé du champagne, nous sommes toutes trois légèrement éméchées…

Sophie fait entrer le jeune livreur. Son comportement me surprend. On dirait Marcel au bar PMU. Ça surprend toujours, une femme qui adopte le comportement masculin. « Bonsoir, jeune homme, tu as bientôt terminé ? Tu veux rester avec nous ce soir ? », demande-t-elle, arrogante, au jeune homme en posant sa main sur son avant-bras. Le malaise est palpable, et j'avoue que cette situation me plaît. Il faut que j'apprenne par étapes à déconstruire croyance, éducation et façon d'être.

— Je travaille, Madame, répond le charmant en bégayant.

Les hommes sont aussi pudiques et embarrassés que les femmes dans certaines situations plus que gênantes. En particulier dans les relations professionnelles. Ce pauvre homme ne peut pas nous envoyer bouler, car on risquerait d'appeler son patron pour nous plaindre du comportement de ce pauvre garçon.

— Tu termines à quelle heure ? Tu peux nous rejoindre après, si tu veux, dit Jessie en remettant une mèche rebelle en place.

— Non, je dois rentrer chez moi, j'ai ma copine qui m'attend, il répond.

— Une copine ? Mais elle n'en saura rien, et tu sais, nous ne sommes pas jalouses, on pourrait même t'apprendre un tas de trucs, poursuit Sophie.

Si je n'étais pas intervenue, le pauvre livreur serait encore avec nous à se dandiner d'un pied sur l'autre, le visage pourpre, les larmes au bord des yeux. Il aurait même peut-être terminé sa soirée ligoté sur une chaise à se faire harceler par les succubes dévorantes. Les hommes rigolent avec les copains sur des situations à la Dorcel et lorsque l'occasion se présente, ils sont perdus et paniqués.

On laisse partir ce pauvre livreur.

Sophie augmente le son de la musique.

— Sophie, c'est pas un peu fort ? que je demande…

— Si les voisins déboulent, ils seront bien accueillis, je te le dis, moi, dit Sophie en ondulant son boule, la bière à la main.

Ça fait trois fois que Ludo essaie de me joindre ; au bout de la quatrième fois, Sophie coupe la musique et me dit de répondre ou d'éteindre mon téléphone portable.

Alcoolisée, je décroche en faisant glisser mon doigt sur mon téléphone. « Ouaiiiiis, qu'est-ce qu'y a ? » que je lui demande. Les filles gloussent derrière moi et me demandent de mettre le haut-parleur.

— Ça fait plus de deux heures que j'essaye de te joindre, où es-tu ? me demande-t-il avec un semblant d'inquiétude dans la voix.

— Je te l'ai dit, j'suis chez Sophie, où veux-tu que je sois ? Avec un rugbyman de deuxième division ? je lui demande.

Sophie met sa main devant sa bouche, manque de s'étouffer en retenant un fou rire et en me faisant des signes. « T'es complètement folle », chuchote-t-elle. On se déculpabilise comme on peut, si demain il me demande si je l'ai trompé, je lui dirai que je lui en avais parlé et que ça n'avait pas l'air de le déranger. En plus, je ne l'ai même pas trompé, puisque, comme une conne, je n'ai pas consommé.

— Fais pas la maline. Tu sais que je déteste que tu passes plusieurs jours avec Sophie, elle n'est pas recommandable, cette fille-là, il me dit.

L'autre, il s'est pris pour mon père...

Jessie met son doigt dans la bouche pour mimer un rejet gastrique, je pars dans un fou rire, impossible de placer un mot.

— Écoute, Marie, je sais que ça t'ennuie que je sois à Paris, mais il faut que tu aies confiance en moi.

— Quoi ? je lui demande.

— Tu peux avoir confiance en moi, ne sois pas jalouse, je n'ai pas envie d'aller voir ailleurs, me dit-il d'une voix douce.

Hypocrisie masculine.

— Mais mon cher Ludo, que j'essaie d'articuler avant de poursuivre, tu peux aller voir ailleurs, ça ne me dérange pas le moins du monde.

— Tu as bu ?

— Quoi ?

— Tu as bu ?

Je n'ai plus envie de lui parler, je raccroche, comme ça, sans rien dire. Je n'avais jamais raccroché au nez de mon mari, pourtant, lui ne s'est jamais privé de le faire. J'éteins mon portable, je n'ai plus envie d'être dérangée.

« Il est chiant ton mec », me dit Sophie en me prenant par l'épaule. « Je ne sais pas ce que tu fous avec, franchement... si encore il parvenait à te faire jouir... », poursuit-elle. Je lui lance un regard « méchant », du genre « regard méchant »... C'est pas sa faute, après tout, c'est peut-être la mienne... C'est pas parce qu'il est coincé non plus, j'ai peut-être juste du mal à le mettre à l'aise... oh, le pauv' garçon...

« Quoi, tu ne jouis pas ? ... Viens t'asseoir là, Marie. Raconte-moi ça... », lance Jessie en s'avachissant sur le canapé. 50 euros la séance, ma tite dame...

Je rejoins Jessie...

Je me rends compte que j'ai de plus en plus mal au dos… je me rends compte que je marche de plus en plus voûtée… je me rends compte que… pffff… que j'avais trop d'air dans ma bouche…

C'est Sophie qui prend la parole et qui lui répète ce que je lui ai raconté. Jessie bascule son corps contre le dossier du canapé et se met à hurler : « AU SECOURS, je te jure, les hommes… Pas de préliminaires que tu dis ? Pas de caresses subtiles, de baisers enflammés, de mots salaces dans le creux de l'oreille ? AU SECOURS… Marie, je comprends pourquoi tu es si irritable… mal baisée, va… » Aoutch ! Ça fait mal… « On est passés à un autre stade, mon mari et moi, c'est tout… puis épargne-moi les préliminaires, c'est déjà assez difficile de le supporter deux minutes sur moi en train de râler, de gémir et tout et tout… », je lui réponds…

Les préliminaires de Ludo, c'est un doigt dans le vagin histoire de préparer la pénétration, quelques succions sur le téton, et basta.

***

Trois bouteilles de vin plus tard…

Il y a du riz, du saumon, des brochettes à peine entamées éparpillées sur la table… Je me mets à pleurer.

— Pourquoi tu pleures ? me demande Sophie.

— Parce que des gens meurent de faim et que nous gaspillons continuellement.

— Tu dis ça parce que t'es bourrée, ça va passer, c'est le trop-plein, me dit Jessie.

Oui, je sais, l'alcool agit directement sur ma sensibilité. Me voilà à pleurer, pleurer et encore pleurer. « C'est bien, pleure, pleure », me dit Jessie. « T'as besoin de te vider, d'évacuer, et surtout de quitter ton enfoiré », continue Sophie.

Je raconte à Jessie et Sophie mon envie de fuir sans regarder en arrière, partir loin, sans savoir où, mais partir rapidement. Je raconte à mes amies mon envie de vivre, mon envie d'aimer. Je parle, je parle, trop. « Oh ! Ma chérie, je crois vraiment que tu fais une dépression », me dit Jessie en me prenant dans ses bras. On ne devrait jamais mal parler d'une personne avec qui on a vécu pendant de nombreuses années… mais… m'en fous…

***

Lorsque je me réveille, j'ai la tête dans un sceau, une odeur de vomi remonte jusqu'à mes narines. Je ne me souviens plus de grand-chose. En tout cas, je ne me rappelle pas m'être couchée. J'essaie de me souvenir… trou noir. Je plains les amnésiques, c'est extrêmement oppressant et angoissant de rien se rappeler. Et en ce moment, c'est… pas la joie.

Aucun bruit dans la maison, comme si mes copines étaient parties. Montée de panique. Again and again… Cœur qui tambourine, aisselles qui suent, tête qui boue, nausée, vertiges, douleur dans le bras gauche, je vais peut-être mourir seule, ici, d'une crise cardiaque. Je suis peut-être en train de devenir tarée… respire, respire… facile à dire…

« Il y a quelqu'un ? », je balbutie, la voix tremblante.

Silence… « Sophie ? … », j'appelle… Mes mots s'évaporent dans le calme oppressant. La crise de panique ne passe pas. C'est parce que j'ai bu hier, c'est parce que j'ai fumé aussi, trop bu, trop fumé…

La descente, je vis la descente après l'euphorie d'une petite fête entre filles.

Je me lève. Mes jambes tremblent. Mes pieds sur le tapis… j'essaie de me concentrer sur les sensations. Douceur du tapis sous la plante des pieds. La crise de panique ne passe toujours pas. Je l'alimente avec mes peurs infondées… cercle vicieux…

— SOPHIE ? JESSIE ?

Ma voix est plus forte, toujours tremblante, mais plus forte… le bruit d'une porte… et…

— Oh, doucement, pense à ma tête, petite allumette, me dit Sophie en rentrant dans le salon.

Elle a changé de nuisette, elle lui va si bien… Ses cheveux sont prisonniers dans une serviette éponge.

Quel soulagement, suffit d'un petit rien pour que l'angoisse passe, comme ça, en un claquement de doigts… suffit d'une voix, d'une présence et hop là…

Je suis complètement stupide d'avoir flippé de la sorte… Paniquer ? Pourquoi ? Je ne sais pas. En ce moment, je panique pour tout et surtout pour rien.

C'est con de paniquer, c'est comme quand on entend du bruit à deux heures du matin et qu'on se fait des films du genre *Sinister – ou Birdemic Shock and Terror*… Au petit matin, les angoisses de la nuit évaporées, on se sent débile, ouais, débile, débile d'avoir pu penser qu'un fantôme erre dans la maison… qu'un voleur est en train de piquer notre ordinateur portable laissé à l'abandon sur la table du salon, comme s'il en avait quelque chose à foutre, le voleur, de ce vieil ordi… que des gens armés rentrent pour nous plomber, version *La purge*, ouais, tout va bien, tout va bien… Qu'est-ce qu'on se trouve con au petit matin, qu'est-ce que JE me trouve conne au petit matin, comme je me trouve conne à cet instant précis… La vie n'est pas un film ni un roman, ça se saurait, sinon…

— J'ai trop bu et trop fumé hier soir, je n'ai pas l'habitude… je lance doucement.

— De temps en temps, ça ne fait pas de mal, au contraire. Et vu ton état, je pense que tu en as besoin. Jessie a sûrement raison, tu dois te taper une dépression, me dit-elle en me servant un café noir bien serré.

— Une dépression ? Mais non, j'ai trop envie de vivre, de m'amuser, la dépression, c'est avoir envie de se foutre en l'air, n'avoir envie de rien… Avant que tu ne viennes me chercher, j'étais peut-être en dépression. Je voyais le monde en noir, et j'avais envie de dormir et ne plus jamais me réveiller. Mais… vous me faites tellement de bien. Tu ne peux pas imaginer…

— Eh bien, disons que tu fais une sorte de « descente »…

— Oui, je pense aussi. À cause de l'alcool, de la ciga…

— … Non, une descente d'une autre nature. Tu as encaissé pendant des années. Ludo, tu ne le supportes plus. Et là, t'es bien… donc c'est comme une sorte de descente ou de montée émotionnelle, je ne sais pas comment appeler ça, après tout, je ne suis pas psy… me dit-elle en riant.

— En parlant de Ludo, il m'a encore laissé un message.

— … Il dit quoi ?

— … Tiens… je lui dis en tendant mon téléphone.

Sophie prend mon portable, fronce les sourcils, me le rend en soupirant et en hochant la tête.

— Il ne faut pas lui en vouloir, tu sais… Il est jaloux et il a peur de te perdre. Mais c'est bien, ça lui fait les pieds.

Sur le message, Ludo exprimait toute la haine qu'il avait envers Sophie et Jessie, mes deux meilleures amies. Je ne sais pas pourquoi j'ai eu besoin de faire lire le message de mon mari à mon amie. Je connais la puissance des pensées parasites qui polluent l'existence.

— Tu crois que je devrais le quitter ? je demande en prenant entre mes deux mains le mug rempli de café noir.

— … Écoute, Marie, on ne va pas passer notre temps à te rabâcher les choses… puis merde, c'est à toi seule de savoir ce que tu veux faire ou non… Nous, on n'a pas à prendre de décision à ta place… elle me dit.

— Si tu étais à ma place, que ferais-tu ? j'insiste.

— Je ne suis pas à ta place, MARIE.

Je soupire et je me mets à prendre un énorme fou rire.

— Pourquoi ris-tu ? me demande-t-elle.

— Parce que j'imagine la tête de Ludovic, dans son costard bon marché. Tu te rends compte qu'il est en train d'imaginer que je suis jalouse… moi… alors que je n'ai plus envie qu'il rentre à la maison, alors que je n'ai qu'une seule envie, c'est de ficher le camp et de divorcer.

Mon fou rire se transforme rapidement en crise de larmes… Jean qui rit… Jean qui pleure… Si je ne fais pas quelque chose, je vais finir par être internée d'office.

LES COPINES

Après plusieurs crises de larmes, plusieurs fous rires, une ou deux cuites, et deux trois vomis, me voilà à apprécier de nouveau l'insouciance, la légèreté, la non-prise de tête du célibat…. Oui, je sais… je ne le suis pas… encore…

Je n'ai pas refait de crise de panique, c'est bon signe, ça veut dire que je vais mieux. J'essaie de profiter pleinement du jour présent sans me soucier du lendemain. Exercice difficile, mais pas irréalisable…

Aujourd'hui, il fait beau, et comme il fait beau, Sophie et moi avons décidé de nous dorer la pilule sur la plage privée de son ami.

***

Je ne m'étais pas rendu compte à quel point j'avais de la chance d'habiter proche de la mer. Certains sont obligés de prendre des jours de congé pour venir jusqu'ici, et d'autres n'ont jamais eu la chance de la découvrir… La vie est merveilleuse, et moi, je me plains encore, encore, again and again… mais me plaindre de quoi, en fait ? D'une relation amoureuse catastrophique ? D'un enfermement que je ne dois qu'à moi-même ? Mon pays n'est pas en guerre, j'ai de quoi bouffer, j'ai un toit sur ma tête, des amis formidables, un petit boulot qui, certes, ne me rapporte pas grand-chose, mais c'est toujours ça de pris… Me plaindre… de quoi ? De rien… de futilités… Problèmes de riches, c'est certain…

Quelques jours de beuveries et de discussions ont suffi à me décomplexer, du moins un peu.

***

On prend possession de deux transats. Cette fois, j'ose découvrir mon corps pour l'exposer à la chaleur du soleil, au diable les complexes ; j'ai envie d'avoir une peau dorée. Ça fait plusieurs années que je n'ai pas eu l'occasion de bronzer. En même temps, ce n'est pas lors de mes vacances en Bretagne que le soleil tape le plus fort. Et malgré le fait que la plage soit à trente minutes de chez moi, je trouvais toujours des excuses pour ne pas m'étaler. Maintenant, c'est terminé. J'ai décidé de profiter.

Petite routine, mojito à quatorze heures et drague intense. J'ai vingt ans, bordel, j'ai vingt ans, et ça fait du bien…

Jessie nous rejoint et on se retrouve à trois, à glousser comme des dindes.

Je suis avec deux femmes magnifiques, ainsi, il est plus facile pour moi de me faire remarquer, même si je sais que je n'arrive à la cheville ni de l'une ni de l'autre.

Jessie et Sophie font du monokini, je ne me sens pas prête à montrer ma lourde poitrine remplie de vergetures. Je vais avoir deux lunettes blanches sur les seins, mais ce n'est pas grave.

— Et dire qu'après-demain, je vais reprendre mon petit train-train, je dis à mes amies en soupirant.

— Et hop là, la *calimérote* se remet en route… Tu ne peux pas profiter de l'instant présent au lieu de continuellement te projeter dans un futur… qui, entre nous, n'existe pas encore ? Et j'espère qu'à partir de maintenant, tu ne vas plus rester cloîtrée chez toi, me dit Sophie.

— Oui, j'ai pris goût à l'indépendance, je réponds.

— « J'ai pris goût à l'indépendance » que tu dis, mais c'est rien, ça… Là, t'es juste en train de respirer un peu… C'est à toi de créer ta propre réalité… Tu comprends ? dit Jessie en recouvrant son corps d'huile solaire, parfum coco.

Mouais, je n'comprends pas tout, mais je fais style, histoire de… mais surtout parce que j'ai pas envie d'un débat philosophique là, maintenant…

Nos transats sont tout près de la mer, première rangée.

Une bande de garçons d'une trentaine d'années passe devant nous. Faut voir comme ils ressemblent à des gosses, parfois, les hommes…

Là, par exemple, l'un d'entre eux parle à son copain, pas du tout discret, le copain se tourne vers nous, rigole, met un coup de poing dans l'épaule de son ami. Ils chahutent comme des jeunes de vingt ans. Ils n'osent pas trop s'approcher, ça se sent. Un pas vers nous et quatre pas en arrière, tu avances ou tu recules, comment veux-tu, comment veux-tu…

— Les filles, je vais devoir vous lâcher, j'ai un rendez-vous, j'avais complètement oublié, lance Jessie.

— Un rendez-vous ? Avec qui ? demande Sophie.

— Tu sais le gars de la boîte ? Je lui ai lâché mon numéro et il vient de m'envoyer un texto.

— T'es mariée et tu cumules les rencards ; moi, je suis célibataire et pas un m'appelle, dit Sophie en s'allongeant sur le transat et en mettant ses lunettes de soleil.

— Tout est question de savoir-faire… Oh putain, je me suis acheté un petit ensemble en dentelle, je vais le rendre dingue… Bon, je vous laisse, profitez bien, moi, je vais laisser mon corps *sexprimer*, dit Jessie en se levant et en ramassant ses affaires.

Jessie a une vie de célibataire en étant mariée. La sécurité d'un côté et la distraction de l'autre, sans se faire de nœud au cerveau. Ça ne me plairait pas, je le sais. Je crois que je préfère être seule, quitte à me donner du plaisir tous les soirs avec mon womanizer… J'ai besoin de silence, et surtout d'avoir la paix.

— Je vais me baigner, tu m'accompagnes ? je demande à Sophie.

— Je croyais que tu n'aimais pas te baigner quand tu étais indisposée ?

— Mes règles sont terminées…

— Déjà ? T'as bien de la chance, les miennes durent une semaine… Je vais rester ici, toi, va te baigner si ça te tente, ça te fera du bien.

Ça m'arrange que Sophie reste allongée sur le transat. Son corps parfait aurait été en contraste avec le mien, flasque et blanc.

Au bord de la plage, je laisse l'eau salée caresser mes pieds non manucurés. J'avance un peu, lentement. Je me penche pour enfermer l'eau dans mes mains jointes avant de m'asperger le ventre et la nuque… réflexe.

J'avance encore… Les vagues légères me bousculent gentiment.

Je regarde au loin, vers l'horizon plat. Quelques voiliers sont parsemés de-ci de-là.

Qui sont ces gens qui se paient le luxe de voyager ainsi ? Moi qui suis native de Montpellier, je n'ai jamais mis les pieds sur un bateau. À quoi ressemble la vie de ces gens ? Sont-ils heureux ou font-ils semblant ? L'argent résout-il tous les problèmes ?

Je m'accroupis dans l'eau avant de plonger mon corps tout entier. L'eau est fraîche, je me sens revigorée. Je fais quelques brasses. Puis je bascule sur le dos. Je n'entends plus qu'un léger bruit sourd. Je laisse l'eau salée me porter.

Après quelques minutes de détente, je sors de l'eau.

Sophie est en train de boire un cocktail, assise nonchalamment sur son transat. « Tu en veux un ? », me demande-t-elle…

Je trempe mes lèvres dans son verre et… d'un coup, je suis prise d'une terrible envie de vomir, je me lève et cours aux WC.

Je sors des toilettes et, au loin, je vois un attroupement de loups humains qui gravite autour de nos transats, comme si les hommes avaient attendu que la Vilaine parte pour aller draguer la Somptueuse.

Je m'approche, dans mon maillot qui me boudine, je le vois bien aux deux bourrelets qui dépassent au niveau de ma taille. Je remets en place mon haut, un de mes seins a failli se faire la malle.

Trois garçons sont assis sur mon transat et rient en discutant avec la jolie poupée.

— Je vous présente mon amie, Marie, dit Sophie aux hommes qui me regardent à peine.

Je me penche vers Sophie :

— Excusez-moi de vous couper dans votre conversation, mais il faut que je parle deux minutes à Sophie, je lance aux beaux gars, tout bronzés et superbement dessinés.

Sophie soupire, me regarde et me dit :

— Que t'arrive-t-il ?

Je lui prends le bras, elle se lève et on s'écarte du petit attroupement testostéroné.

— Je ne vais pas bien, je vais rentrer... je lui dis.

— Qu'est-ce qu'il se passe encore ? Tu ne vas pas me lâcher ? Regarde-moi tous ces matous affamés, me répond-elle en regardant en direction de la bande de garçons en leur faisant un petit signe de la main.

— Je suis malade... J'ai des vertiges, je réponds.

— Ah... Tes règles n'étaient peut-être pas terminées, en fait...

On rejoint la bande, Sophie fouille dans son sac et me tend son trousseau de clefs. « Marie habite chez moi, elle est en train de quitter son mari », dit-elle. Pourquoi raconte-t-elle ma vie à ces inconnus qui se moquent éperdument de mes états d'âme ? Est-ce que ça lui donne de l'importance ? J'ai l'impression d'être un boulet que Sophie doit traîner derrière elle. La copine dépressive qui n'a de cesse de se plaindre.

Je prends les clefs, je rassemble mes affaires. Je tire sur mon paréo coincé sous les fesses musclées de deux gars. Ils ne bougent même pas. Je tire plus fort et j'ai failli tomber à la renverse lorsque j'ai réussi à l'extraire.

***

Le soleil me tape sur la tête ; un peu de solitude, ça ne fait pas de mal.

Les odeurs de rue me retournent l'estomac, je dois avoir attrapé une gastroentérite, un truc comme ça.

Aucun garçon ne se retourne sur moi. C'est parce que je suis seule, et que mes amies, jolies, ne sont pas près de moi pour attirer l'attention. Je regarde mon reflet dans les vitrines, je comprends pourquoi. Mes cheveux raplaplas collent sur mon visage un peu trop gras, j'ai une démarche à la Caius Pupus, mon sac pendouille sur mon épaule, mes jambes sont rougies par le soleil. Je n'ai rien d'attirant, il faut bien que je me rende à l'évidence, je suis transparente.

***

Je prends une longue douche qui m'apaise un peu, malgré les douloureuses aigreurs d'estomac. Je me cale sur le canapé, mes fringues sont éparpillées. Je me laisse une petite heure pour tout ramasser.

J'étais motivée pour ranger, mais la flemme l'a emporté. Je m'endors.

***

Bruit dans la serrure. Je me réveille. Mes yeux brûlent, j'ai la bouche un peu pâteuse et l'estomac en vrac. L'appartement est plongé dans l'obscurité.

— Marie, tu dors ? me susurre Sophie en allumant l'halogène.

— Non, je viens de me réveiller, je réponds.

— C'est moi qui t'ai réveillée ? Je suis désolée… Je peux te parler ? me dit-elle en s'asseyant au bord du canapé.

— Je t'écoute…

— Je vais nous préparer un café, me dit-elle.

— Non merci, pas pour moi, j'ai l'estomac en vrac, je réponds.

— Tu es donc vraiment malade ? Oh ! Tu as une sale tête, ma chérie, me dit-elle en posant sa main sur mon front avant de continuer. Pourtant, tu n'es pas fiévreuse, tu dois être en train de faire sortir le « trop-plein », je vois que ça… Ça arrive parfois, ne t'inquiète pas, tout va rentrer dans l'ordre rapidement, c'est juste une mauvaise passe. Paraît que le changement s'effectue dans la douleur… c'est ma mère qui disait ça…

— ... Ça doit être tout un ramassis de conneries de vie qui essaye de s'extraire. Je somatise, oui...

— ... Sûrement...

Sophie se lève, elle est en pleine forme. Je regarde l'heure, quatre heures trente du matin. Et dire qu'elle me faisait la morale, le premier soir où je suis sortie avec le rugbyman.

— Tu sais, le garçon qui était assis en face de moi ? Josh ? me dit-elle en s'avançant vers moi, la tasse à la main.

— Non, j'avoue, je ne le remets pas, je réponds.

— C'était le plus beau de tous les garçons... Il était assis sur ton transat, juste en face, ce n'est pas possible de l'avoir loupé.

— Et pourtant, je t'assure, je ne vois pas qui c'est.

— Bref, il s'appelle Josh, il a trente-cinq ans, architecte à Paris, il passe quelques jours ici, le hasard fait rudement bien les choses.

Elle trempe ses lèvres dans le café. J'ai l'impression de me retrouver au lycée. À l'époque, on colonisait les couloirs avec les copines, le séant posé par terre juste à côté des cabinets. On refaisait le monde en critiquant tout, la politique dont on se foutait, les profs, les parents et leurs conseils inutiles. On parlait d'amour, des garçons qui nous plaisaient. On partageait envies et désirs sans complexe. Je me revois, des années en arrière, il me semble que c'était hier.

Sophie soupire, regarde en l'air avec un sourire béat et continue :

— Il m'a invitée à dîner, puis nous avons passé la soirée dans son hôtel. Tu aurais vu la chambre, un truc de dingue. Ce n'était pas la chambre miteuse d'un vieux Formule 1, avec des poils de cul coincés dans les draps, non, là, c'était vraiment l'hôtel de luxe. Il est romantique, il voulait que je reste, mais j'ai préféré m'enfuir avant de casser la magie.

— Quoi ?

— Il faut toujours partir pour montrer son indépendance.

— Mais c'est débile, qu'est-ce tu veux trouver un partenaire de vie si tu te casses à chaque fois ? Et après, que se passe-t-il ? je demande en levant les yeux au ciel et en soupirant.

— Il n'y a rien à ajouter, j'ai dit que je le rappellerai, il part demain soir.

— OK, j'ai compris, je vais rentrer chez moi… J'ai passé un excellent séjour, et j'espère de tout cœur que nous recommencerons très rapidement.

— Je ne te mets pas à la porte, tu le sais ?

— Je le sais… De toute façon, Ludo rentre demain, et je me sens pas très bien, je serais rentrée quoi qu'il en soit.

— On se refait ça très vite ?

— À part si avec Josh ça part bien et que tu décides de le suivre à Paris.

— Ne dis pas n'importe quoi, j'ai mon travail ici. Et pour ta gouverne, je ne suis pas de celles qui abandonnent leur vie pour un amour. Je suis libre et indépendante et compte bien le rester.

— On s'est bien installés ensemble au bout d'une semaine, Ludo et moi…

— Quand on voit où ça vous a menés…

— On est quand même restés ensemble plus de quinze ans.

— Oui, mais… bon, je vais me coucher, je suis fatiguée.

— Bonne nuit, Sophie, à tout à l'heure.

Le soleil commence à sortir. Je ne suis plus fatiguée, alors je me lève et je range mon merdier, les vacances sont terminées.

Sophie dit qu'elle n'est pas prête à tout abandonner par amour, je la crois à moitié.

TRANSHUMANCE

De retour à la maison, vers dix heures du matin, je repense à mes quelques jours passés près des copines et à quel point ça m'a fait du bien. Ludo n'est toujours pas là, ce qui me permet de mettre au propre mes idées. J'ai un peu peur qu'il me fasse une scène à cause de notre appel. Me voilà de retour dans une réalité imposée, que je hais.

J'ouvre mon ordinateur, retour au train-train quotidien.

J'ai reçu un mail de la directrice de publication du magazine pour lequel je travaille. Ça faisait plusieurs mois que je n'avais pas écrit d'articles, mais avec l'été qui se profile à l'horizon, les affaires reprennent.

J'avais refusé de couvrir la fête du cochon le mois dernier, cette fois, il ne vaut mieux pas que je me défile. Les places sont chères et très convoitées dans le domaine du journalisme, si on peut encore appeler ça du journalisme.

Après le cochon, le mouton. Me voilà de mission pour la transhumance, ça me sortira, après tout. Départ demain matin à l'aube. Je dormirai dans une petite chambre d'hôtel louée pour l'occasion, ce qui me permettra de ne pas rester à la maison.

Je fais un brin de ménage, je lave mon linge, je reçois un message de Jessie et un de Sophie. Sophie a l'air aux anges avec son nouvel amant, en espérant que cette fois, elle ne déchante pas trop vite. Je la connais, tout est beau, et deux jours plus tard, tout s'effondre.

Faut voir le nombre de fois où je l'ai écoutée me *conter fleurette* au sujet de son amant du moment… Au début, elle les trouve tous gentils, galants, avenants… Elle dit qu'elle n'a jamais ressenti un sentiment si puissant, elle dit qu'elle a enfin trouvé l'homme de sa vie… Quelques jours ou semaines plus tard, c'est la dégringolade, le prince charmant se transforme en vieux crapaud cramoisi. Il est détestable, minable, et elle se demande comment elle a fait pour tomber amoureuse d'un gars si pitoyable…

***

Le temps passe plus vite que prévu. 19 h 30… Bruit dans la serrure, même pas le temps de sauter sur le canapé que la porte s'ouvre.

J'ai un coup de chaud. Pour la première fois de ma vie, je vais devoir mentir à l'homme. J'ai passé la nuit avec un inconnu, et même si je n'ai fait que discuter, je me sens fautive. Ah ! Maudit poids de la société. Les femmes et leur vertu assassine.

Les hommes se posent bien moins de questions que nous. La majorité d'entre eux ne culpabilisent pas, et pour cause, dans cette société phallocratique, l'adultère masculin a toujours été couvert d'éloges.

C'est facile de se dire que tout va être simple, qu'il suffit de mentir et de rester de marbre, mais une fois qu'on arrive devant le fait accompli, d'un coup, toutes les certitudes s'effondrent.

— Bonjour, Marie, me dit le mari fatigué.

C'est rare qu'il m'appelle par mon prénom, je sens que ça va partir en eau de boudin.

— Bonjour, je lui réponds en essayant de mettre un peu de joie et de bonne humeur dans ma voix.

Je n'ai pas envie d'esclandre aujourd'hui, et comme d'habitude, je préfère me taire et prendre sur moi. Les disputes me fatiguent et nourrissent mes angoisses.

Ludo pose sa valise à roulettes dans l'entrée. Il me regarde.

— J'ai passé une semaine de merde, et toi ? me demande-t-il en s'avançant vers moi.

— Ça va. Ça m'a fait du bien de sortir un peu.

— Qu'as-tu fait ?

— On est allées à la plage, et on a beaucoup discuté.

— La plage ? Ça se voit, tu n'as pas mis de crème pour te protéger ? Tu es aussi rouge qu'une langouste cuite.

Il a toujours les mots qu'il faut, Ludo. La petite phrase bien placée qui diminue et avilit. Avant, je ne faisais pas attention à ses réflexions ; aujourd'hui, j'entends tout et je comprends.

Il s'avachit sur le canapé. Son regard est triste, son visage crispé, il a l'air fatigué. Soucis professionnels ou soucis personnels ? Je ne lui demande rien. Je parviens à soutenir son regard, sans remords ni regret ; en fait, ce n'est pas compliqué. Et si les filles avaient raison ? Pas de relations sans mensonges, voire sans tromperies.

Ludo a les yeux rivés sur le petit écran. Parfois, il sourit, ce qu'il voit l'intéresse, même si l'émission est complètement débilitante... Qu'est donc devenu l'homme que je connaissais ?

— Je pars demain pour couvrir la transhumance, je lui dis en buvant un thé.

— Ah bon ? Tu rentres de suite après ?

— Non, Magali m'a loué une chambre d'hôtel.

— Tu veux que je vienne avec toi ?

— Non, tu vas t'ennuyer, et surtout, j'ai besoin de me retrouver seule pour respirer...

— T'as pas assez respiré une semaine sans moi ? Apparemment, je t'étouffe, ça fait plaisir à entendre...

— Non, c'est pas ça, je mens.

— C'est quoi, alors ?

— Je ne parviens pas à faire plusieurs choses en même temps, à part marcher et parler, regarder mon portable en faisant pipi, *oups, je m'égare...* j'ai besoin de me concentrer sur mon travail à fond... je lui dis.

— ... C'est nouveau, ça ?

— Ben non... Ça a toujours été le cas... je lui réponds en souriant.

— Tu vas me laisser seul ici ?

— Tu pourrais en profiter pour voir tes potes, te faire une soirée apéro télé, j'sais pas moi…

— J'aurais préféré passer du temps avec ma femme…

J'ai eu peur qu'il insiste et que je doive supporter sa présence tout le week-end, je n'aurais pas eu la force de le repousser, je me connais. J'ai osé lui dire que j'avais besoin de respirer, c'est un bon début.

***

Je m'endors sur le canapé, habillée. Je ne voulais pas me coucher à côté de Ludovic. Je quitte Morphée vers sept heures du matin, tirée de mes songes par mon satané réveil.

Malgré le peu de sommeil, je me sens bien, en pleine forme, prête à attaquer ma journée loin de mon pseudo « Aimé ».

Je prends doucement mon sac et je m'enfuis comme une voleuse ; pas un mot griffonné sur un post-it, pas un bisou sur le front, rien… Notre couple est vraiment en plein déclin. « La femme mariée est une esclave qu'il faut savoir mettre sur un trône », écrivait Balzac. Le seul trône que je possède est dans mes cabinets.

***

Direction Montpeyroux.

J'ai pris de l'avance pour pouvoir avoir le temps… pour ne pas stresser. J'aime prendre mon temps pour faire les choses bien…

***

Je suis seule, seule sur le petit trottoir du petit village face à la boulangerie, j'ouvre le sachet de croissants, j'en pioche un et croque dedans.

La rue commence à s'animer. Le clocher sonne neuf coups. Le bruit résonne dans la petite ruelle pavée. Je reste quelques secondes immobile, quelques secondes à regarder l'arbre dont les feuilles vertes dansent sous la caresse légère du vent ;

immobile à écouter le chant des oiseaux ; immobile à regarder les enfants courir en riant ; immobile à observer les vieux tout sourire, crapahuter, la canne à la main. Immobile à observer le monde.

Mon badge pend à ma poche droite, accroché par une pince en métal. Les gens qui passent devant moi, trop absorbés par le déroulement de leur propre journée, ne font pas attention à la femme immobile sur le trottoir.

Je fais un tour dans le village. Je marche le long des rues.

Je croise une vieille dame, dos courbé, avec son châle sur les épaules, qui jette un seau d'eau pour nettoyer son « bout » de trottoir. Un geste automatique, un geste systématique, un geste qu'elle fait tous les matins sûrement depuis des siècles et des siècles. Je ne veux pas devenir vieille, je ne veux pas avoir de gestes systématiques, de gestes automatiques.

Tous les matins, je donne un coup d'éponge sur mon plan de travail, même lorsqu'il est propre, je ramasse le linge qui traîne, je passe un coup de balai et je donne un coup de serpillère, gestes automatiques.

J'entends au loin tinter les clochettes pendues au cou des moutons, petite musique mélangée aux cris excités des enfants, aux rires des adultes. Attroupement.

Les moutons bêlent et arrivent en gambadant. Le chien de berger les regroupe en jappant. « Hey, le chien », hurle un homme, une bière à la main. Il s'est certainement pris pour un berger ou un fervent défenseur des animaux, je ne sais pas trop.

Je remonte la rue avec le troupeau, enregistreur prêt à être enclenché, appareil photo prêt à être dégainé.

Puis il y a les joueurs d'accordéon, de cornemuse, et moi qui marche encore, libre, seule, dans la cohue humaine et animale. Le berger pousse d'un coup de bâton un mouton égaré.

Les gosses ressemblent à Augustin dans *La Gloire de mon père* ; ici, pas de portable, pas de tablette, mais des rires, des cris, la vie, tout simplement. *Douce France, doux pays de mon enfance.*

« Ne touchez pas les moutons », hurle le berger en direction de deux gosses de douze, treize ans… « Il faut insister, Monsieur, vous avez bien raison. Les enfants manquent d'éducation, de nos jours. La vie n'est plus ce qu'elle était… », renchérit une vieille dame avec un foulard rouge et orange sur la tête.

Mon téléphone vibre dans ma poche, je le laisse vibrer.

Après deux heures de marche, je m'arrête à la buvette. J'interviewe un berger : l'homme sec porte un béret, une chemise à petits carreaux, un pantalon en velours marron. Il boit un verre de blanc en me souriant. « La transhumance est une pratique agricole. Les troupeaux partent du bas, pour pâturer dans les hauteurs », me dit le berger. J'enregistre, je prends une photo, je souris, je le remercie, je trinque avec lui. Je mange un sandwich au jambon cru et accepte les petits fromages frais.

Je regarde autour de moi, je prends encore quelques photos, les gens sont heureux, et leur bonne humeur est contagieuse.

Oui, ces gens-là sont heureux. Je n'ai jamais pris le temps de regarder les gens heureux. C'est peut-être pour ça que je n'étais pas heureuse. J'ai pris une résolution, là, aujourd'hui, dans ce patelin, au milieu des moutons. J'ai pris la résolution d'être heureuse. Et pour être heureuse, il faut que j'apprenne à prendre la vie comme un jeu, à voir l'existence avec des yeux d'enfant.

Vers dix-sept heures, je pense avoir assez de matière pour rédiger mon article et l'illustrer.

Un homme d'une quarantaine d'années vient à ma rencontre. Il s'appelle Gilles et c'est également monsieur le maire. Il ne me manquait plus que quelques phrases d'introduction pour mon article. Monsieur le maire s'en chargera.

Après avoir discuté transhumance, on discute de choses et d'autres. Monsieur le maire m'invite au bal, ce soir. Je ne sais pas si je serai d'humeur, mais je ne décline pas son invitation, ça ne se fait pas, ces choses-là.

Gilles est un jeune maire, enfin, « jeune », tout est relatif… Lorsque j'avais vingt ans, les gens de quarante ans et plus étaient des croulants ; aujourd'hui, même les sexagénaires ont des allures de jeunots. Gilles a les cheveux grisonnants, de grands yeux marron, il est plutôt grand, mais il ne ressemble pas aux vieux municipaux que j'ai l'habitude de côtoyer.

Gilles porte un tee-shirt « transhumance » et un jean un peu abîmé, allure d'ado, j'aime bien.

Je regarde mon téléphone, cinq messages de Ludo et quatre appels en absence. Je ne lis pas ce qu'il m'a écrit, je n'écoute pas ses messages, je l'appelle, je lui dis qu'on risque d'être coupés, car il n'y a pas trop de réseau dans ce coin-là.

Prendre la vie comme un jeu.

Ne pas me soucier du comportement de l'autre. Apprendre à prendre soin de moi.

Ludovic a peur que je le laisse. On a créé des habitudes, un lien qui sera difficile à défaire, j'en ai conscience. Les habitudes de vie, une fois qu'elles sont bien mises en place, créaient le rituel, le rituel créait quant à lui l'illusion du bien-être, l'illusion de la sécurité.

Prendre la vie comme un jeu.

Casser le rituel, casser les habitudes, terminer un jeu et en commencer un autre.

« Tu aurais pu m'écrire pour me dire que tu étais bien arrivée, je me suis inquiété », me dit-il. Non il ne s'est pas inquiété, je viens juste de chambouler ses habitudes de vie, son train-train quotidien. Il doit se sentir seul, c'est pour ça qu'il me fait croire qu'il s'inquiète. S'il était sorti avec ses amis, s'il avait pris la décision de se distraire un peu, il ne se serait pas inquiété pour moi. « Tout va bien, je dois raccrocher, j'ai beaucoup de travail », je lui réponds. Je l'entends soupirer avant de raccrocher.

***

Je me sens beaucoup plus légère depuis que j'ai posé la lourde charge des « responsabilités » et de « l'inquiétude ».

Je monte les escaliers du vieil hôtel, auberge provinciale. J'écoute les marches grincer, je respire l'odeur du bois, je prends mon temps et j'écoute, je sens, j'observe, je touche.

Ma chambre n'est certes pas un cinq étoiles, les meubles sont vieux et sentent la cire d'abeille, et c'est tant mieux. Revenir aux choses simples, à l'essentiel.

Prendre la vie comme un jeu.

À vingt heures, je n'arrive pas à me concentrer pour entamer mon article, je sens que j'ai quelque chose à faire. Je sens qu'il faut que je sorte. Je sens que j'ai des gens à rencontrer. Je sais que dehors, la vie s'agite, et j'ai besoin de mouvement. Alors je décide d'aller faire un tour au bal.

La vie est un jeu…

***

La musique résonne. L'orchestre est en train de jouer du Claude François. *Alexandrie, Alexandra…* Dans la petite rue qui me mène à la place du village, je croise quelques groupes de villageois. Certains titubent déjà ; pourtant, la soirée commence à peine.

Bruits de la fête, bruits de vie, bruits d'insouciance, vibrations positives… ça fait du bien… j'existe…

La place est lumineuse, ornée de guirlandes multicolores. Ça sent le pain grillé, les saucisses au feu de bois, la friture et… les pommes d'amour.

Je reste quelques secondes, immobile, comme à mon arrivée.

Claude François a laissé place à un petit air de musette.

Des couples de vieilles personnes se dirigent au centre de la piste de danse improvisée, juste devant l'estrade. Un accordéoniste, tout sourire, accompagné de quelques musiciens, se trémousse sur la scène.

Les mamies portent des robes longues fleuries ; aux pieds, des petits mocassins en cuir. J'imagine aisément qu'elles doivent sortir leur jolie tenue du placard uniquement pour les grandes occasions. D'ordinaire, ces mamies-là portent les tabliers, les bas de contention et les chaussures confort.

Les papis, quant à eux, sont vêtus de leurs jolis costumes, pantalon velours, chemise tantôt bleu marine, tantôt blanche, tantôt noire, jamais de couleurs vives, ou très peu, bien embraillée dans le pantalon.

Les couples virevoltent. Un deux trois, un deux trois… Quel plaisir d'observer les danseurs amateurs… Joie de vivre.

Je prends plaisir à regarder la petite mamie, là, juste devant moi, danser avec son partenaire, sautiller, rire, et même fredonner les paroles de la chanson… « *Comment ça va, comme ci comme ci comme ci comme ça…* »

Les danseurs n'ont plus soixante-dix ou quatre-vingts ans, ils retrouvent la joie et la vivacité de leurs jeunes années, juste le temps d'une ou deux chansons. Si pour la majorité des couples, l'homme mène la danse, parfois, c'est la femme qui dirige. Et lorsque le partenaire fait un faux pas, elle fronce les sourcils.

Les jeunes, quant à eux, un peu maladroits, singent leurs aînés qui dansent la java. Les plus timides, ceux qui n'osent pas, dansent discrètement, proches des tables en plastique disposées ci et là… « hors-piste ».

Tous se mélangent sur la place du village, le soir du bal… Ils sont sobres ou alcoolisés, jeunes ou vieux, mariés ou célibataires, une seule chose les unit tous : l'envie de faire la fête, de s'amuser, de profiter de l'instant présent.

Car…

… la vie est un jeu…

Je souris aux villageois en faisant un poli signe de tête.

Et là, en arrivant devant la buvette, je m'y attendais un peu, je me retrouve vite coincée entre deux hommes bourrus, un peu maladroits, le ventre rond comme un ballon, le visage rougi, certainement à cause du vin qu'ils ont bu toute la journée.

— Vous êtes la journaliste ? me demande le petit gros, en écorchant quelques mots.

J'ai mis quelques secondes à comprendre ce qu'il me disait.

— Oui, c'est moi, je suis journaliste.

— Et dans quel journal travaillez-vous ?

— Un quotidien montpelliérain, je réponds.

— Il est chouette votre boulot, me dit l'autre avant de renchérir. Encore faudrait-il qu'il soit fait correctement ; aujourd'hui, les journalistes disent tout, mais surtout n'importe quoi, il suffit de regarder les actualités pour s'en rendre compte, me dit l'autre villageois.

— Vous avez raison, je réponds avant de poursuivre, c'est pourquoi j'évite de me polluer l'esprit avec la télé.

— Vous ? En tant que journaliste, vous ne regardez pas la télé ? Mais c'est bien. Faut pas la regarder, la télé, ça rend débile. Puis faut pas regarder les ordinateurs non plus… il me dit le vieux, en soupirant.

— Que pensez-vous de notre village ? me demande le premier.

— Il est charmant…

— Les jeunes, ils critiquent souvent les bals… Comment qu'ils disent les jeunes ? *Azbine*, c'est ça, hein ? Ça doit être du patois, un truc comme ça… bref, tout le monde s'amuse, même les jeunes… et y a jamais de bagarres, mêmes les flics sont bourrés et font la fête avec nous.

La piste est maintenant envahie d'humains… *début de soirée…*

Une femme avec sa longue robe tient par la main son enfant en riant ; elle se sert de l'enfant pour masquer sa timidité, ça se voit bien. Puis il y a deux gars fortement alcoolisés qui commencent à danser la bourrée ; quatre jeunes adolescentes se trémoussent, en regardant autour d'elles, en riant par moments, maladroites dans leurs gestes, grossières dans leurs mouvements. L'une d'entre elles est plus timide que les autres, elle porte un gros pull pour cacher ses formes, elle se ronge les ongles en souriant, elle ne parle pas aux trois autres, plus exubérantes – elle me ressemble…

On est au *Macumba*, la femme danse avec les *démons de minuits* sur un air de *nuit de folie*.

Mon téléphone vibre dans ma poche. Je pose mon verre sur le comptoir et fais glisser mon doigt sur l'écran tactile, *c'est comme ça qu'on « décroche » aujourd'hui.*

— Allô, Marie, c'est Sophie, qu'est-ce tu fais ce soir ?

— Tu ne devineras jamais où je suis, je hurle en bouchant mon oreille gauche pour mieux l'entendre.

— Dis-moi…

— Je suis à la transhumance.

— Qu'est-ce tu fous avec les moutons ?

— Un article…

— Et tu t'amuses ?

— C'est particulier, mais je me sens bien.

— OK OK, on voulait te proposer de passer la soirée avec nous, on va à l'exposition photo de Jo.

— C'est qui Jo ?

— Un photographe de renom, tu ne connais pas ? Je te le présenterai.

— À l'occasion oui, là, je ne peux pas discuter, je t'entends à peine, on s'appelle demain ?

— OK, ma belle, je t'embrasse et bon courage pour ton article.

Je raccroche, et je sens une main tapoter mon épaule droite. « Je suis content, Marie, que vous soyez là ce soir. Alors ? Vous vous amusez bien ? » me demande monsieur le maire, un verre à la main. Il pue l'alcool à plein nez, il est complètement bourré.

Ça manque un peu de crédibilité, mais c'est peut-être une façon d'être plus proche de ses administrés. Il regarde « son » peuple se trémousser ou vider les bouteilles du bar, avec un sourire léger. « Une très bonne soirée », je réponds.

Voiles sur les filles, barques sur le Nil, je suis dans ta vie, je suis dans tes bras… Tiens, le DJ doit la kiffer, ça fait deux fois qu'elle passe… « Venez danser avec moi, Marie », me dit le maire. Je vide mon verre d'un trait, et je me retrouve sur la terre labourée à lever les bras bien hauts sur du Cloclo. Le maire rigole, quelques danseurs s'attroupent autour de nous, certains serrent la main du maire. « C'est Marie, la journaliste, elle va nous faire un article dans un journal de Montpellier », hurle-t-il. Alors j'ai droit à des sourires, à des « si vous avez besoin de moi, je suis là », à des « oh, journaliste… quelle classe ». Tu parles d'une classe, je suis à une Transhumance, dans un bled paumé, pas au journal de 13 heures.

On me paie des coups à boire, et je bois. On m'invite à danser, et je danse, je m'amuse comme une folle.

Et le soir dans ma chambre d'hôtel, je me suis endormie, le sourire aux lèvres.

***

En rentrant à la maison, sur les coups de huit heures trente du matin, Ludovic est allongé sur le canapé, en peignoir, pantoufles aux pieds, ceinture dorsale de maintien et minerve.

Sa minerve a quasi vingt ans. Ça remonte à loin, maintenant. Un soir, lors d'un concours de moto-cross, Ludo a eu un accident, c'était l'époque où il était encore sportif et courageux.

Aux urgences, le médecin lui a prescrit une minerve et la fameuse ceinture de maintien, qu'il ressort régulièrement pour faire constater son mal-être.

— Qu'est-ce qu'il t'arrive ? je lui demande.

Il soulève légèrement la tête, soupire et me dit :

— Non, rien, rien.

— Pourquoi as-tu mis ta minerve et ta ceinture si tu n'as rien ? je demande.

— Ça me maintient, ça rectifie ma posture, et du coup, j'ai moins mal au dos… il me dit en reposant sa tête sur le coussin.

— T'as mangé ?

— Oui, du saucisson…

— Mais j'avais décongelé, avant de partir, un steak de bœuf. Premier étage dans le frigo.

— Oui, j'ai vu, mais il n'était pas cuit.

— Mais j'allais pas te le cuire avant de partir, tu aurais pu le faire toi-même. Tu ne veux pas que je le mange à ta place non plus ?

Il soupire. Je passe de la lumière à l'ombre, de la joie à la tristesse… de mon envie de jouer et de vivre à une envie de dormir pour ne plus supporter ma putain de vie. Et voilà, je repars dans ma tirade, « *allô docteur c'est la Noiraude* ».

Ludo n'a pas fait le ménage, à quoi bon, puisque je rentre à la maison… La vaisselle de deux jours est empilée dans l'évier… une bouteille de rouge, bien entamée, a laissé une grosse auréole sur la table de la salle à manger.

Je me fais couler un café en lisant un message laissé sur mon téléphone portable : « *Bonjour, Marie, ravi de vous avoir rencontrée, j'espère que nous aurons l'occasion de nous recroiser. Gilles* ». Il m'a fallu de longues minutes pour remettre Gilles, car toute la soirée, je l'avais appelé « Monsieur le Maire ».

Le mari se lève, les yeux gonflés, la bouche pâteuse. Il vient vers moi, se gratte les roubignoles.

— Tu m'en fais un ? me lance-t-il.

Je fais tourner un autre café, que je pose sur la table, il s'assoit.

— Tu aurais pu apporter les croissants, me dit-il en rigolant.

Je n'avais pas envie. Il boit son café, je bois le mien.

— Je n'ai pas eu le temps de ranger, je suis désolé, il me dit.

— Je rangerai quand j'aurai envie, donc pas aujourd'hui, je lui lance.

— Je l'aurais bien fait, mais avec mes douleurs, c'est compliqué, il me répond sans même me regarder.

Il a toujours été macho, Ludo. Je me souviens d'une fois, il y a dix ou quinze ans, nous allions rendre visite à ses parents, je lui avais dit qu'il roulait trop vite… Il m'avait envoyée balader en me répondant qu'il y a quatre-vingts ans, j'aurais juste eu « le droit de fermer ma gueule ». *Je te jure, c'est vrai, si tu ne me crois pas, appelle-le et demande-lui…*

Tout me revient en ce moment, tous ces moments de merde que j'ai vécus près de lui me percutent le cerveau. Durant toutes ces années, j'ai encaissé, *j'ai laissé sa chance au produit* ; aujourd'hui, je déborde.

J'ai passé mon temps à encaisser ses réflexions, à me laisser rabaisser, pour éviter qu'il se mette à gueuler. J'ai pris du poids, car il m'a gonflée et me gonfle toujours.

Je le regarde se diriger vers son bureau. J'ai de nouveau envie de vomir.

Je m'installe sur la table de la salle à manger en poussant d'un geste désinvolte son petit merdier. Je déteste le désordre, mais j'ai décidé, cette fois, de ne pas céder, quitte à vivre un temps dans un appartement chaotique.

Je reprends mon enregistrement, j'ouvre mon traitement de texte et commence à taper mon article.

— Au fait, demain soir, il y a la réunion annuelle à la boîte, je peux compter sur toi ? me demande-t-il en passant sa tête devant l'entrée de la salle à manger.

Je continue de taper mon texte, par peur de perdre mon angle.

— Marie, je te parle, il insiste.

Je continue de taper, il s'approche et hurle :

— ALLÔ, MARIE ? J'AIMERAIS QUE TU ME RÉPONDES.

— Je travaille, tu ne peux pas attendre deux minutes ?
— J'ai besoin d'une réponse claire et précise maintenant.
— Tu me fais chier.
— Pardon ?
— Laisse-moi terminer ça.
— Ça te prendra deux minutes pour répondre. Je te rappelle que c'est important que tu sois présente, tous les conjoints seront là.

Con-joint... j'enrage... Il me fatigue tellement. Je n'ai pas envie de supporter ses esclandres, pas envie de l'entendre gueuler, j'ai envie d'avoir la paix, juste la paix... alors je lâche :

— Oui, oui, je viendrai...

Un peu de silence, juste un peu de silence. Je ne suis pas si exigeante que ça, après tout...

AU BOUT DU ROULEAU

« T'es bientôt prête ? », me lance Ludo de la salle à manger. Il est bien gentil, il veut une petite bonne femme toute jolie à côté de lui et ne lui laisse même pas le temps de tirer son trait d'eyeliner correctement. Oui, parce que monsieur Ludovic m'a sorti hier : « Tu te maquilleras un peu demain, et tu t'habilleras correctement, je n'ai pas envie d'avoir honte »… Et le pire, c'est qu'en ce moment, je suis les « instructions » de monsieur. *Faut pas être conne, sérieusement ?*

« Dans deux minutes, oui, j'arrive », je réponds. Je l'entends soupirer de loin.

Je sors de la salle de bains, avec une petite robe légère. Je vais dans la salle à manger en enfilant ma veste. Il me regarde, soupire ; « Eh ben dis donc, tout ça pour ça ? », me lance-t-il sur un ton moqueur. Je doute qu'il se rende compte de la portée de ses mots. Mon sourire s'estompe, mes épaules se voûtent de nouveau.

Dans la voiture, Élie Semoun vocifère, j'ai toujours eu du mal avec ce comique. Ludo l'adore. D'ailleurs, pour le coup, il monte le son de l'autoradio. Il me jette un coup d'œil, me sourit. Enfonce la clef dans le neiman – *ou la serrure du volant, comme tu veux…* C'est parti mon kiki. Ludo rigole aux blagues pas drôles. Je me gratte l'avant-bras, parce que j'ai que ça à faire, me gratter l'avant-bras. Je pense à mes amies. Si j'avais un peu de courage, si j'avais vraiment envie d'être libre et indépendante, je sauterais en marche, là, maintenant. Mais je ne peux pas, car il faut que je me gratte l'avant-bras.

***

Dans la petite salle louée pour l'occasion, nous saluons les collègues de boulot de Ludo.

Jean-Marc est là, lui aussi, debout, un verre à la main, il transpire déjà ; j'ai la nausée lorsque ma joue entre en contact avec la sienne.

La secrétaire de Ludo, Laurence, jolie brunette, jolies gambettes, regarde son portable. Il a bon goût, le mari… il a choisi sa secrétaire non pas pour ses compétences professionnelles, qu'est-ce qu'il s'en balance de ça… il a choisi sa secrétaire pour ses compétences physiques… un mètre soixante-douze environ, cinquante kilos toute mouillée, 95C, brune, yeux verts, teint hâlé… « *Bonjour, Madame, je suis le réparateur de la photocopieuse* »… Il paraît qu'elle fait bien le café et qu'elle sait se taire. Tu parles, j'ai bien essayé d'entamer la conversation avec elle, à l'arbre de Noël, l'an dernier… Elle ne risque pas de parler, la pauv' nana, elle est aussi conne qu'un kakapo.

« Salut, Laurence », je dis en m'approchant d'elle. « Oh, Marie, tu es magnifique, ce soir », elle me répond avec ses petites manières hypocrites. Connasse. Si seulement Ludo et elle pouvaient avoir une relation… mais j'en doute… quoique…

Les femmes des commerciaux parlent toutes de leurs marmots, je m'ennuie, Dieu que je m'ennuie.

Je me sers un verre de champagne, un de plus…

Je regarde le mari, de loin… Il se gave de biscuits apéro en riant avec ses collègues.

Je m'ennuie, Dieu que je m'ennuie.

La Laurence se dandine sur ses talons, tout en consultant son portable, pouce sur l'écran tactile. De son autre main, elle fait tourner entre son index et son majeur une mèche de cheveux. Je me focalise sur n'importe quoi…

Je reçois un SMS de Sophie : « Bar des Amis, avec Jessie, on t'attend. Aucune excuse ne sera valable, casse-toi de cette réunion et rejoins les copines. » Sont gentilles, elles, comment je fais pour m'échapper d'ici ? Je bois une troisième coupe. Je ne suis même pas encore pompette… Go ! C'est le moment… JE LE SENS. « *Et je m'envole, je voudrais crier ma liberté…* » Si je me mets à fredonner une chanson des Charts, c'est que je vois le bout du tunnel… ou pas…

Jamais je n'aurais osé faire ça avant. Aux réunions, « petite femme » doit se tenir correctement. Elle doit toujours sourire et ne pas parler pour ne rien dire, elle ne doit boire que de l'eau pétillante, quitte à péter toute la nuit… FUCK.

J'appelle un taxi, il sera là dans quinze minutes. Je respire un grand coup et me dirige vers mon mari. Mon cœur bat à cent mille à l'heure ; ce n'est que mon mari, ce n'est pas mon père. L'impression d'avoir treize ans et d'avoir rendez-vous dans le bureau du directeur. M'a bien usé le ciboulot, le Ludo…

— Excusez-moi, je vous l'enlève deux petites minutes, je dis au gars en face de Ludo.

— Qu'est-ce qu'il y a encore ? me demande le mari, agacé, en me soufflant son haleine alcoolisée au visage.

Puis il poursuit :

— Je t'ai déjà dit de ne pas me déranger lorsque j'étais en rendez-vous professionnel.

— Je dois partir, le taxi m'attend…

— … Quoi ? il me coupe.

— Je ne peux pas rester, Sophie ne va pas bien du tout, elle m'a appelée en larmes et…

— … et rien du tout, je m'en balance de ta pote, qu'est-ce j'en ai à foutre qu'elle n'aille pas bien ?

— Je ne te permets pas de parler comme ça de mes amies.

— Quelles amies ? Ouvre les yeux, Marie, que ce soit Sophie ou Jessie, elles essayent de faire capoter notre couple, c'est tout, elles sont jalouses.

— Notre couple n'a pas besoin de mes potes pour capoter… Je dois y aller, mon taxi m'attend.

— Si tu pars d'ici, Marie…

— … Si je pars d'ici ? je lui demande en me tournant vers lui.

— … tout sera terminé entre nous… me menace-t-il.

Je ne réponds pas, je tourne les talons et je m'enfuis.

Des promesses, toujours des promesses.

C'est la première fois que j'ose lui tenir tête, et pire encore, la première fois que je pars d'une de ses soirées professionnelles.

***

SMS : « *Bonjour, Marie, juste pour vous tenir informée que nous organisons un concert à 20 h 30, le 28 juin, peut-être pourriez-vous couvrir cet évènement ? Gilles* »

DÉCOUCHER

J'ai lu en diagonale le SMS de Gilles, je lui répondrai plus tard…

Je n'ai pas l'esprit au travail… Je viens de sauter de la falaise, OUI, moi, j'ai sauté dans le vide… Alice au pays des merveilles en chute libre… Je n'ai pas réfléchi, si j'avais rationalisé, je n'aurais jamais sauté.

Je donne l'adresse au chauffeur. Il me demande de répéter, ma voix chevrote… J'ai l'impression d'avoir été séquestrée pendant des années, et que d'un coup, j'ai ouvert la porte. La lumière m'aveugle, les bruits sont trop forts, la liberté m'effraie… Ça va aller, ça va aller.

Les idées et les pensées s'entremêlent dans ma tête… « Je ne veux pas mourir dans un taxi », « Et si j'étais complètement folle ? », « Qu'est-ce que je fais ? Qu'est-ce que je vais devenir ? Et si je faisais une grosse connerie ? ». Aïe, j'ai mal au cœur, mes poumons se compressent… Maudite crise de panique…

Le chauffeur me parle de l'été qui arrive, me parle de son travail, je comprends un mot sur deux, ce qui me permet de suivre la conversation par bribes. Je souris en hochant la tête, je fais semblant de rire pour ne pas le froisser. Même avec un inconnu, je ne suis pas capable de m'imposer.

Je sais ce que je dois faire. Le premier pas vers l'autonomie est le plus difficile. Oser dire « non », oser dire « stop »…

SMS de Ludovic : « *Marie, je te laisse une dernière chance, reviens immédiatement.* »

Le chauffeur ne parle plus, mon angoisse s'évanouit petit à petit, les mots de mon futur ex-mari viennent de me conforter dans ma décision. « Reviens immédiatement. » Il ne m'a pas demandé de revenir, il m'a ordonné de revenir. À VOS ORDRES, MON COMMANDANT… Va te faire foutre.

Le chauffeur arrête la voiture. Je règle ma course.

***

La rue me paraît immense. Les boutiques qui longent la rue me paraissent gigantesques. Mes yeux vont avoir besoin d'un temps d'adaptation pour s'habituer à la vie sans entrave.

***

Jessie et Sophie sont là, assises en terrasse. Dès qu'elles me voient, elles se lèvent et m'accueillent avec des cris de joie.

— On était en train de prendre les paris, me dit Jessie.

— Je savais que tu viendrais. Raconte-nous, me lâche Sophie.

— Alors, pour « Monsieur », vous êtes deux sangsues parasites qui essayez, par jalousie, de détruire mon couple, je dis en singeant un sourire et en posant mon sac sur une chaise.

— Quoi ? Il est gonflé quand même, incapable de se remettre en question, dit Jessie.

— Et vous savez quoi ? je demande.

— Quoi ? dit Sophie.

— Je l'ai envoyé chier…

— RACONTE, BORDEL… me demandent les filles en même temps.

Alors je raconte Laurence, l'assistante, avec son regard de poulpe, je raconte les joues moites de Jean-Marc, je raconte les coupes de champagne, le ras-le-bol, la chanson des Charts… et je parle, je parle, je parle, et bordel que ça fait du bien.

— J'aimerais tant qu'il se tape sa connasse de secrétaire, je lance dans un soupir.

— Qui te dit que ce n'est pas le cas ? me demande Jessie, dubitative.

— Euh… je l'aurais su…

— Toi ? Non, autant certaines femmes peuvent ressentir ces choses-là, mais pas toi. Toi, tu étais trop embourbée dans ton couple, à chercher des solutions pour te sentir bien. Tu aurais été incapable d'imaginer ton mari te tromper… et tu sais pourquoi ?

— Non, mais je sens bien que tu vas me le dire, je réponds.

— Parce que toi, ça ne t'a jamais effleuré l'esprit…

— … de quoi ? D'avoir une maîtresse ? je réponds en riant.

— Ça te ferait peut-être le plus grand bien… me dit Sophie.

— Je me demande si ce n'est pas ça, la solution… finir ma vie avec une femme, ça doit être plus bandochant que la vie près d'un homme…

— T'es sérieuse là ? me demande Sophie.

— Mouais, j'sais pas… ça doit être bien de vivre avec une nana.

— Ou pas… me répond Jess.

— … Allez, ce soir, j'ai envie de faire la fête, je dis.

On reste en terrasse, on parle de tout et de rien. Comme d'habitude, rien à grignoter, ce n'est pas grave, ce soir, je n'ai pas faim.

— Je vais prendre un travail, un vrai travail, je vais m'inscrire en intérim, puis je trouverai un appartement, et à moi la vie de célibataire, je dis en buvant mon énième verre.

Je me sens terriblement bizarre. À la fois pleine – *c'est pas peu dire* – d'une force incroyable et, en même temps, anéantie. Je crois que je suis en train de *deuiller*. Je parlerai à Ludovic dès demain, je m'en fais la promesse… J'ai quatre grammes dans le sang, ma parole a peu de valeur.

***

On ne pense pas à la rupture lorsqu'on se met en couple. Heureusement qu'on n'y pense pas, sinon personne ne se marierait, personne ne ferait d'enfants et personne n'achèterait d'appartement. On en a encore pour quinze ans de crédit immobilier.

Tout se bouscule dans ma tête. Le travail, les papiers administratifs, le célibat qui se profile à l'horizon, la prise en main de ma vie, connaître mes objectifs. L'avis des gens, car tout le monde mettra son petit grain de sel ; certains me diront que j'ai agi comme une imbécile, d'autres me comprendront, d'autres m'éviteront. M'en fous… Je veux vivre…

J'ai envie de tout dévorer, d'expérimenter beaucoup, comme une jeune fille boulimique qu'on aurait privée de tout. Mon état bascule du noir au blanc, comme ça, en un claquement de doigts. Bien-être extatique suivi d'un état de détresse absolue, tristesse à joie intense, étouffement à sensation de liberté.

Je me suis limitée, je me suis autoflagellée. Masochiste de la vie…

***

Sophie, Jessie et moi longeons le port.

Je ne suis pas plus vieille que ce gars qui rigole sur ce banc, que ce couple d'amoureux qui se tient par la main, que ces quatre jeunes femmes qui marchent tête haute, fières, comme si elles portaient le monde. Je ne suis pas « beaucoup » plus vieille que ces gens-là, pour l'instant… Aujourd'hui, je n'ai plus de temps à perdre, je ne veux plus gaspiller ma vie. Ce n'est pas lorsque j'aurai soixante-dix ans que je pourrai courir dans les flaques d'eau, hurler, chanter, danser, baiser à m'en épuiser le corps, à m'en user le cœur. Quoique… y a pas d'âge pour s'amuser… tant que la machine fonctionne…

***

Encore une sacrée bonne soirée… On s'est baladées, on a rigolé, on s'est racontées des trucs débiles, on a dragué comme des ados… bref, la vie, la vie qui fait du bien… la vie qui fait oublier les chagrins…

Sophie n'a pas envie de se coucher.

Elle s'assoit près de moi, sur le canapé. « Regarde, regarde-moi ça », me dit-elle en me montrant les photos de son amant.

C'est pile au moment où je décide de quitter mon mari que mon amie est en train de vivre le début d'une belle histoire d'amour. C'est con, la vie, parfois… Les projets de colocation sont en train de s'évanouir…

Qui dit « histoire d'amour » dit « retour » à l'adolescence, l'égocentrisme, seul l'amoureux compte, le reste n'a absolument plus aucune importance.

L'amour, ça fait du bien, au début. On se sent pousser des ailes, la personne a zéro défaut, on ne lui trouve que qualités, charme et sensualité. Bla-bla-bla.

— Il me plaît beaucoup, elle me dit, les yeux humides. L'amour, ça nous liquéfie.

Je la regarde, je lui souris, je lui dis :

— C'est chouette ce qu'il t'arrive, j'espère que tu vas vivre quelque chose de fabuleux. Tu le mérites, tu sais…

Sophie passe son bras autour de mes épaules.

— Il ne faut pas que tu aies peur, Marie, c'est toujours un peu surprenant de se retrouver seule, mais parfois, ça permet de connaître ses priorités, ses objectifs de vie, et surtout d'être heureuse. Ça fait des années que tu luttes pour préserver ton couple. Il faut arrêter. Ludovic et toi passez plus de temps à vous engueuler qu'à vous aimer.

— T'as pas tort… je réponds.

Je n'ai jamais lavé mon linge sale en public. Je faisais attention, je gardais les choses qui me faisaient mal à l'intérieur de moi. Je n'ai pas le souvenir d'avoir contrarié Ludovic devant les amis ni d'avoir haussé le ton.

— Tu ne voyais pas, toi, tu n'entendais pas, toi, il était toujours en train de te reprocher quelque chose, toujours en train de dire que ce que tu faisais, ce n'était jamais bien. Il te diminuait. T'en rends-tu compte au moins aujourd'hui ? me dit-elle.

— Oh oui, je m'en rends compte…

— Il te manque ?

— Risque pas. J'angoisse à l'idée de devoir lui parler demain. Je sais qu'il ne comprendra rien… et qu'il va me faire une scène, puis il va se calmer, il va me dire qu'il m'aime, qu'il ne peut pas vivre sans moi. Je suis tellement fatiguée.

— … On est là, Jessie et moi. Tu verras, un jour, tu rencontreras la personne idéale. Une personne avec des défauts, des qualités, une personne normale. Ces défauts, tu les connaîtras dès le début, et du coup, ça ne te dérangera pas. Tu mérites d'être heureuse, Marie.

— J'ai pas envie de rencontrer quelqu'un… J'ai envie de me rencontrer moi-même, envie et besoin de ME connaître… Tu comprends ?

— Oui… je comprends…

Je veux rester seule et adopter un chat. C'est bien un chat, c'est indépendant, ce n'est pas polluant.

Les mots de mon amie me réconfortent, comme un lait tiède au milieu de la nuit.

Au moment où je commençais à me sentir un peu mieux, le vibreur de mon téléphone m'arrache à cet éphémère moment de bien-être.

« *Tu rentres ou pas ce soir ? Juste pour que je sache, que je ne m'inquiète pas.* », m'écrit-il.

***

J'ouvre les yeux ; dehors, le soleil s'est levé. Les fenêtres sont grandes ouvertes. Les bruits de la rue remontent et résonnent dans le petit appartement.

11 heures… J'ai dormi plus de 9 heures non-stop… Je m'étire, je baille bruyamment… du bruit dans la cuisine…

Sophie m'apporte un café. « *Il est l'or, Monseignor*, je dois y aller, j'ai rendez-vous. Tiens, voilà un double de mes clefs… Bon courage pour tout à l'heure. »

Elle m'embrasse sur le front, me sourit.

Elle est belle dans son joli tailleur, les cheveux tirés en arrière, une vraie femme d'affaires. Elle a un emploi, elle n'a pas perdu son temps avec un imbécile, elle s'assume complètement.

Je l'envie… Ah, si j'étais un homme… *je serais en train de me gratter les roubignoles…*

L'appartement est de nouveau plongé dans le silence, seul le parfum de Sophie flotte dans la pièce. Je m'assois, ma robe est froissée, je sens la transpiration et l'alcool mélangés.

Je remonte la couette sur mes genoux. J'ai un peu froid. Il faisait beau il y a encore cinq minutes, le temps a tourné, quel dommage… Je vois au loin d'épais nuages avancer doucement, doucement…

Les yeux dans le vide, j'observe la petite tache noire au plafond, une bestiole ou une « saleté ».

Puis mes pensées s'embrouillent dans ma caboche, *momomotus…*

***

Mon téléphone sonne. Le nom de ma boss apparaît… Ça doit être important… D'ordinaire, on communique uniquement par mail… Peut-être va-t-elle m'annoncer que j'ai une promo, que je dois partir dans une grande ville pour m'occuper de la nouvelle brochure « Femme libérée »… Je m'emballe… je n'ai postulé nulle part…

— Bonjour, Marie… elle commence.

— Bonjour, Magali, ça va ?

— Oui très bien, merci, j'espère que toi aussi…

Petites banalités entre gens civilisés, entre professionnelles. Magali n'est pas mon amie, je ne suis pas la sienne, je travaille pour elle, c'est tout.

— Oui, ça va, merci… je mens.

— Je viens de recevoir un mail de Gilles, il m'a dit qu'il voulait que tu couvres un concert le 28 juin, me dit-elle.

— Oui, j'ai bien reçu son message, je voulais t'appeler de toute façon.

— Je te propose quatre cents euros pour couvrir l'évènement et, comme d'habitude, je prends en charge tes frais annexes. J'ai écouté deux, trois morceaux du groupe qui va se produire sur scène, c'est plutôt bien…

— D'accord, j'irai à cet évènement avec plaisir… Je te laisse répondre à monsieur le maire, s'il te plaît.

— Pas de problème. Tu bloques de vendredi à dimanche matin.

— OK.

— T'es sûre que ça va ? T'as une petite voix.

— Oui, ça va très bien.

— D'accord. Il faut que tu sois en forme.

SITE DE RENCONTRES

Je n'ai pas osé parler à Ludo. Sans alcool, la vie est moins folle… Ce n'est pas encore l'exact bon moment. Reste à savoir quand sera l'exact bon moment. Je recule pour mieux sauter…

***

Je me prépare un café, puis j'allume la télé, *Faites entrer l'accusé.* J'ouvre mon ordinateur, j'ai du travail, trois chroniques à rédiger et il faut que je prépare mon intervention au village…

Poussée par la curiosité, et parce que je n'ai pas du tout envie de me mettre à rédiger mes piges, je vais faire un tour rapide sur le site de rencontres.

Je suis la reine de la procrastination.

En haut à droite, une petite enveloppe clignote.
Je clique sur la petite enveloppe

Aujourd'hui 9 : 00
Message de l'inconnu
Bonjour, Marie, votre fiche m'a interpelé. Si ça vous dit de discuter un peu, je suis là. Au plaisir de vous lire. Fred
Je lis le mail, le relis. Je jette un coup d'œil rapide sur le « profil » :

Emploi : Armée de terre – *encore un tordu…*

Photo noir et blanc, ni beau ni laid. Cheveux rasés, petite barbe – *c'est la mode en ce moment.* Il porte un jean et une veste de costume, il sourit en étant appuyé nonchalamment contre un mur, une cigarette à la main.

Bruns, yeux marron. Tatoué. 1m75. Ce qu'il y a écrit sur sa fiche, rien de plus, rien de moins.

Il n'est pas bien grand pour un homme, ça me change de mon titan… en même temps, il pourrait mesurer 1m20 les bras levés debout sur un tabouret que je m'en moquerais.

Il habite à Paris. Paris-Montpellier, ce n'est pas la porte à côté. Je ne risque pas d'être ennuyée par un gars qui ferait tout pour qu'on puisse se voir. Quoique, maintenant, avec le TGV, tout est à proximité.

D'autres enveloppes clignotent… À 90 % des photos de teubs prises en contreplongée… pathétique…

Jessie me parle souvent de toutes ces longues conversations qu'elle a avec ses amants virtuels. « C'est super excitant, parfois, je ne sais même pas à quoi ils ressemblent. Discuter avec quelqu'un qu'on ne connaît pas, ça stimule l'imagination, et c'est bon », m'avait-elle dit. « Super excitant, super excitant », tout est relatif, pour une personne qui ne sait pas quoi faire d'autre de ses journées et qui cherche un moyen de s'évader de son quotidien, pourquoi pas… *Euh… dis rien…*

Jessie se masturbe devant son écran et l'amant fait de même. Ils jouissent par écrans interposés. Je trouve ça con de se donner du plaisir devant un ordi. Un coup à se retrouver sur la toile sans rien n'avoir demandé. C'est arrivé à des grands, ce genre d'histoires, et pour se dépêtrer de tout ça, mieux vaut tout assumer et avoir un moral d'acier. Jessie, c'est différent, c'est différent car elle est complètement transparente avec son mari et ses amants.

Où commence la tromperie ? À la première pensée ? À la première rencontre ? Au premier baiser ? À la première fellation ?

Jessie a rencontré plusieurs hommes, fait des plans à plusieurs avec leurs femmes. Elle est « libertine ». Je n'ai pas ce tempérament-là.

***

Tout bascule très vite dans le monde virtuel. Je vais en faire l'expérience…

Ça commence par l'échange de deux, trois banalités, puis les messages sont de plus en plus explicites.

Jessie a pris un portable pour ses aventures, afin de ne pas mélanger le sexe et la vie privée. « Parfois, je tombe sur des hommes particuliers, de ceux qui ne me lâchent pas, qui pensent qu'ils vont pouvoir me "sauver", mais je n'ai pas besoin d'être sauvée. Ma vie me convient parfaitement telle qu'elle est. J'ai beau leur dire que je ne quitterai jamais mon mari et qu'il est au courant de mes aventures, ils ne me croient jamais… », m'avait-elle dit en éclatant de rire.

C'est dangereux, le virtuel, surtout pour une personne comme moi qui a tendance à tout idéaliser. Je perds vite pied, je me laisse voguer, flotter, je laisse aller mon imagination, et Dieu sait à quel point j'en ai.

On pense connaître l'autre par cœur en lisant ses mots inscrits sur l'écran de son ordinateur ; on pense connaître l'autre par cœur en écoutant la voix qui se confie au téléphone. On invite petit à petit cet inconnu virtuel à entrer dans notre jardin secret. On invite cet inconnu virtuel à entrer dans notre monde, alors qu'on ne l'a jamais rencontré. C'est un peu comme si un individu rentrait chez nous sans sonner et qu'il s'installait pour siroter une bière piquée dans notre réfrigérateur.

Je suis face à cet écran blanc. J'hésite, répondre ou clôturer ce compte.

Après tout, ça ne peut pas me faire de mal, ça risque juste de me distraire un peu, et j'ai besoin d'être distraite en ce moment.

Je tape une réponse, j'efface, j'écris autre chose. Je trouve mes réponses sans intérêt ni accroche, j'efface, je recommence, j'efface de nouveau. Puis je me lance…

Aujourd'hui 9 : 30

Marie : *Bonjour, Fred, en quoi ma fiche vous a-t-elle interpelé ?*

Je n'aurais pas pu trouver pire « accroche » ; pourtant, il me répond au bout de trois minutes… Il doit se faire chier le gars, ou avoir les roubignoles qui traînent par terre, voire même les deux…

Fred : *Votre description, Marie. Tout simplement. Cela vous dirait-il de faire un peu plus connaissance ?*

Marie : *Ma description ? Quelle description ? Je n'ai rien marqué sur moi. Cependant, je suis partante pour faire un peu plus « connaissance ».*

Fred : *C'est rare les gens qui aiment lire. Et votre photo, soyons honnête, vous êtes une très belle femme, Marie.*

On ne voit que mes seins et mes larges hanches. Sur les conseils de mes amies, j'ai scindé la photo pour que mon visage n'apparaisse pas. Cet homme doit aimer les femmes pulpeuses, pour ne pas dire « grosses »… tant mieux. Mais qu'il n'en fasse pas trop non plus, sinon je vais vite l'envoyer balader, je ne suis pas un lapin de six semaines.

***

Cependant, je dois avouer que je me prends au jeu et que j'attends avec impatience ses réponses. Pour le coup, j'en oublie les chroniques sur les bas de contention.

Internet, ou l'art de perdre son temps.

Aujourd'hui 14 h

Marie : *J'aime lire… Ça me permet de m'évader.*

Fred : *J'aime lire également.*

Je me lance… même pas peur… après tout, je ne le connais pas et ne le connaîtrai peut-être jamais, alors…

Marie : *Pourquoi t'es sur ce site de rencontres ? Tu cherches l'amour ou juste des relations éphémères ?*

Fred : *Autant être honnête, j'aime les jeuX sexuels. Je viens ici pour rencontrer des joueuses. L'amour, je l'ai un peu mis en stand-by, si tu vois ce que je veux dire.*

Marie : *Je vois… Mais si tu cherches des plans cul, autant mettre de suite les choses au clair, ce n'est pas mon délire. Pour dire vrai, je ne sais pas du tout ce que je cherche.*

Fred : *Eh bien, on le découvrira ensemble.*
Marie : *Je préfère voir les gens en vrai plutôt que de taper sur mon clavier. Les plans virtuels, ce n'est pas mon trip.*
Fred : *Je préfère le contact réel au contact virtuel.*

Partenaires « de jeuX », encore un qui se prend pour Christian Grey, ça me fait marrer…

Nous faisons donc connaissance par écrans interposés et hop, en avant pour l'aventure, *Banga*. Nous parlons de choses et d'autres, on parle de tout et de rien, mais le pire, c'est que je ne m'ennuie pas.

Lorsqu'on se prend au jeu du virtuel, on en oublie la vie réelle.

Un peu de piment dans ma vie de femme au foyer. Je ne fais rien de mal.

***

Dans le parc, je ne vois plus les amoureux qui se bécotent sur les bancs publics ; je ne vois plus la famille de canards ; je ne vois plus et n'entends plus les gosses brailler ; je ne rêve plus les yeux levés vers le ciel ; je ne vois plus les nuages se transformer, B*arbatruc*…

Je suis assise sur le banc et je ris, les yeux rivés non pas sur ma Kelton, mais sur mon iPhone, *osez osez Joséphine*.

Aujourd'hui 20 h 10
Marie : *T'es un bel homme.*
Fred : *C'est gentil…*

Mes doigts frôlent mon écran tactile. Je ne sais plus trop quoi écrire. Ça me rappelle ce que j'avais ressenti la première fois que j'ai couché avec un homme. Ça remonte à loin déjà… amour d'ado.

***

Parenthèse FLASH BACK, ça te manquait, hein ? Ça risque d'être long, donc si tu veux savoir ce qu'il se passe avec Fred, tu peux sauter ce passage…

Mes parents m'emmenaient en camping chaque été. Dans le même camping, au même emplacement, chaque année au même endroit. Chaque année, la plage, les apéritifs avec les voisins de caravane. Chaque année, les mêmes histoires. Une fois adulte, on perpétue les habitudes familiales.

Marc avait seize ans, il était brun, petit, mince, les cheveux longs. Ses parents louaient un bungalow. Je le revois comme si c'était hier.

Marc lisait un livre sur la terrasse du bungalow. J'aimais et aime toujours les intellos. J'étais passée devant lui, l'air de rien. Il avait levé les yeux de son livre. Il m'avait regardée. Je lui avais souri en lui lançant un « s'lut » timide. À l'époque, j'avais quinze ans. À l'époque, j'avais les cheveux courts, je portais des bermudas de mecs et des débardeurs. La vie nous change et nous transforme, le temps s'occupe de nous modeler, de nous faire devenir des gens « normaux », des gens « transparents » qui se fondent dans la masse urbaine. Marc m'avait fait un signe de tête, et c'est tout naturellement que je me suis rapprochée de lui.

Hésitante, j'ai monté les quelques marches du bungalow.

Hésitante, je me suis accoudée contre la balustrade en bois. Hésitants, on avait commencé à discuter.

Je me suis plaint en disant que je m'ennuyais avec mes parents, que c'était toujours la même histoire dans les campings. OK, OK, j'avoue, je continue de me plaindre aujourd'hui encore…

C'était sa première année. Il m'avait raconté qu'il n'avait pas beaucoup d'amis et qu'il préférait oublier la vie en ouvrant un livre plutôt que de faire la bringue avec des gens superficiels.

Moi, je me la pétais en racontant les vacances précédentes d'un air détaché. Je lui donnais le nom des habitués, « *À l'emplacement 12, il y a les Rivaire. Deux cons. Lui, c'est un gros vicelard, faut voir comme il regarde les filles ; emplacement 9, les Torteille, mariés, toujours bourrés, deux gosses, des têtes de cons de huit et dix ans ; emplacement 4, juste là derrière le grand arbre, ce sont les Mariono, un couple gentil, enfin, je suppose, je ne les vois pas souvent.* »

Je lui en foutais plein les yeux à Marc, enfin, c'est ce que je pensais ; avec le recul, je me dis qu'il devait me prendre pour une ringarde prétentieuse.

À cette époque, j'étais poussée par une sorte de curiosité, mélangée à un sentiment que je ne connaissais pas. Il m'écoutait, Marc. Il ne parlait pas trop, il souriait et secouait la tête par moments. Puis on s'est rapprochés de plus en plus.

Un soir, mes parents ont invité ses parents à l'apéritif. Mes parents aimaient faire de nouvelles connaissances. Ils me faisaient souvent honte. Mon père traînait toujours avec son tee-shirt Ricard et son *moule-couilles* noir. J'ai trouvé un mari qui ressemble un peu à mon père… c'est super glauque.

« C'est les vacances, tenue décontractée » qu'il disait, le père. Maman, quant à elle, portait sa jolie robe fleurie. Elle était belle, jeune, ma mère… Le couple Ludo/Marie ressemble au couple Papa/Maman.

Ce soir-là, nos parents avaient bu. Marc et moi sommes allés à son bungalow. Il me racontait les livres, Baudelaire, Rimbaud, Proust, je l'admirais.

Puis je me suis approchée de Marc, je l'ai embrassé. Nos deux langues se sont touchées, nos salives se sont mélangées, je n'avais plus envie de le quitter, j'aurais aimé que cette soirée ne s'arrête jamais.

Je regardais ses cuisses fines et musclées, toutes bronzées.

Je regardais les ombres se dessiner sur sa peau dorée grâce au lampadaire extérieur.

Je bloquais net sur un bout de ventre, sur ses bras bien ébauchés ; sur ses cuisses, sur son entrejambe, sur sa bouche… Ses yeux… Sa bouche… Sa bouche…

Ce fut l'été de la connaissance et de l'apprentissage de l'amour. La première fois que je voyais un phallus autre que celui de mon père impudique. Mes parents étaient des adeptes du naturisme, moi ça me foutait mal à l'aise, mais eux, ils s'en battaient les cacahuètes… autre époque, autres mœurs… bref…

Il m'a dit qu'il n'avait jamais fait l'amour. Il était maladroit comme moi. Ça me rassurait qu'il soit, lui aussi, encore vierge. À l'époque, ce n'était pas la performance qui l'emportait, c'était le ressenti, les sentiments. À l'époque, lorsqu'on était vierge, on était respecté, ce n'est pas comme aujourd'hui. Aujourd'hui, si tu n'as pas baisé à quatorze ans, t'es un ringard.

Nus sous les draps, nus dans le petit bungalow, j'espérais que ses parents ne rentrent jamais, et je me mettais à rêver que j'étais partie seule avec Marc, en vacances.

Il est sorti de la chambre ; moi, je regardais le rideau épais de la petite fenêtre bouger sous la brise légère du vent. Il est revenu en serrant quelque chose dans sa main droite. Puis on s'est embrassés, puis on s'est caressés. Il a déballé maladroitement le préservatif et il m'a fait l'amour. Je n'ai pas trop de souvenirs de l'acte en lui-même, ce n'était pas le nirvana, j'ai plus de souvenirs sur l'avant-premier baiser, et l'avant-première caresse…

On pensait, à l'époque, que la distance n'aurait pas d'influence sur notre amour, qu'on pourrait patienter jusqu'aux prochaines vacances pour se revoir. On était jeunes et amoureux.

On s'est échangés, pendant cinq mois, des lettres enflammées.

Au lycée, je suis devenue quelqu'un d'autre, un début de femme accomplie. J'étais conne à l'époque, je pensais que pour devenir une VRAIE femme, fallait 1) avoir ses règles… 2) coucher avec un homme… 3) dernière étape après mariage… « avoir un enfant ».

J'ai raconté à mes copines que j'avais un mec. Dans mon agenda, j'avais glissé une photo et une lettre de Marc, ça me permettait de supporter son absence. Puis on s'est revus, un an plus tard, et tout s'est effondré. Il avait changé, j'avais changé, on avait trop attendu, et surtout, on était trop jeunes. On a cassé rapidement, mais sans s'en vouloir, au contraire, on avait plaisir à se revoir chaque année, en bons copains. *Fermez la parenthèse…*

***

Aujourd'hui 22 h 10
Fred : *Marie ?*
Marie : *Oui ?*
Fred : *Je suis devant mon écran, comme un imbécile, à attendre tes messages… C'est débile, hein ?*
Marie : *Non. Je fais la même chose. Pour le coup, je ne sais plus trop quoi dire…*

Puis il lance un sujet, je ne me souviens même plus de quoi on a parlé, mais on s'est mis à discuter jusqu'à point d'heure.

Je ne vois pas le temps passer. Le temps n'a plus d'emprise sur moi. C'est cool.

***

4 h 30…

Ludo vient de se réveiller, il me rejoint à la salle à manger. J'ai eu peur quand j'ai senti sa présence derrière moi. Peur qu'il surprenne ma conversation avec mon amant virtuel. Il n'a rien vu, tant mieux. Il me dit : « Que fais-tu ? Tu ne viens pas te coucher ? » Je lui réponds que j'ai des insomnies.

Je n'ai pas envie de m'allonger à côté de son corps transpirant. J'ai envie de rester le séant posé sur mon canapé à échanger des banalités avec cet inconnu qui m'attire et qui m'effraie.

Mais je n'ai pas le droit de rester ainsi. Alors… je décide d'interrompre la conversation avec Fred. On se reparlera demain, s'il le veut bien…

Avant de me déconnecter, en ayant longtemps hésité, je décide d'envoyer une photo à Fred…

Je ferme mon ordinateur portable, le lien entre lui et moi. Je vais dans la salle de bains, complètement ensuquée, comme si je venais de me réveiller d'un long sommeil. Comme si j'avais fait un rêve de plusieurs jours. Je marche au ralenti, comme mon cerveau. Puis je vais me coucher.

Il y a l'odeur dans la chambre, l'odeur du corps de l'homme. L'odeur âpre de sa transpiration. L'odeur de son sexe. L'odeur de son haleine. L'orage éclate, la pluie tape aux carreaux avec violence.

Je me couche à côté de l'homme. Il me parle, je ne sais pas de quoi, je l'entends sans le comprendre… Je n'ai envie que d'une chose : être à demain pour lire Fred. Il faut que je dorme.

***

C'est complètement dingue cette impression de connaître une personne sans même l'avoir vue. Des journées d'échanges de mots, d'idées, de pensées, et hop là, la complicité naît. Je pense que nous sommes deux à idéaliser, en fait. Deux à s'imaginer que derrière l'écran, il y a peut-être la personne tant et tant attendue. Je me rassure en me disant que Fred est dans le même état d'esprit que moi.

En parlant de Fred, il faut que je lui dise que je suis mariée, il faut que je lui dise, car je me sens en danger. En danger, près du précipice, j'ai peur de tomber. Il faut que je lui dise que je suis mariée, oui… Je trouve ça plus honnête de lui en parler. Ainsi, je pourrai excuser mes longs silences lorsque je ne peux pas lui répondre.

Ludo devient la barrière entre Fred et moi. Ludo a toujours été une barrière dans ma vie.

J'attendrai encore, encore un peu avant de lui dire que je ne suis pas libre.

Je ferme les yeux, je ne vois que des mots défiler… Je me suis prise au jeu, je suis tombée dans mon propre piège.

***

Les jours défilent, les nuits aussi…

Ludo me dit : « Tu ne viens pas contre moi ? »

Je fais semblant de dormir en respirant plus fort. « *Une femme doit être exemplaire, une femme doit se taire, une femme doit subir* », bla-bla...

Mes pensées les plus lubriques, les plus perverses, mais également les plus poétiques, vont vers Fred. « *Tourne-toi / Non / Contre moi / Non, pas comme ça*[4] »... J'imagine son corps, j'imagine sa main dans mes cheveux, sa bouche sur mes lèvres. J'imagine ses caresses. J'imagine mes lèvres effleurer son sexe, ma bouche l'avaler, mon corps l'accueillir.

---

[4] *Décadence* de Gainsbourg.

VIRTUEL-MOI

Hier, Ludo est sorti voir des amis sans me demander de l'accompagner ; tant mieux, je n'y serais pas allée de toute façon.

Je l'ai regardé partir en costard-cravate, la chemise tendue sur son ventre bedonnant. Il m'écœure. Comment en suis-je arrivée à avoir autant de dégoût pour cet homme qui, hier encore, faisait battre mes ovaires et mon cœur ?

Bref, le mari est parti ; du coup, j'ai eu enfin droit à une soirée complète pour moi. Une soirée complète à passer avec mon amant virtuel, ça va de soi.

Nous avons discuté toute la nuit. Tout par écrit. C'est tellement pratique les écrits.

***

Je traîne en pyjama, tasse de café à la main, cigarette au bec, cheveux emmêlés, caca collé au coin des yeux, traces de bave séchée sous la lèvre inférieure. Je me suis levée à huit heures ce matin, car je ne parvenais plus à dormir, trop de choses à faire, et surtout trop de choses en tête. Je me suis mise en retard à cause des discussions avec Fred qui n'en finissent pas. Je suis fatiguée. J'ai écrit deux chroniques que j'ai envoyées au magazine et j'ai confirmé ma présence au fameux concert de Montpeyroux.

Ludo est parti travailler, comme d'habitude ; instants de liberté et de bien-être absolu.

Je m'avachis sur le canapé. Je m'allume une deuxième cigarette. Je termine mon café. Je balance ma playlist. Je branche mes baffles et c'est parti. Ludo n'est pas là pour me demander de baisser le son, car la musique, ça l'empêche de se concentrer. Je me connecte sur le site de rencontres.

Fred : *Salut, t'es là ?*

Marie : *Coucou… Oui, à l'instant…*

Fred : *Je regarde souvent ta photo. Tu es magnifique, et cette robe te va si bien.*

Marie : *Merci…*

Fred : *Ne me remercie pas, c'est la vérité…*

Marie : *Hum… Paris-Montpellier, c'est complètement à l'opposé.*

Fred : *Pourquoi tu me dis ça tout à coup ? T'as envie de me voir ;)… Je vais souvent à Montpellier pour voir des amis, j'y ai habité deux ans. Je dois y descendre prochainement. Un petit verre en tête-à-tête, si ça te dit…*

Je pince ma lèvre inférieure, j'imagine une rencontre, un soir, lui et moi… nia-nia-nia.

Cet autre m'attire parce qu'il me sort de mon quotidien. Une petite évasion soudaine, une faille dans ma bulle de confort. Il m'attire comme m'aurait attirée n'importe quel imbécile heureux, qui se serait un tant soit peu intéressé à moi. Il m'attire, car il est inconnu, car je suis curieuse. Il m'attire, car je suis en manque d'attention…

Me voilà à taper avec frénésie sur le clavier de mon ordinateur.

Puis, sans réfléchir, sans me dire qu'il pourrait vite trouver mon nom et mon adresse, je lui ai donné mon numéro de téléphone.

Je vis dans un monde parallèle, un monde virtuel.

Ludo ne voit rien, comme d'habitude. Il continue son train-train, et moi je passe devant lui, l'air de rien.

16 h

Fred : *Tu es en couple ?*

Je pensais qu'il allait m'appeler, que nenni… Il me pose LA question… J'hésite, dois-je lui avouer que je suis mariée ? Et si, par « respect », il décidait de couper net cette conversation, ce petit lien qu'on s'est construit au fil des jours ? Je déteste ce mot « respect ». Il ne veut rien dire aujourd'hui.

La tromperie, est-ce réellement quelque chose d'irrespectueux ? N'est-ce pas lorsqu'on décharge sa culpabilité en avouant tout qu'on devient irrespectueux ?

« Respecter », c'est ne pas blesser la personne qu'on aime. Si on ne dit rien, on respecte. Avouer son infidélité, c'est décharger la mauvaise conscience pour se sentir plus léger. C'est alourdir l'autre bêtement alors qu'il n'a rien demandé. Si on est incapable de se taire, autant rester avec ses fantasmes sans jamais passer à l'acte, quitte à le regretter. De toute façon, quoi qu'il en soit, que je trompe ou que je reste fidèle, j'aurai des regrets. J'aurai des regrets si je trompe mon mari ; j'aurai des regrets si je passe à côté d'opportunités qui pourraient me faire vibrer.

Je suis une femme, et une femme, paraît-il, ne doit pas se laisser aller à des pensées adultérines. C'est l'homme qui fabrique les moules à cocus, sans états d'âme… z'ont l'art de nous *accommoder au safran*, mais les femmes sont tellement sous l'emprise d'un tas de conneries que, bien souvent, elles culpabilisent à outrance… à s'en rendre malades, parfois…

Puis merde, je suis un être humain, fait de chair et de désir. Autant mettre les choses au clair, on verra bien. Je lui dis donc que je suis mariée depuis quelques années.

Fred : *Je trouve ça excitant que tu sois mariée. J'adore la transgression.*

Marie : *J'ai eu peur que tu ne veuilles plus me parler.*

Fred : *Pourquoi ?*

Marie : *Par « respect », par peur de briser un couple.*

Fred : *Fou rire. Je ne connais pas ton mari. Je ne serais responsable de rien, vous êtes responsable de tout… Attends deux minutes, t'as marqué « briser un couple » ? Ahhhh…*

Marie : *Quoi « Ahhhh » ?*

Fred : *Qui dit « briser un couple » dit que tu commences à craquer…*

Évidemment que je commence à avoir le bas-ventre qui s'affole. Sa façon d'avoir l'air de tout maîtriser m'attire. J'ai envie d'essayer d'aller un peu plus loin. On verra bien où cela me mène. Je me suis tellement privée durant toutes ces années que j'ai l'impression, aujourd'hui, que je peux faire tout et n'importe quoi…

La conversation virtuelle continue. Je lui parle de moi, de mes envies, de mes fantasmes. À aucun moment je me dis que je parle trop, je lui parle comme si je le connaissais depuis toujours.

Il me pose des questions et je réponds naturellement, sans filtre, sans faux-semblants. Moi, je ne lui demande rien, car, pour être honnête, ça ne m'intéresse pas. Si je lui pose des questions, je prends le risque qu'il me raconte sa vie et que la mienne passe à la trappe. J'ai bien assez de mon mari à écouter sans en plus me polluer l'esprit avec les états d'âme d'un inconnu. Hop ! Ça y est, j'apprends l'égoïsme positif. Parce que c'est important d'être égoïste, paraît-il. C'est Jenny qui m'a dit ça… alors moi, je la crois, car ça m'arrange bien…

***

Ludo est rentré, je ne le vois plus. Il est devenu encore plus invisible. Je crois qu'il m'a embrassée sur le front. Il me semble que j'ai vite basculé de ma conversation avec Fred à mon traitement de texte. Il me semble également qu'il m'a parlé de sa journée, c'est par bribes que ça me revient. J'ai hoché la tête, tout en continuant de taper sur mon clavier, sans mauvaise conscience, sans états d'âme, et ça me va bien comme ça.

***

Ludo est sur le canapé, les pieds posés sur la table basse.
Il me parle encore. Si seulement il pouvait se taire. « J'ai trop bu hier. Je n'ai plus vingt ans, je le sens bien… Il y avait Lucas, tu te souviens de Lucas ? Puis il… » J'ai décroché.

Ce soir, comme s'il sent que je lui échappe, il décide de ne pas aller se coucher de suite.

Moi, je reste immobile, le dos courbé sur l'écran de mon ordinateur. Je jette par moments des regards vers mon mari, pour être certaine qu'il ne lui prenne pas l'envie de se lever pour voir ce que je suis en train de faire. Il voit bien que je suis en train de taper rapidement sur mon clavier, que par moments, je m'arrête, avant de reprendre encore.

Cette situation titille encore plus mes neurones, en fait. Le mari avachi, l'amant au bout des doigts. Adultère virtuel.

— Tu fais quoi ? me demande le mari en se coupant les ongles des pieds, au-dessus de la table basse de la salle à manger.

— J'écris un article, je lui dis tout en écrivant une réponse à Fred.

— Tu me feras lire ? me demande-t-il.

— Quoi ? je réponds, surprise.

— Tu me feras lire ? il me répète.

— C'est nouveau, ça ? Depuis quand t'intéresses-tu à mes articles ?

Il se lève et se dirige vers moi. Je bascule rapidement sur mon traitement de texte. J'ai failli m'emmêler les pinceaux en ne trouvant plus la petite croix pour fermer la fenêtre du site. Quelle angoisse !

Ludo pose sa main sur mon épaule. Heureusement que j'avais déjà fait une ébauche d'article. Il se penche, regarde mon écran et lis à haute voix : « Les aventures extraordinaires du petit ver de terre ». Il rigole, hoche la tête.

— C'est quoi cet article ? me demande-t-il en riant.

— Un article sur la nature, j'ai voulu y apporter une note humoristique. L'écrire un peu comme une fable, un conte, tu vois ? je lui réponds en lui rendant son sourire.

— On va se coucher ? me demande-t-il en claquant un baiser sur mon front.

— Non, je vais travailler encore un peu, je réponds.

Il retourne vers le canapé, s'allonge. Il n'enlève pas les rognures d'ongles qui parsèment l'angle de la table. Il se racle la gorge, prend la télécommande, change de chaîne. Pose la télécommande, se racle de nouveau la gorge et plante son index dans le fond de sa bouche pour se curer les dents.

— Tu peux aller te coucher, tu seras mieux au lit, je lui dis.

— Pourquoi, je te dérange ? me demande-t-il en retirant son doigt.

— Non, mais le son de la télé… Laisse tomber, je mettrai mon casque si vraiment ça m'incommode.

***

Fred me raconte deux trois blagues qui me font sourire, le mari s'est enfin endormi. Vers vingt-trois heures, il ronfle trop fort. Je me lève, je m'approche de lui, je le secoue.

— Ludo, Ludo, va te coucher, je lui dis.

Il se décide enfin. Il soupire, il gratte sa tête, il s'étire, il pousse un long râle.

— Tu ne veux toujours pas venir ? me demande-t-il.

— Non, pas de suite… je lui réponds avec un rictus hypocrite, sourire pour avoir la paix.

ALIBI

Je prends mon portable et m'installe sur le canapé.

Je suis derrière mon écran d'ordinateur, je me suis ouvert une bière. Moi qui avais arrêté de boire, je m'y remets, comme une adolescente en manque de sensations. Mes nausées et mes aigreurs d'estomac sont passées. Je suis un peu moins fatiguée.

Je retrouve mes quinze ans, c'est toujours ce qu'on dit lorsqu'on tombe amoureux. On dit qu'on a quinze ans, parce qu'on se centre sur soi-même et qu'on en oublie l'entourage. Parce que rien ne compte plus que nos petits besoins futiles. Alors, on a quinze ans et on se moque de tout.

***

Je me suis laissé happer par le jeu virtuel, c'est toujours plus rassurant d'appeler « jeu » quelque chose qu'on pourrait ne plus maîtriser, quelque chose qui peut nous échapper. Fred m'aide sans le savoir, à passer à autre chose.

Fred : *J'aimerais être près de toi en cet instant. Ça m'ennuie de ne pas pouvoir te voir. Tu m'obsèdes, Marie.*

Marie : *J'aimerais que nous puissions nous voir moi aussi, je pense tellement à toi…*

Fred : *J'aime nourrir l'envie qui te dévore. J'aime lorsque tu te livres sans retenue.*

Marie : *Je te lis et je ressens de nouveau, elle est bonne cette douce chaleur qui parcourt le bas de mon ventre.*

Fred : *J'ai terriblement envie de toi, Marie.*

Fred : *L'idée d'aller plus loin avec moi t'aurait-elle parcouru l'esprit ?*

Marie : *Je suis tellement troublée par tes mots, par ta façon de me « parler », tellement troublée par toi… Je suis venue m'inscrire sur ce site de rencontres, car avec mon mari, en ce moment, ce n'est pas fameux…*

Et pour répondre à ta question, l'idée m'effleure l'esprit depuis quelque temps.

Fred : *Tu avais envie de voir si tu pouvais toujours plaire ? C'est le cas. Tu me plais.*

Je traîne, encore et toujours, du matin au soir sans autres envies que d'échanger avec Fred. Je suis dans l'attente constante et permanente de ses mots inscrits sur mon écran d'ordinateur, dépendante de ses messages.

Je n'ai plus envie de manger, plus envie de sortir, juste envie de le lire et de le rencontrer.

Il y a des mots plus puissants encore que l'alcool ou la drogue ; en étant parfaitement sobre, juste à la lecture de quelques phrases, on peut avoir la tête qui tourne, les papillons qui s'agitent dans le bas-ventre et la libido sens dessus dessous.

Il y a des mots qui parviennent à nous retourner le cerveau en nous plongeant dans un monde parallèle, le virtuel est un univers dangereux.

Le monde depuis « Fred » n'est plus le même. Il représente mon cri de révolte, mon expérience libératrice.

Hier, j'étais morte ; aujourd'hui, je renais. La vie est si courte, furtive, autant en profiter.

Fred sait employer les mots qu'il faut, à moins que ce soit mon cerveau qui les interprète. Dopage aux hormones du bonheur. J'ai tellement besoin de nourrir mon ventre en ce moment ; j'ai besoin de sentir, de toucher, de voir… J'ai une immense frustration, comme si on me mettait sous le nez un gâteau au chocolat et qu'on me disait « ne touche pas »…

Au moment où j'envisage une « évasion » de mon quotidien, au moment où je commence à établir des « plans » pour pouvoir le rejoindre, je commence à me poser des questions sur ce que j'éprouve pour lui. N'est-ce qu'une attirance passagère ? Un fantasme ?

Si je m'écoutais, je l'appellerais, maintenant. Puis je partirais le rejoindre.

Je ne suis pas « libre ». C'est terrible d'avouer que nous ne sommes pas libres. Prisonnière d'une relation non amoureuse alors que mon bas ventre hurle : « Casse-toi, Marie, et vis... »

Ludo vient de rentrer, comme d'habitude... Je mets mon portable sur silencieux, comme d'habitude...

Je laisse mon portable dans la poche de mon pantalon, une décharge électrique parcourt mon corps à chaque vibration. Car je sais que les vibrations sont les mots que dépose, comme des caresses sur ma peau, mon cher et tendre Fred.

Ludo s'approche de moi. Il dépose un baiser sur mon front fiévreux de désir et il se pose sur le canapé, même position, même regard, même expression.

Il a pris la télécommande, comme d'habitude.

Il a posé ses pieds sur la table basse, comme d'habitude.

Il m'a regardée, il m'a souri, comme d'habitude.

J'en ai marre de fredonner du Claude François...

Par habitude, je lui demande s'il veut boire quelque chose. Il me fait un petit clin d'œil en hochant la tête affirmativement, puis il me scrute et me dit que quelque chose a changé chez moi. J'ai une envie subite de mettre de la mort-aux-rats dans son verre.

Il me demande si je suis passée chez le coiffeur ou si j'ai fait un soin en institut de beauté. Il me dit : « Tu es rayonnante. » Rayonnante, c'est le cas, et ce n'est pas grâce à lui. Il a quand même mis plusieurs jours avant de s'apercevoir que j'avais changé de coupe de cheveux, la preuve qu'il ne me regarde plus.

Je n'ai pas lu le message lorsque mon portable s'est mis à vibrer.

Je prends une bière pour Ludo et une pour moi.

Je pose les bières sur la table basse. Je reste debout, je fais quelques pas. Je tourne en rond en espérant que, ce soir, il ne tardera pas pour aller se coucher.

« Ça va ? Tu as quelque chose à me dire ? », me demande-t-il. Je hoche la tête de gauche à droite. « Non, rien, pourquoi me demandes-tu ça ? », je lui réponds. Il ne m'apporte aucune réponse, il hoche juste la tête…

***

Le cul posé sur la lunette des toilettes, je réponds à Fred. Par « respect » pour mon mari, je n'ai pas sorti mon téléphone portable devant lui. Je n'avais pas envie qu'il me demande qui était mon interlocuteur ou interlocutrice. Il aurait sans doute pensé que les messages étaient adressés par mes deux amies. Il serait agacé, en disant qu'il fallait que j'arrête de les fréquenter.

L'homme a toujours ce besoin impétueux de donner des conseils à la pauvre femme. L'homme se sent toujours investi d'une mission, celle de diriger, contrôler, maîtriser, guider la vie de la femme. Pour l'homme, la femme n'est pas capable de penser par elle-même, n'est pas capable de faire la différence entre le bien et le mal ; elle n'est pas capable de se gérer. Pour les hommes, et en particulier mon mari, la femme aura toujours besoin de la présence paternelle, des injonctions phallocratiques. Je m'endurcis, c'est bon signe.

Je retourne près de mon « Mari »… Je retourne près de mon mur humain, celui qui m'empêche d'avancer. Je voudrais être célibataire, avoir mon petit chez-moi, mon petit cocon. J'aimerais être seule pour pouvoir à volonté profiter de cette vie qui est en train de me passer sous le nez.

Quelle bêtise de se mettre en couple, ça devrait être interdit, on devrait avoir une amende à chaque fois qu'on vit à deux. Si seulement on m'avait avertie plus tôt de la dégringolade sentimentale, j'aurais réfléchi à deux fois avant de m'engager…

Je ne culpabilise pas de parler avec Fred.

Ludo pose ses lèvres sur le goulot de la bouteille. Je le regarde. Il perd ses cheveux, il commence à se dégarnir ; bientôt, il sera chauve et con, comme son père…

Je me demande où est passé le jeune garçon plein de rêves que j'ai connu il y a dix-sept ans. Que deviendra-t-il dans dix ans ? Et moi ? Si je n'écoute pas mes désirs et mes envies, deviendrai-je comme ma mère ? « Vieille » avant l'âge ? À quoi vais-je ressembler dans dix ou quinze ans, si je continue de me priver ? Je risque de devenir bedonnante, de porter des robes fleuries et des Crocs aux pieds. J'angoisse.

Je ne suis pas dupe, j'ai bien remarqué que la liberté, le bonheur et l'indépendance permettaient aux femmes de rester jeunes et belles encore plus longtemps. Ces femmes, les libérées, vieillissent plus lentement. Il suffit de se poster devant les écoles primaires et de les regarder, ces femmes, les « ligotées », ces mères avant d'être femmes. Elles ne prennent plus soin d'elles, elles s'habillent mal et elles restent des heures devant l'école à parler de quoi ? De gratin dauphinois, de tarte aux pommes, de l'organisation de l'anniversaire du petit dernier, de la prochaine fête des écoles. Oh, elles ne se gênent pas non plus pour critiquer la working-girl, qui dépose toujours en retard son enfant. La femme libérée est toujours bien habillée, bien maquillée et elle dégage une aura lumineuse. La femme libérée est détestée par les femmes « ligotées ».

Je ne veux pas devenir une mère-femme ; je ne veux pas rester une « ligotée » ; je ne veux pas vieillir avant l'heure ; je ne veux pas devenir celles qui se nourrissent de la vie des autres, tellement la leur est pathétique.

***

Ludo tapote sa main droite sur le canapé, comme un maître qui appelle son animal de compagnie. Tant qu'il y aura des femmes pour dire amen à tout, les hommes continueront de tapoter l'assise d'un canapé.

Il me dit : « Il faudrait que nous parvenions à prendre un peu de temps pour nous. Je sens que nous en avons besoin. Je ne suis pas très présent en ce moment et je m'en excuse.

Mais, bientôt, j'aurai tout mon temps à t'accorder. Vivement les vacances. »

Non, non, je ne veux pas de son « temps », je veux son absence, je veux me sentir libre, je veux respirer.

Son parfum mélangé à l'odeur de la transpiration de fin de journée m'écœure.

Je ne pense qu'à mon portable, qu'à Fred. Ne pas le lire me rend dingue.

Je me blottis spontanément dans les bras de l'époux, comme ça, par habitude. Une façon de le rassurer aussi, de le remercier de penser à « nous », de le remercier pour l'argent qu'il ramène au foyer, de le remercier de ses sourires, de sa main qui tapote le canapé, le remercier de ses blagues pas drôles, de son machisme mal placé…

***

J'ai l'impression que ça fait une éternité que je suis ainsi, contre lui. Le temps est lent, le temps est un traître. On regarde une série sans grand intérêt. Il rigole, je ne sais pas pourquoi il rigole, mais il rigole. Moi, je ne ris pas. J'aimerais avoir le cœur aussi léger que le sien. J'aimerais pouvoir ne serait-ce que sourire en regardant les images défiler sur le petit écran, mais je n'y parviens pas. La télé m'a toujours ennuyée.

Ludovic se tourne vers moi. Son sourire toujours figé sur son visage d'abruti. Il me dit : « Tu devrais prendre du temps pour toi avant qu'on parte en vacances, j'ai peur que tu t'ennuies, car je vais beaucoup travailler. » Oui, l'homme travaille, l'homme ramène la paie, l'homme met les pieds sous la table, l'homme attend son linge propre et repassé… puis l'homme laissera sa carte bleue ou son chéquier pour que Femme puisse aller faire les courses.

Je ne supporte plus la mentalité de certains hommes – en particulier celle de mon mari.

Je ne supporte pas les paternalistes, les phallocrates, les machos, les idiots, ceux qui se prennent pour Dieu le Père.

Je ne supporte pas lorsque l'Homme « spermet », sous couvert d'une pseudo virilité, de donner des leçons de vie, d'imposer ses propres doctrines, sa propre façon de penser et de vivre, à celle qu'il considère, À TORT, comme le sexe faible. Je rejoins la Vendetta de Brigitte Fontaine.

Je ne supporte pas les blagues pas drôles des mâles cacahuètes-pastis, l'alcool n'excuse pas tout.

Je ne supporte pas les dragueurs qui ne savent pas aligner deux mots correctement et qui se prennent pourtant pour des Don Juan.

Je ne supporte pas lorsque l'Homme dérange la Femme, alors que la Femme veut seulement la paix.

Je ne supporte plus l'Homme-Mari…

Il faut que je me libère de mes chaînes…

Je me tourne vers lui et je lui réponds :

— Lorsque je prends du temps pour moi, tu m'appelles plusieurs fois par jour. Tu n'aimes pas mes amies, tu dis qu'elles sont de mauvaises fréquentations.

Je n'aurais pas dû lui dire ça. J'ai l'impression de lui demander sa bénédiction. Le poids de mes « *sœurs* » pèse encore sur mes épaules. Quand vais-je pouvoir me libérer de ce lourd fardeau ?

— J'étais tendu, je suis désolé, mais tout est rentré dans l'ordre aujourd'hui, il me dit les yeux fixés sur l'écran de la télé.

Puis il me regarde, pince ses lèvres et continue :

— Je sais qu'il faut que je lâche du lest. Tu as besoin de respirer…

— Que tu lâches du lest ? Je ne comprends pas…

— Après la discussion qu'on a eue au téléphone lorsque tu étais avec Sophie et Jessie, j'ai eu peur. Je me suis donc remis en question. J'ai compris qu'il fallait que je te laisse un peu plus de liberté, que tu en avais bien besoin.

Monsieur est trop bon. Monsieur m'autorise un peu plus de liberté. Je n'ai jamais entendu une femme dire des propos aussi absurdes, abjects, et le pire, c'est que mon mari ne se rend pas compte de la portée de ses mots.

Après tout, je serais bête de ne pas profiter de la situation. Pourquoi ne pas devenir la manipulatrice tant redoutée ? J'ai envie de rejoindre Fred, je rejoindrai Fred. À aucun moment je ne me suis dit qu'entre mon mari et moi, les choses pourraient s'arranger. Notre relation est terminée.

J'endosse le rôle de la gentille petite femme au service du mari qui lui laisse la liberté. Je lui dis que nous pourrions partir un week-end, juste tous les deux, histoire de se retrouver un peu. Tout en espérant très fort qu'il refuse, et c'est ce qu'il fait. « Non, ce n'est pas possible pour l'instant, mais on se fera ça très vite, j'ai beaucoup de travail, tu sais », il me dit en caressant mes cheveux du bout de ses doigts.

J'ai le cœur qui bat trop vite, je suis excitée, j'ai trouvé la clef de mon évasion, et c'est mon Barbe-Bleue qui vient de me l'offrir, sans me chuchoter : « Ne pénètre jamais dans cette chambre-là… »

Mon mari, qui, il y a quelques jours, m'avait posé un ultimatum : « Si tu ne rentres pas, ne reviens pas. » Nous ne sommes jamais revenus sur cette altercation, je n'ai pas eu le courage de lui dire que je voulais le quitter, il n'a pas eu le courage de me dire : « Il faut arrêter cette relation qui nous tue. »

Lorsqu'on est en couple et qu'on rencontre quelqu'un, et que ce quelqu'un parvient à nous chambouler la tête, nous ne nous rendons pas compte du mal qu'on peut faire au partenaire de vie ; nous ne pensons qu'à notre propre petit plaisir personnel ; le reste, on s'en fout littéralement – et alors ?

L'excitation rend aveugle…

Nous avons une belle maison, de beaux meubles, des amis, nous ne nous privons pas de partir quand bon nous semble ; mais toujours à l'endroit que monsieur choisit. Oui, nous avons deux jolies voitures et un compte en banque relativement bien fourni, et pourtant… et pourtant…

Financièrement, je mets de côté ce que je peux mettre de côté en attendant le jour où, enfin, je pourrai retrouver ma liberté.

RENDEZ-VOUS

Je me plains à Fred, Fred que je ne connais pas « en vrai », Fred que je n'ai jamais vu, Fred que j'idéalise.

J'écris sur l'écran tactile : « Ludo ne me comprend pas, ne me comprend plus, je n'en peux plus, j'ai besoin de respirer, j'aimerais te retrouver. » Je ne sais pas si c'est parce que j'ai envie de me plaindre ou si c'est pour donner de l'importance à Fred, pour qu'il comprenne que même si je suis mariée, je n'appartiens pas au mari. Il m'écoute, il me pose des questions. Où est passée ma vertu ?

Je suis en train de lapider un homme que je connais depuis de nombreuses années, je suis en train de raconter ma vie intime à un parfait inconnu.

J'ai faim. Je me lève. Je vais me préparer une soupe chinoise. J'adore la soupe chinoise.

J'attends que l'eau bouillante transforme la poudre en bon potage industriel. Je retourne m'asseoir sur le canapé. J'entends Ludovic parler au téléphone, je l'entends hurler, puis éclater de rire. « Marie ? Tu peux m'apporter un café, s'il te plaît ? », crie-t-il. Une bonne épouse ne refuse pas de rendre service.

Je me lève, toujours par réflexe, je mets en route la Senseo, je mets la petite dosette, j'attends que le café termine de couler dans la tasse, la tête ailleurs, l'esprit en voyage.

Je prends la tasse, je regarde le café, j'ai envie de cracher dedans.

Je vais dans le bureau de Ludovic, son endroit à Lui.

— Tiens, mon chéri… T'as une petite mine… je lui dis en déposant un baiser fourbe sur son front.

Il passe sa main sur mon fessier, me tapote gentiment et me dit :

— Je suis un peu fatigué… Merci pour le café.
Il a toujours l'oreille collée au téléphone.
— Jean-Marc t'embrasse, me dit-il.
Je m'en fous.
— Je vais voir Sophie, je lui dis.
Il met sa main sur le combiné, et me dit :
— J'aurais aimé passer un peu de temps avec toi, ma chérie.
— Tu travailles, et moi j'ai besoin de m'aérer un peu.
— À quelle heure penses-tu rentrer ?
— Je ne sais pas.
— Amuse-toi bien. À tout à l'heure.

Il me parle comme parle un père à son adolescente. Il ne me fait pas de crise, car il est au téléphone avec son ami et qu'il n'a pas envie de se justifier auprès de lui. Ludovic aime donner l'impression que tout va bien dans sa vie.

Je prends une bouteille de vin dans notre cave personnelle. Ludovic a acheté la cave à vin réfrigérée il y a un an. Il a acheté aussi les vins en vrac. Il connaît les vins, et ça m'arrange bien, car moi, je n'y connais rien.

Je ne boirai pas ce soir, c'est juste pour Sophie, pour ne pas venir les mains vides. Je suis encore un peu barbouillée. Le changement futur de vie me perturbe l'estomac. J'ai trop de choses en tête, trop de choses dans mon ventre.

***

Sophie porte un ensemble léger, elle fume une cigarette.
— Dis donc, ma grande, qu'est-ce qu'il t'arrive ? T'es toute pâle, me dit-elle en débouchant la bouteille.
— Je suis à la fois heureuse et remplie de quelque chose qui me perturbe, un petit truc qui m'effraie… Quoi ? Je n'en sais foutre rien. Je me sens bizarre. Un jour, je suis remplie d'énergie, et le lendemain, je me traîne en pleurant. Je ris aux éclats et dans la minute qui suit, je me mets à pleurer. Je suis

complètement déréglée à cause du stress, puis j'ai mal aux seins, j'ai mal aux reins… Je n'ai envie de rien à part de rejoindre Fred.

— C'est hormonal, tout ça. Fred, c'est le gars dont tu m'as parlé ? Celui du site ? me demande-t-elle la cigarette aux lèvres en versant du vin dans les deux gros verres.

— Oui, c'est lui.

Je ne voulais pas boire ce soir, mais il est conseillé pour avoir bonne mine de boire un verre de vin par jour. Je n'en boirai pas plus.

— Tu as peur, ma belle… Il faudrait que tu sois fixée, après tout, il n'y a pas mort d'homme. À ta place, j'irais le voir, il n'y a que comme ça que tu pourras savoir. Mais fais attention, le virtuel, c'est mortel…

— Jessie m'en a parlé.

— Elle t'a également averti sur l'idéalisation, je présume. Quand tout se concrétise, parfois, on désillusionne… pshiouttt, plus rien…

— Oui, elle me l'a dit… C'est peut-être ça qui me fait peur…

— Quoi donc ?

— Que tout s'évapore…

— Donne-lui rendez-vous…

— Je ne peux pas, j'ai peur…

Sophie éclate de rire et me dit :

— Si tu ne le fais pas, tu ne sauras jamais. Rencontre cet homme, je te dis…

Je baisse la tête, je prends mon portable, je dis à Sophie :

— Ce qui me dérange en ce moment, c'est que dans ma tête défile tout un tas d'envie que je n'avais pas avant… du style, c'est gênant de dire ça, mais j'ai envie d'avoir du plaisir, beaucoup de plaisir…

— Ça y est, la *salope* qui est en toi se réveille enfin ? me dit-elle en éclatant de rire.

— Je n'aime pas quand tu dis *salope*, Sophie.

— Je le dis, mais ce n'est pas une insulte, au contraire...
On devrait toutes se réapproprier le mot « salope ». Une salope, dans la bouche des hommes, c'est bien souvent une femme libre qui assume parfaitement sa sexualité. Appelle donc Fred, je te dis.

Les femmes devraient toutes être des *salopes*. Après tout, les hommes ne se gênent pas pour aller sauter leurs secrétaires ou surfer sur les sites de rencontres. Mais les hommes, eux, ce n'est jamais pareil. Les hommes ont le droit de planter leur poireau dans le jardin de la voisine. Mais si madame prête son jardin, alors là, c'est le scandale. Ça a toujours été comme ça. Un homme infidèle, ça se respecte ; une femme, quant à elle, ça se maltraite.

— Écris-lui, Marie, c'est bête de ne pas aller au bout de ses envies sous prétexte de ci ou de ça. Tu vas le regretter... Si tu as peur, si au moment où tu le vois, tu ne le sens pas, tu m'envoies un message et je t'appellerai dans la foulée... On prétextera une urgence et je viendrai te chercher.

J'éclate de rire, je suis certaine que Fred va me plaire, mais ce plan B me rassure. Je prends mon téléphone, je respire un grand coup, et je me lance.

« Que fais-tu demain ? », j'écris. Sophie éclate de rire, elle me dit :

— Si le Parisien te répond qu'il peut descendre demain soir, c'est tout cuit, c'est qu'il est vraiment affamé.

Je bois lentement mon verre de rouge, Sophie enquille son deuxième. Elle sort deux trois trucs à manger, et moi, j'ai l'impression d'attendre sa réponse depuis des heures...

— Peut-être va-t-il se débiner, je dis à Sophie en coupant des rondelles de saucisson.

— Peut-être ; comme ça, tu seras fixée...

— Oui, tu as raison...

Il me répond, « *Rien* ». Pas un mot de plus. « *Veux-tu venir ?* », je lui demande. Sa réponse est quasi immédiate : « *Oui, je suis en dispo demain et après-demain, ça tombe plutôt bien. À quelle heure ?* » Sophie regarde le message, elle soulève un sourcil et me dit :

— Il a vraiment la dalle, le gars.

C'est vrai, c'est étrange.

Le doute s'estompe. Je suis excitée comme un enfant le soir de Noël. Ce n'était pas si compliqué, en fait. Demain soir, je serai avec Fred. À partir de vingt heures, je serai fixée. Sophie m'explique deux trois choses sur le premier rendez-vous avec un inconnu, j'ai eu envie de l'appeler « maman » à plusieurs reprises.

Elle me dit qu'elle me couvrira demain. Qu'elle sera mon alibi, même si je doute que Ludovic l'appelle pour lui poser des questions. Puis elle me dit de faire attention, de ne pas me livrer trop rapidement. Je lui réponds que je lui en ai déjà trop dit. Elle éclate de rire en me disant que c'est normal, qu'on fait tous des erreurs de débutant. Je suis une débutante.

« Il faut le dire à Jessie », me dit-elle en éclatant de rire une fois de plus. Elle prend son téléphone et met son portable sur haut-parleur. « C'est pas possible, il était temps que tu t'émancipes, ma belle, bienvenue dans le camp des femmes libres », dit Jess d'une voix joyeuse.

Je ne pense pas avoir la même conception de liberté que mon amie. La liberté, ce n'est pas seulement coucher avec qui on veut, quand on veut. La liberté, c'est se sentir bien dans ce qu'on réalise, c'est oser, c'est s'aventurer, et pas seulement d'un point de vue sexuel.

La liberté, c'est pouvoir rentrer dans mon appartement, à moi, juste à moi, sans personne pour me dicter ce que je dois ou ne dois pas faire.

La liberté, c'est traîner en pyjama toute la journée ou rester au lit jusqu'à point d'heure sans culpabiliser.

La liberté, c'est être indépendant, c'est être curieux de tout, c'est respirer, c'est vivre… Je ne me sens pas libre parce que je vais rencontrer un homme, je me sens libre parce que je reprends ma vie en main.

Je ne me rends pas réellement compte de ce que je suis en train de faire ni des conséquences à venir. Seul Fred compte.

Je ne pense qu'à moi, mes envies du moment, et le reste, je m'en moque. Je ne pense pas non plus à « l'après » ; lorsqu'il faudra que je rentre et que j'affronte le regard de Ludovic.

Je suis dans la période « pré-adultère ». Je suis aveuglée par le désir, par la curiosité, par l'excitation et la nouveauté. Le rugbyman, ça ne compte pas, car nous n'avons rien fait.

La « pré-adultère », c'est être affamée, boulimique de plaisir, me disait mon amie. Peut-être que je regretterai ; non, je ne regretterai rien.

FRED

*<Message **Fred** Contact*
Aujourd'hui 8 h 20
Salut… H moins quelques heures…

Hâte…

Je fais ma maline, mais j'ai peur.

Encore ?

Évidemment. Je peux être honnête ?

Non, j'adore quand tu joues
les hypocrites… Dis-moi.

J'ai peur de te décevoir…

Impossible…

Je tourne en rond, je m'impatiente. J'ai mal au ventre. Je fume une cigarette, je bois un café et je cours aux toilettes. Je prie pour ne pas être malade, je me dope au Smecta et au Lacteol.

Je suis fatiguée et je n'ai pas sommeil.

J'ai faim et je ne peux pas manger.

Il faut que je dorme un peu.

« Ma chérie, je te souhaite de bien profiter de ta soirée. Je t'aime. » Ludovic m'a laissé quelques petits mots griffonnés sur une enveloppe déchirée, je ne sais pas ce qui lui prend, ça fait des années qu'il ne m'avait pas prêté ce genre d'attention.

Ses mots m'oppressent plus qu'ils ne m'apaisent.

Je m'allonge sur le canapé. J'essaie d'oublier mon mari, et c'est en pensant aux frasques à venir que, peu à peu, son visage et sa présence s'effacent. Je pense à ma future rencontre. Je scénarise tout ; Fred viendrait vers moi, au ralenti. Il serait beau, il me plairait. Puis il me chuchoterait qu'il a envie de moi avant de m'embrasser comme dans un film trop romantique dont on nous remplit la tête depuis que nous sommes tout gosse.

Je suis bien trop excitée pour lâcher prise. Je me prépare un autre café. Je voudrais que le temps s'accélère. Tic tac, tic tac, me nargue la pendule murale. Je fume une autre cigarette.

***

Pour faire passer le temps plus rapidement, je décide de sortir. Me promener dans les rues, ne pas penser aux heures qui s'écoulent lentement, me divertir. Voilà, il faut que je me divertisse, que je remplisse mon esprit d'autres pensées. Des pensées qui seront dirigées vers moi, juste moi.

***

Dans la rue piétonne, les passants marchent, yeux rivés sur leur téléphone portable ou en direction du sol. Il y a des couples, certains se tiennent par la main, je souris, car j'imagine Fred et moi marchant main dans la main, riant en racontant des conneries et tout et tout…

Je longe les boutiques, je regarde les vitrines.

Je passe devant un magasin de lingerie, je me laisse tenter par les jolis bas noirs qui habillent joliment les jambes du mannequin anorexique.

En rentrant, je n'ose pas accoster la vendeuse, alors je cherche, seule, les bas exposés. De toute façon, la vendeuse n'est pas disponible, elle parle avec une femme d'une quarantaine d'années, bien habillée, bien maquillée, je voudrais lui ressembler.

Je trouve enfin les bas, emballés dans un fin carton. Taille 3… Je passe devant le miroir pervers, je jette un coup d'œil, les épaules voûtées, je me trouve laide.

Il faut que je me redresse, que j'apprenne à marcher comme si le monde m'appartenait. Je suis une femme banale, invisible dans les rues, de ces femmes sur qui on ne se retourne pas, de ces femmes qu'on ne siffle pas, de ces femmes qu'on laisse tranquilles. Ce n'est pas une mauvaise chose, en fait, d'être invisible, ça permet d'avoir la paix.

Je sors de la boutique, mon téléphone vibre dans la poche de ma veste. Mon cœur bat la chamade, j'espère que c'est Fred qui m'écrit. « Alors, ma caille ? Ça y est, c'est le grand jour ? Tiens-moi au jus… et n'oublie pas, un petit SMS pour me dire que tout va bien ou pour me dire qu'il est moche comme un pou et que tu préfères passer la soirée avec ta copine… Pense au plan B, ma belle, pense au plan B », m'écrit Sophie.

Je tiens dans ma main le petit sac en plastique blanc ; à l'intérieur, une paire de bas noirs et un ensemble en dentelle culotte et soutien-gorge. Il était en promo, taille 42, dernier modèle.

Renouveau.

On a tous nos petits rituels. Certaines s'achèteront un nouveau sac, une nouvelle montre ou un nouveau parfum. Certaines couperont leurs cheveux, se feront une belle manucure. Certaines encore ne changeront rien, car elles n'ont besoin de rien changer.

En rentrant chez moi, je pose mon paquet sur le lit. Ça fait très longtemps que je ne me suis pas acheté de dessous affriolants, très longtemps que je ne me suis pas occupée de moi.

Avant d'aller dans la salle de bains, j'essaie de relativiser ma vie. J'essaie de me convaincre que ce que je fais n'a rien d'atroce, n'a rien d'anormal. J'essaie de déculpabiliser. Mes deux jambes et mes mains tremblent. Mon cœur bat trop vite. Je transpire.

Je prends une douche. Je laisse l'eau chaude couler sur mon corps. Je reste plus de trente minutes, comme ça, debout, le dos calé contre le mur carrelé. Si seulement l'eau chaude avait le pouvoir de laver mes soupçons. Si seulement l'eau chaude avait le pouvoir de me transformer en une femme nouvelle.

16 heures 40.

J'enfile une jupe, mon porte-jarretelles, mes bas noirs, mon top et mon cache-cœur. Je mets ma culotte par-dessus mon porte-jarretelles. La voix de Jessie résonne en moi. « Sacrée Marie, il n'y a que dans les films que les femmes portent leur culotte en dessous, parce que c'est plus joli. Mais crois-moi, ce n'est pas pratique… »

Que suis-je en train de faire ? Ça ne me ressemble pas, tout ça. Ne suis-je pas en train de déconstruire mon présent ? Ne suis pas en train de briser ma bulle de confort ? Que va-t-il se passer une fois que je serai passée à l'acte ? Ne vais-je pas regretter ? Et si je décidais de tout arrêter maintenant ? Ne le regretterais-je pas plus ? Si Ludovic rentre à l'improviste, ce sera un signe, le signe qui m'empêchera d'aller à ce rendez-vous. S'il ne rentre pas, ce sera le signe, le signe qu'il faut que je me rende à ce rendez-vous.

« *Bonjour, Marie. J'espère que vous allez bien. Le groupe Les Vernon arrivera vers 17 heures, le 27 juin prochain. Le mieux serait d'arriver la veille, au moins, je pourrai vous les présenter. Bonne soirée. Gilles* » Quatre fois qu'il essaie de m'appeler, je n'ai pas répondu et je n'ai pas préparé l'interview. Je délaisse mon petit travail – petit travail qui me permet une petite rentrée d'argent. Petite rentrée d'argent qui m'a permis d'acheter mes bas et des dessous pour plaire à un potentiel amant. Je me fais la promesse de travailler d'arrache-pied dès demain.

17 h 55 : Fred est dans le train. Il m'a écrit : « *Ça y est, dans quelques heures, tu seras dans mes bras.* » Une terrible angoisse, ou plutôt appréhension s'est emparée de moi. Je vais passer du virtuel au réel. Peut-être ne me plaira-t-il pas ? Comment vais-je faire s'il ne me correspond pas ? Je me suis tellement confiée à lui. Je regrette subitement de ne pas avoir été plus secrète. Je regrette de trop lui avoir parlé.

***

La gare n'est pas très loin de chez moi. Je décide de prendre un taxi afin de ne pas être obligée de tourner en rond à la recherche d'une place de parking.

Rendez-vous devant l'Agora – Gare Montpellier Saint-Roch.

Je ne me sens pas à mon aise, angoissée dans ma jupe trop serrée. J'ai l'impression de porter un costume de scène. L'impression que les regards remplis de jugement se tournent continuellement vers moi, comme si je portais une étiquette « femme adultère » derrière mon dos.

Mes pas claquent sur le sol. J'ai mangé tout le gloss que j'avais appliqué avec minutie sur mes lèvres fines.

Les bruits de vie résonnent dans la gare. J'ai la tête qui tourne. Tout à coup, j'ai envie de rentrer chez moi, d'enfiler mon pyjama et de regarder une série Netflix. Ce n'est pas facile de changer ses habitudes. Pas facile de lâcher prise et de se laisser aller à ses envies.

Je regarde les gens, ils me paraissent étranges ; ils ne sourient pas, ils avancent comme des zombies errants. Dire que je faisais partie de leur clan il y a encore quelques semaines…

Les voyageurs traînent leurs grosses valises à roulettes. Des familles, des femmes, des hommes… Je respire un grand coup, dans quelques minutes, tout sera plus clair ; pour l'instant, tout est flou.

J'arrive enfin devant le restaurant l'Agora, je suis en avance. Je m'installe dans le restaurant. Apéritif, café, thé, soft ou steak-frites à 25 euros.

Odeur de nourriture, de friture, de viennoiseries, j'ai faim, mais mon ventre est noué.

Je commande un café au serveur. Je sors un livre, comme si mon esprit était capable de s'évader à la lecture des mots inscrits sur le papier. Douce illusion. Je ne parviens pas à me concentrer sur mon roman.

Je soupire, je regarde toutes les deux secondes l'heure qu'il est sur mon portable. Je remue les jambes, je bouge les pieds. Les minutes avancent lentement. Je voudrais déjà être dans les bras de Fred, et en même temps, j'apprécie les effets de l'attente, le cœur qui bat trop vite, le stress qui monte encore, encore.

<Message **Fred** Contact
J'arrive dans cinq minutes

Appréhension. J'avais une petite vie bien rangée avant que tout se bouscule. Merci les copines d'avoir tout chamboulé, il faut bien trouver des responsables pour se déculpabiliser.

L'amour, le désir donnent des ailes et du courage, je m'en vais à l'aveuglette rejoindre un homme que je ne connais pas, mais que je pense connaître, car j'ai échangé deux trois mots et pensées sur un écran d'ordinateur ; car il m'a envoyé quelques photos. Je pense qu'il me plaira.

***

Plus les minutes qui me séparent de mon inconnu s'égrènent, plus j'ai l'impression d'être irresponsable. Je ne connais rien de lui, et je suis là, à l'attendre, impatiente et rêveuse, comme s'il avait le pouvoir d'un coup de baguette magique de transformer ma vie.

« *Ça va, ma chérie ?* » m'écrit Ludovic. Je n'ai pas envie de répondre. La culpabilité vis-à-vis de lui s'estompe enfin, tant mieux.

Et si Fred ne me plaisait pas ? Plan B…

Je trempe mes lèvres dans mon café et j'essaie de replonger dans mon livre.

L'attente devient insupportable, mon corps entier est en émoi.

Je frissonne, et pourtant, je n'ai pas froid. Mes mains sont moites, mes jambes tremblent, mon cœur bat trop fort, je soupire…

Un homme s'approche de moi avec une tonne de journaux sur son bras. « S'il vous plaît ? C'est pour les sans-abri. » Peut-être que demain, je serai à sa place… Je prends un journal, je lui tends un billet de cinq euros…

<*Message **Fred** Contact*
Ta bonté te perdra. Tu es magnifique, Marie.

Il me voit, il m'observe, je reste quelques longues secondes immobiles, prête à taper ma réponse sur mon écran tactile. Je n'ose pas balayer la salle du regard. J'ai peur de tomber sur le regard de l'Inconnu.

Une main se pose sur mon épaule…

Je me tourne, surprise. Je me lève, brutalement, je fais tomber ma chaise au sol. Bruit fracassant. Je m'excuse maladroitement. Et enfin, je vois l'inconnu. Il rigole.

Il ne ressemble pas aux photos que j'ai pu voir, sa tête est plus grosse, ses yeux plus petits, il n'est pas bien beau, en fait. J'ai une grosse boule dans la gorge et la nausée. Je suis déçue. Je l'ai idéalisé, j'en paie les frais. La réalité est tellement moins intense, moins belle que ce que j'avais imaginé.

Il s'approche un peu plus de moi. Je le dépasse, perchée sur mes talons…

Je ne sais pas combien de temps s'est écoulé entre le contact de sa main sur mon épaule et le moment où je me suis retrouvée dans ses bras.

Il me serre contre lui. Je le respire. Il ne sent pas si bon que ça, au contraire. Il a dû transpirer, certainement d'anxiété, il sent fort. Ses aisselles sont mouillées. Je me sens mal, je ne peux pas partir en courant, car je suis prisonnière dans ce restaurant. Puis il vient de faire plus de trois heures de train. Je culpabilise. J'aurais dû réfléchir avant de le faire venir.

Mon téléphone vibre. Je ne le sors pas de suite. Il me dit : « C'est bon de te sentir, ma belle. » On reste debout comme deux idiots et un serveur arrive. « Monsieur désire ? », demande-t-il. Fred sourit et chuchote : « Oh oui, ça, pour désirer, je désire… »

Il poursuit : « Deux coupes de champagne. » Le serveur tapote sur son écran tactile et tourne les talons. « Mais nous pourrions aller ailleurs, on ne va pas rester dans la gare », je lui chuchote. Il éclate de rire. Un rire forcé, un rire qui me met mal à l'aise. « On a tout le temps, Marie. Posons-nous deux secondes. » L'homme-Inconnu endosse, tel un mauvais acteur, le rôle de Don Juan. Il ne se doute pas qu'il ne me plaît pas ; pour lui, je suis acquise, je le sens.

Le serveur apporte les deux coupes de champagne. Fred tend un billet. Il prend la coupe de champagne. Il dit : « À nous et à la soirée qui nous attend. » Je tremble, je tends mon verre vers sa coupe, nous trinquons. « Tu trembles, Marie, ne sois pas impressionnée, je ne mords pas… du moins pas encore », me dit-il en me faisant un clin d'œil. Mais quel con ! Il pense qu'il m'impressionne alors que je suis juste dégoûtée qu'il soit laid. Je bois quasi d'un trait la coupe de champagne, histoire de me donner un peu de courage.

Un autre SDF s'approche de nous avec des journaux, le serveur intervient pour lui demander, sans gentillesse, de déguerpir. Parfois, j'ai l'impression que les gens ne se rendent pas compte de la misère.

Comme s'il m'avait entendue, Fred me dit : « Si tu donnes à chaque personne qui tend ses mains, c'est toi qu'on retrouvera demain à demander deux trois euros pour manger. » Puis, avant même que je lui réponde, il me dit : « Tu as déjà tout bu, tu dois être pressée qu'on se retrouve dans un petit endroit cocon, juste toi et moi… On y va ? » Oh oui, je voudrais y aller, je voudrais m'enfuir et le laisser là, devant la table, devant les deux coupes vides.

Il me tend la main pour m'aider à slalomer entre les chaises. Son sac militaire pend sur son épaule gauche, version jeune adulte en perm. Il a une drôle de démarche, ses jambes sont arquées, comme les joueurs de foot. Il est court sur pattes. Il essaie de garder le contrôle, de jouer à l'homme sûr de lui, mais je ressens son malaise, sa timidité et son manque de confiance en lui.

Je comprends maintenant pourquoi il passe par un site libertin pour draguer les femmes. Il est beau virtuellement, mais dans la vie, il en est tout autrement.

Je prends discrètement mon portable. « Alors ? », m'écrit Sophie. « Laid », je réponds. Puis j'efface ma réponse et la question de Sophie, mon côté parano surgit. Comme si l'homme Inconnu pouvait lire mes échanges téléphoniques.

Je suis certaine que Sophie vient d'éclater de rire, et elle aurait bien raison. Cette situation est comique.

« Je t'ai dit que tu étais encore plus belle en vrai ? », me demande Fred en me fixant avec intensité. Je souris en hochant la tête, semblant de gêne. Les femmes ont l'art et la manière de minauder. J'aurais aimé lui dire la même chose, mais je n'ai pas réussi à lui mentir. Je ressens un petit truc étrange au fond de moi, une sorte d'étouffement. Je le sens un peu trop oppressant.

Il s'arrête net. Il tourne son visage vers le mien. Je ne peux plus bouger, je ne peux pas parler. Les gens déambulent tels des fantômes autour de nous. Je sens leur présence, le poids des âmes. Je ne pense plus, je ne suis rien, je suis vide, je suis remplie, je ne suis que paradoxe.

Il caresse ma joue. Il me dit : « Ta timidité est touchante. » Je ne suis pas timide, Dugland, j'ai envie de m'enfuir en courant et de rejoindre mes copines.

Il approche son visage un peu plus près du mien et dépose un baiser sur mon front. J'ai eu un haut-le-cœur.

Nous sortons enfin de la gare. Les bruits des voyageurs sont remplacés par le brouhaha de la circulation. « J'ai pris une chambre dans un hôtel militaire, l'avantage quand on est à l'armée, on a des prix plus bas, même si j'ai largement les moyens de me payer un hôtel cinq étoiles », me dit-il. Puis il me raconte son travail, son grade, je ne comprends pas grand-chose, car mes pensées s'évadent ailleurs. Il est plus bavard que sur la toile. Virtuellement, j'avais l'impression que c'était une personne à l'écoute, je me suis trompée.

On marche un peu, on passe devant un restaurant. J'ai mal aux pieds. « Tu vois, là-bas, c'est l'hôtel, on est tout près… On sera bien dans cette petite chambre qui, certes, ne paie pas de mine, mais peu importe, tant que nous sommes enfin tous les deux. » Non, je ne veux pas être dans la chambre avec lui. Je ne veux pas me retrouver seule avec lui. Une petite voix me susurre de m'installer là, dans le restaurant. Une petite voix me susurre de ne surtout pas l'accompagner.

« Nous avons tout notre temps. J'ai faim, ce restaurant m'a l'air sympathique. Je peux t'attendre ici, qu'en penses-tu ? », je lui demande en essayant de mettre dans ma voix le plus de douceur possible. Il a l'air déçu, mais il me dit : « Comme tu veux, après tout, tu as raison, il est important de savoir prendre son temps. Et surtout de faire le plein d'énergie, si tu vois ce que je veux dire », me dit-il en me faisant un clin d'œil et en me caressant la joue de sa main moite.

Il n'y a personne en terrasse. J'ai faim, j'ai soif et terriblement envie de fumer. Je m'installe devant une petite table et je sors mon paquet de cigarettes. Il me tend un billet. « C'est moi qui paie… » Il porte un bracelet à son poignet droit, des bagues à sa main gauche. M'a-t-il prise pour une fille de joie ?

J'ai dans ma main son billet bien plié. Puis je le regarde s'éloigner, dans sa veste de costume et son jean un peu usé. Je n'aime pas ses chaussures italiennes pointues.

Je sors mon téléphone.

— Allô ? Sophie ? je dis en chuchotant, comme si Fred, au loin, pouvait surprendre ma conversation.

— Alors ? Raconte… me dit-elle, le sourire dans la voix.

— Il a une tête qui fait le double de la norme, et puis il a commencé à me parler de son travail, je m'en fous… Je veux partir, il ne me plaît pas. J'angoisse. Je lance le plan B, je répète, je lance le plan B… je dis.

— Ah, je t'avais dit que parfois, on perdait nos illusions… On a bien fait de mettre en place ce plan.

— Tu avais tellement raison… j'aurais dû t'écouter.
— Non, tu as bien fait d'écouter ce que ton instinct te dictait, ça s'appelle une expérience de vie. Où est-il ?
— À côté de moi.
— Déconne…
— Oui, je déconne, tu imagines bien que je ne pourrais pas parler comme ça s'il était là, tout près, je lui dis sur un ton moqueur.

Le serveur arrive, je commande un verre de muscat. L'alcool me permettra peut-être de trouver la force nécessaire pour dire à l'inconnu que je ne suis en fin de compte plus sûre de moi, que je n'ai plus envie de poursuivre cette aventure.

— Bon, je t'appelle vers quelle heure ? me demande Sophie.
— Dans deux heures.
— Deux heures ? Mais je croyais que tu voulais en finir au plus vite, je ne te comprends pas, Marie, tu dois être un peu masochiste sur les bords, toi, me répond-elle.
— Non, ce n'est pas ça, mais à la terrasse de ce restaurant, ça sent tellement bon et j'ai tellement faim.
— Mangeons ensemble, ne reste pas, il va finir par te couper l'appétit.
— Pour être honnête, je culpabilise.
— De quoi ?
— Il est venu de loin…
— C'est son problème, il savait bien qu'il prenait le risque que ça ne marche pas. Tu sais, ça ne doit pas être la première fois que ça lui arrive, il a galopé trop vite. Un homme sûr de lui t'aurait fait attendre.
— Oui… tu as certainement raison.
— Si ça se trouve, il n'est pas lieutenant, ce n'est peut-être qu'un sous-fifre de l'armée. Il t'a sûrement menti. Go ! Mise en place du plan B.

Au loin, je vois Fred revenir vers moi, *fier comme s'il avait un bar-tabac…*

— Appelle-moi dans dix minutes, je dis avant de raccrocher.

Démarche sautillante, jambes arquées, pieds un peu rentrés, il sourit comme un niais. C'est là que je me rends compte que Ludovic est loin d'être laid. Sophie a raison, mieux vaut ne pas rester.

Fred s'approche de mon visage. Il est à quelques centimètres de ma bouche. Pourquoi mon corps ne répond-il plus ? Pourquoi je ne parviens pas à tourner ma tête pour éviter le contact ? Il pue de la bouche… « *Prends un chewing-gum, Émile.* »

Il caresse ma lèvre inférieure avec sa langue. Pourquoi ai-je eu besoin d'ouvrir ma bouche ? Pour lui faire plaisir ? Moi qui ai besoin de me libérer de l'emprise masculine, me voilà de nouveau à éviter le conflit en faisant des choses que je n'ai pas envie de faire. Quand vais-je enfin m'affirmer ? Il bave tellement que je sens la salive couler au bord de mes lèvres.

— T'as déjà commandé, princesse ? me demande-t-il en se rapprochant de moi.

Je prie pour ne croiser personne que je connais. Je me défais de son emprise.

— N'oublie pas que je suis mariée, Fred, je lui dis.

— Ah oui… pardon. Vivement que tu le quittes, il ne sait pas t'apprécier à ta juste valeur. Moi, je saurai te combler.

Il est sérieux le gars ? Ne se rend-il pas compte qu'il me dégoûte ? J'inspire et expire, et j'espère que les dix minutes vont passer vite.

— Parle-moi de toi, me dit-il.

— Que veux-tu que je te dise ? On s'est déjà tellement parlé par messages.

— Je te sens un peu distante, certainement dû à la timidité. Mais tu as raison… Tu t'es beaucoup livrée, et j'ai aimé ça, pour dire vrai. Tu sais, aujourd'hui, je devais préparer mon départ pour la Guyane, je suis chef de peloton… J'ai repoussé pour être avec toi. Tu sais, en général, je ne fais jamais ça… me dit-il.

Je ne le crois pas. Je pense qu'il s'invente une vie sur mesure. Je pense que Sophie a raison.

Le serveur arrive, Fred commande un 51 en sortant avec un accent caricatural : « Hey, on é dans le Sud hein. » Ridicule, il rigole tout seul...

Je prie pour que Sophie m'appelle vite, vite. Il manquerait plus qu'elle m'ait oubliée.

— Tu veux manger ici ? me demande Fred.

— Oh ! On peut attendre un peu encore, il fait tellement bon, je lui réponds.

Et c'est à ce moment-là que mon téléphone sonne, enfin, libération.

— Je suis désolée, je suis obligée de prendre cet appel, je lui dis en faisant semblant d'être gênée.

Je me lève, mais je reste assez près de notre table pour qu'il m'entende...

— Quoi ? Mais je ne peux pas ce soir... Non, ce n'est pas vrai... Oui, bien entendu que je comprends... Bon, j'arrive, ne t'inquiète pas, j'arrive, je dis assez fort pour qu'il puisse m'entendre.

Sophie et Jessie s'en sont données à cœur joie, elles hurlaient tellement fort que j'ai dû baisser discrètement le son de mon portable, par crainte que l'inconnu entende. Elles hurlaient : « Lâche ton boudin, on arrive... » « Ah, on t'avait prévenue, ça y est, t'as donné un coup de Baygon dans tes papillons ? » « L'autre, elle croyait tomber sur le prince charmant en tapant sur son clavier ah ah ah. »

Je m'approche de Fred. Je pince mes lèvres. Je baisse les yeux.

— Ça ne va pas ? me demande-t-il en posant son verre.

— Non... je réponds en soupirant.

— Que se passe-t-il ?

— Trop long à expliquer, mais je vais devoir partir... je lui dis.

— Mais tu sais combien de temps j'ai mis pour venir et combien ça m'a coûté ?

— Tu m'as dit que tu n'avais pas de problèmes avec l'argent...

— Tout a un coût... mais pourquoi dois-tu partir ? Je peux au moins le savoir ?

— Une amie...

— Ben, elle attendra ton amie, rappelle-la...

— Elle vient de faire une tentative de suicide, elle est aux urgences, je mens.

— Je suis désolé, me dit-il en baissant les yeux.

— Ce n'est pas ta faute.

— Je vais t'accompagner et on passera la nuit ensemble, il ne faut pas que cet évènement change nos plans, et tu vas avoir besoin de soutien, je t'ai dit que je serais toujours là pour toi.

Oh le boulet, je ne m'attendais pas à ça... Il faut vite que je trouve une idée. Mon téléphone sonne de nouveau, je suis sauvée... « Oui ? ... QUAND ? ... Je suis au restaurant juste en face de la gare.... OK... Sois prudente. »

— C'était qui ? me demande-t-il.

— Mon autre amie, Sophie, elle vient me chercher. Elle sera là dans cinq minutes. Tu vas devoir y aller, elle ne sait pas que je...

— Que tu ?

— Que... Elle pense que je suis très proche de mon mari...

— Je vois, je vois, me dit-il en se levant.

Son visage est fermé, il est encore plus laid, et moi, j'angoisse.

Heureusement, je suis dans un endroit public. Je suis certaine qu'il aurait été capable de me séquestrer... Il dépose un baiser sur mes lèvres.

— Je pars demain matin neuf heures, si tu as besoin de moi, peu importe l'heure, je serai là... On s'appelle ? me dit-il en soupirant.

Compte là-dessus et bois de l'eau, Jean-Pierre.

Je chuchote « je suis désolée », histoire de… Il me caresse la joue. « Ce n'est pas ta faute, jolie Marie, c'est la faute à la vie. » Oui, voilà, c'est la faute à la vie.

***

Je regarde Fred s'éloigner une nouvelle fois. Cette fois, il ne marche pas comme si le monde lui appartenait. Il traîne ses longues chaussures pointues sur le bitume. Je regarde s'éloigner l'inconnu, mes illusions avec. Comment ai-je pu avoir la bêtise de penser qu'une relation virtuelle me permettrait de rencontrer un homme capable de me rendre heureuse ? À quoi m'attendais-je, au juste ? Et pourquoi aurais-je besoin de rencontrer quelqu'un ?

Je reste seule en terrasse. Je fume ma cinquième cigarette. J'aurais dû prendre un rendez-vous avec moi-même au lieu de me jeter sur le premier inconnu qui s'intéresse à moi. J'ai besoin d'être seule. M'inscrire sur ce site, qui plus est libertin, a été une erreur. Ou plutôt une mauvaise expérience de vie. Ces choses-là ne sont pas faites pour moi, je ne suis pas comme mes deux amies.

***

Sophie se gare devant le bar, je laisse le billet sur la table sans attendre la monnaie.

Sophie et Jessie ouvrent la portière en hurlant : « Allez princesse de mon cul, grimpe vite, qu'on aille bouffer un bout. » Elles rigolent comme des ados. Je monte à l'arrière, je lâche un gros soupir de soulagement. « On ne m'y reprendra plus, je ferme mon profil en rentrant, les plans cul, ce n'est pas pour moi. » Jessie se tourne vers moi : « Nous sommes toutes différentes, et toi, tu viens de te rendre compte que les aventures passagères ne te conviennent pas. C'est important de faire des expériences de vie. Ça permet de savoir ce que l'on veut et surtout ce que l'on ne veut pas. »

***

Devant la porte du restaurant, je repense à l'angoisse qui me tordait les boyaux quelques minutes auparavant. Si je n'avais pas mes amies, je pense que je n'aurais pas eu le courage de quitter Fred.

Si Sophie ne m'avait pas appelée, je serais dans un restaurant face à un homme qui ne me convient pas. Et après, et après ? Qu'aurais-je fait ? J'aurais sans doute une fois de plus fait semblant. Je me serais laissé faire, j'aurais laissé l'homme me toucher pour lui faire plaisir, juste pour lui faire plaisir, juste parce que je me serais sentie coupable de lui avoir fait perdre son temps. Juste parce qu'on m'a appris qu'une femme se doit d'être bienveillante et disponible pour l'homme.

Expérience 1 – Sites de rencontres – Check – NE PAS RECOMMENCER.

MONTPEYROUX

Je décolle dans quelques heures.

J'ai rédigé une interview rapide pour les Vernon. Je suis quasi à jour de tout.

Je n'ai pas préparé à manger, de toute façon, c'est le ramadan surprise à la maison depuis que je ne fais plus les courses. Ludo est parti en séminaire pour le week-end, avec son assistante. Si seulement, si seulement…

Je marche lentement. Le week-end s'annonce chaud, tant mieux.

***

Je croise le vieil Hubert ; quatre-vingts ans. Petit, mince, le dos courbé, barbe blanche mal taillée. Il porte son complet gris. Il porte toujours son complet gris lorsqu'il va à la boulangerie.

Sa femme est morte depuis trente ans. Il m'a dit ne jamais avoir vécu une telle relation, une telle alchimie. Moi, j'ai toujours écouté ses histoires lorsque je le croisais à la boulangerie et qu'il me disait : « Viens, petite, viens avec moi te promener et je te raconterai mon histoire. » Ça fait un peu pervers, raconté comme ça, mais Hubert est loin d'être un pervers.

Fidèle jusqu'à la mort, même après la disparition de sa femme, il n'a jamais voulu avoir d'autres aventures.

J'ai souvent écouté Hubert, assis tous les deux sur un banc dans le petit parc.

Hubert me disait : « Ma femme était la plus belle des boulangères… » Il me fait sourire Hubert avec ses histoires. J'ai envie de croire à l'amour, la parfaite alchimie. Mais Hubert oublie de me raconter les disputes, les accrochages, les coups de gueule avec sa femme. Non, Hubert ne me dit que le bon, que le meilleur. Hubert garde en mémoire l'intact souvenir de son bonheur, ou d'un bonheur fabriqué pour tenir le coup face à la vie.

Hubert me disait : « Je n'ai envie de parler à personne… à personne sauf à toi, car toi, tu m'écoutes… toi, tu t'intéresses à ce que je te dis, et ça, les autres ne savent pas le faire, les autres me jugent, me traitent de vieux fou, car les autres ont perdu l'espoir. » Je ne comprends pas tout ce qu'il me dit, Hubert, mais il me fait du bien.

J'avance vers la boulangerie, et vers Hubert.

— Comment allez-vous, jolie jeune dame ? me demande-t-il.

Je n'ai pas envie de parler à Hubert, ce soir. J'ai juste envie d'aller à la boulangerie, de me prendre une pizza champignons, une part de quiche et un éclair au chocolat.

Je dis à Hubert :

— Il fait bon, ce soir, mais je dois rentrer…

Hubert me salue, le regard triste. Il part, le dos courbé, les pieds en canard, son pantalon de costume gris est usé et abîmé. Il regarde le ciel. Il se tourne vers moi et me dit un peu plus fort :

— Tu verras l'éclaircie, et tu sentiras la chaleur du soleil… Sois patiente.

La clairvoyance des vieux m'a toujours surprise.

En rentrant, je m'empiffre, je mange trop vite, résultat, je vomis tout dans les minutes qui suivent.

Je prépare mon sac. Je ne prends pas de jolis dessous, de toute façon, j'en ai plus, sont tous usés par le temps, certains ont plus de dix ans, c'est pour dire. Le seul ensemble de correct que j'ai, c'est celui qui je portais hier soir ; après l'avoir lavé, je l'ai rangé dans un sac plastique au fond de mon placard, pour que Ludo ne tombe pas dessus, il ne comprendrait pas et me poserait des questions, j'en suis certaine.

***

Sur les coups de quinze heures, je prends de nouveau la route. Ma vie était en suspens, elle devient mobile, enfin.

Je me rends à l'Auberge. Magali a absolument tenu à ce que je reste le week-end entier, cette fois-ci. Ça m'arrange bien, je n'aurai pas à supporter Ludovic cette nuit.

Après avoir un peu discuté avec madame l'aubergiste, je monte dans la chambre. Une fois de plus, j'apprécie ma solitude.

Je pose mon sac au sol et m'allonge sur le lit.

Mon portable vibre : « *Pouvez-vous me tenir informé de l'heure à laquelle vous arriverez, s'il vous plaît ? Gilles* » « *Je suis là, voulez-vous que nous nous rejoignions quelque part ?* », je réponds. Nous nous donnons rendez-vous au bar sur la petite place.

Fred n'arrête pas de m'appeler, il m'a laissé quatre messages que je n'ai même pas écoutés.

Je me lève doucement pour éviter les vertiges. J'arrange vite fait mes cheveux qui partent dans tous les sens. Je prends mon appareil photo, mon dictaphone, et c'est parti.

***

De loin, monsieur le maire me fait de grands signes. Il est debout et agite ses bras avec frénésie. Il est accompagné de deux hommes aux cheveux longs, tee-shirt destroy, et d'une minette d'une trentaine d'années, brune, les cheveux courts, débardeur, look d'artiste militant. Je presse le pas.

— Bonjour, Marie, je suis bien content de vous revoir enfin, me dit monsieur le maire lorsque j'arrive à sa hauteur.

Il me serre la main avec force et douceur. J'aimerais bien récupérer ma main, mais il la tient fermement. Je souris et je réponds poliment :

— Ça me fait plaisir également.

Il me présente le groupe et décide de rester avec nous pour l'interview. Les Vernon ne sont pas connus. J'ai fait plusieurs recherches et je n'ai réussi à trouver que deux vidéos sur YouTube, vidéos de qualité et son médiocres ; un site hasbeen, certainement créé par un cousin qui venait de terminer ses études en informatique, et quelques photos au cadrage passable, basse définition, grainées au plus haut point.

La chanteuse s'appelle Yolande – ce n'est pas sa faute, c'est le prénom qu'avait choisi son aimée et défunte grand-mère. Elle n'a pas voulu prendre de pseudonyme. Une façon de lui rendre hommage à sa façon. Yolande me tend un MP4 et un casque.

Pour résumer, la musique des Vernon est un mélange de rock alternatif et de musique classique, il fallait y penser. Ce style est particulier, mais pas désagréable à écouter. Cependant, même si la voix de Yolande est douce, elle se met souvent à hurler à peine le morceau entamé. Je trouve ça dommage, ça ne met pas sa voix en valeur. Mais après tout, qui suis-je pour me permettre d'émettre un avis sur ce genre de musique ?

J'apprends également qu'elle est la petite nièce d'un ami de monsieur le maire. Dans le milieu artistique, mieux vaut avoir de bonnes relations.

Les deux musiciens, eux, ne me parlent pas trop, ils boivent leurs bières en fumant et riant discrètement. Ils sont timides. « Ils ne savent pas trop s'exprimer autrement que par le biais de leur musique, ce sont de vrais artistes », me dit Yolande.

Je mène mon interview comme je le peux ; sans maîtriser pleinement le sujet, c'est un peu compliqué, mais c'est toujours mieux que de traiter des bas de contention de Mamie Huguette.

Je remballe mon matériel au bout d'une heure trente de discussion. Yolande et ses musiciens me remercient mille fois.

— Vous restez avec nous, ce soir ? me demande monsieur le maire.

— Oh oui ! Restez, Marie ! renchérit la petite Yolande.

Devant tant de supplications, il est évident que je ne peux refuser.

— Je vais déposer mon matériel dans ma chambre et j'arrive, on se rejoint ici ? je demande.

— Oui, à tout à l'heure, Marie, me dit monsieur le maire en restant debout, immobile, et en se tripotant les mains nerveusement.

Je monte les escaliers, j'ouvre ma chambre, je jette mon sac sur le bureau en bois ciré. Mon téléphone sonne, je pensais que c'était l'un de mes *tarés*, mais comme c'est Jessie, je réponds immédiatement. « Salut, la folasse » elle me sort...

— Follasse, folasse, tout est relatif, que se passe-t-il ?

— Ah parce que toi, quand tu appelles tes amies, c'est juste parce qu'il t'arrive quelque chose ?

— Non, mais...

— Je viens aux nouvelles...

— Ça va...

— Et avec tes tordus ?

— Fred m'a laissé beaucoup de messages vocaux, du coup ma messagerie est pleine... Quant à Ludo, je ne compte même plus ses textos.

— Quel succès, ma belle... Blackliste Fred ; quant à Ludo, il m'a appelée ce matin, elle me dit avant de soupirer.

— Pardon ? Ludovic t'a téléphoné ? Pour quoi faire ?

— À ton avis ? Il a joué au gentil. Il était tout doux, tout mignon, tout mielleux, il m'a dit qu'il s'inquiétait pour toi, bref, il a essayé de me tirer les vers du nez...

— Qu'as-tu répondu ?

— Rien, tu m'as prise pour une balance ? elle me sort en soufflant.

— Mais comment as-tu fait pour t'en dépêtrer ?

— Franchement ?

Silence de quelques secondes au bout du fil.

— Franchement... elle me répète, avant de poursuivre, je l'ai envoyé balader.

— Comment ?

— Je lui ai dit ses quatre vérités... Il ne me rappellera plus. J'ai dit que je savais qu'il ne pouvait pas nous voir, qu'il ne m'avait jamais appelée à part pour savoir ce que tu faisais, alors qu'il sait très bien que tu es en train de bosser, et que c'est avec toi qu'il ferait bien de parler au lieu de se forcer à nous appeler.

— Et ?

— J'ai raccroché…

— Fffff… je soupire.

— Tu n'es pas sortie de l'auberge, ma fille. Tu vas faire quoi ce soir ?

— Je vais manger avec un groupe de musique et le maire du village.

— Ils sont beaux ?

— Qui ?

— Ben les mecs…

— Je te rappelle que je suis à Pétaouchnok… En ce qui concerne les musiciens, si on aime les mecs version nouvelle vague des années 70, un peu crados, ouais, pourquoi pas… Quant au maire, je ne sais pas, je n'ai pas fait attention…

— OK, c'est pas ce soir que tu vas te faire sauter…

— Jess, je n'aime pas quand tu parles comme ça… Et si tu savais à quel point j'en ai plus envie, Fred m'a tellement fait flipper que je fais un blocage.

— Arrête de jouer à la prude, elle me dit en éclatant de rire.

Les minutes défilent vite lorsqu'on passe du bon temps. C'est toujours le cas avec mes amies. Jessie était en train de me raconter sa dernière nuit d'amour lorsque quelqu'un toque à la porte.

Je me lève, j'ouvre la porte, c'est la patronne de l'auberge. « Monsieur le maire me dit de vous dire de le rejoindre directement au restaurant », me dit-elle. Mon comportement manque de professionnalisme, j'avais complètement zappé mon rendez-vous avec le maire.

Je sors de la chambre et descends les escaliers avec madame la patronne de l'auberge, qui me parle de son village et tout et tout, mais je ne l'écoute pas. « Peut-être un petit article sur mon auberge dans votre quotidien, la prochaine fois ? », me lance-t-elle quand je pars en courant en direction du restaurant.

Certaines personnes sont assez naïves pour penser que les journalistes ou chroniqueurs possèdent les journaux dans lesquels ils travaillent et qu'ils ont tout pouvoir publicitaire, que grâce à eux, leur commerce ou leurs produits se vendront mieux après un petit article.

J'arrive avec plusieurs minutes de retard. Les musiciens sont complètement défoncés, ça s'entend à leur façon de hurler, à moins que ce ne soit leur façon naturelle de s'exprimer. Monsieur le maire a le nez rouge, les cheveux en vrac, je n'avais pas remarqué qu'il n'est pas rasé, version hipster de Montpeyroux.

« Ah, voilà notre journaliste », il sort en se levant et en faisant tomber son verre de rouge. Ça n'a pas du tout l'air de le déranger. Il s'avance vers moi pour de nouveau me serrer la main. Ses cheveux sont ébouriffés, je crois que lui aussi a abusé de l'alcool, ce soir. Il faut dire que je lui ai laissé pas mal d'avance.

On n'est pas nombreux dans le restaurant, mais tout le monde se connaît. J'aime bien l'ambiance petit troquet de village.

De vieux voilages jaunis par le temps sont suspendus aux deux petites fenêtres. Des tableaux végétaux sont accrochés contre les murs. Les tables en bois brut ne sont pas recouvertes de nappes. Il y a juste des sets de table en papier sous les assiettes. La table est dressée de façon simple, et ça fait du bien. Au menu, gratin dauphinois et rôti de bœuf, menu du soir unique. C'est monsieur le maire qui a choisi pour nous tous. Bien évidemment, le repas est arrosé généreusement de bon vin rouge du pays.

Les gens sont souriants, et il se dégage une ambiance bienveillante. Rien à voir avec les bars en ville.

Au bout de deux heures, on est tous collés-serrés à chanter un karaoké improvisé. Et *on tape tape tape, on tape dans nos mains*, et on chante et on crie et ils boivent tous, moi je tourne au Coca, car mes petites contrariétés me donnent des aigreurs d'estomac.

Yolande bâille bruyamment sans mettre sa main devant la bouche, elle doit avoir au total quatre caries non soignées…

Le restaurant se vide peu à peu. Le patron, monsieur Tortilli, nous invite à rester après la fermeture du restaurant. Je suis une professionnelle, je ne dis pas non aux invitations qui me permettent d'alimenter mes articles.

Sur les coups de minuit, monsieur Tortilli, Gilles et moi débattons sur la reproduction des cucurbitacées en Laponie.

Il parle bien, monsieur le maire, même avec trois grammes d'alcool dans le sang. Il a un rire franc et sincère, un de ces rires qui viennent directement du ventre et qui explosent en éclats de joie. Je l'observe et je vois l'homme qui, jusqu'à ce soir, était caché derrière monsieur le maire.

Gilles passe ses doigts dans ses cheveux quand il est gêné, il plisse son nez en riant quand il fait de l'humour et humecte ses lèvres en clignant des yeux régulièrement lorsqu'il me regarde.

On salue monsieur Tortilli, on se retrouvera demain pour le concert des Vernon…

***

J'entends le verrou du restaurant tourner deux fois après que Tortilli a fermé la porte.

La nuit est fraîche, ça sent bon. Il n'y a pas de circulation. Tout est calme. La rue est éclairée par de faibles lampadaires à la lumière orangée.

Gilles et moi marchons lentement, comme deux vieux sous calmants. Il marche ses mains derrière le dos. Il regarde en l'air. « Il va faire beau, demain, il y a beaucoup d'étoiles dans le ciel », me sort-il en pinçant ses lèvres à la fin de sa phrase.

Je profite de ce moment de bien-être. Je me sens bien. J'ai l'impression de nettoyer mon esprit. Je profite de cet instant de calme et de sérénité pour écouter les bruits nocturnes. Des grenouilles coassent au loin, des grillons chantent timidement, quelques oiseaux de nuit piaillent, douce chanson de la nuit.

— Voilà, je suis arrivée, merci Gilles, cette soirée était formidable, je lui dis en montant la petite marche devant la porte d'entrée de l'auberge.

Je sors la clef de ma chambre. Je m'amuse à la faire tourner dans ma main.

Gilles s'arrête devant moi, baisse la tête, prend de nouveau mes mains dans les siennes. Je suis sur la première marche, monsieur le maire est aussi grand que mon mari.

— Merci d'être venue, Marie. Puis-je te poser une question indiscrète ?

On se tutoie depuis le restaurant, l'alcool désinhibe et on se lâche plus facilement.

— Oui, Gilles, dis-moi, je lui réponds.

Il passe sa langue sur ses lèvres. Il n'ose pas me regarder lorsqu'il me dit :

— Tu me plais beaucoup. Es-tu mariée ?

J'éclate de rire. Il me demande, surpris :

— Pourquoi ris-tu ?

— Je ne ris pas de toi, c'est juste l'instant présent qui me fait rire, je n'aurais pas pu imaginer une telle situation.

— Quelle situation ?

— Que monsieur le maire de Montpeyroux, après une soirée arrosée, me courtise…

— Je suis désolé, je n'aurais pas dû.

— Non, c'est touchant, mais je crois que je n'aurais pas assez de quelques minutes pour t'expliquer ma situation familiale.

— Si compliqué que ça ?

— Plus encore…

— Donc je n'ai aucune chance ?

Il est touchant, et à la lueur de la petite lampe extérieure accrochée au mur de l'auberge, je viens juste de remarquer l'intensité de ses yeux ; même s'ils sont marron, ils sont lumineux.

Monsieur le maire est plutôt beau gosse.

— C'est compliqué… je lui dis.

Il me regarde de nouveau, caresse mon visage du bout de son index et me dit :

— Je serai patient… Y a des choses qui ne s'expliquent pas. À demain midi, Marie, dors bien.

Demain, je doute qu'il se souvienne de cette conversation. Je ne pense pas qu'il aurait osé m'aborder de cette façon s'il avait été sobre… L'alcool, ça aide les timides à faire le premier pas.

***

J'ouvre la porte de l'auberge. Je monte dans ma chambre.

Je me dirige vers la salle de bains tel un automate. Je rêvasse. Tout se mélange, Fred, les copines, Ludo, Gilles, tout est si rapide, ça va trop vite, beaucoup trop vite.

Je me démaquille les yeux et je prends une douche rapide. Je me sèche à peine, car j'ai très chaud. Je me faufile sous les draps. J'aimerais dormir contre quelqu'un qui m'aimerait et que j'aimerais, me revoilà à rêver.

Je tourne en rond dans mon lit, un coup à droite, un coup à gauche. Je ferme les yeux, j'essaie de me détendre. Respiration ventrale. Rien n'y fait. Je me relève, je vais boire un verre d'eau. Je me recouche. Puis je me relève. Je vais aux toilettes. Je retourne me coucher. Je ferme les yeux. J'ouvre les yeux. Un coup sur le dos, un coup sur le ventre ou le côté. Rien n'y fait. Je ne trouve pas le sommeil. Morphée pointe aux abonnés absents. Je n'ai jamais eu de problèmes pour m'endormir, et en ce moment, j'enchaîne les insomnies. J'sais pas pourquoi je raconte ça, mais ça me paraissait important de le signaler, du moins sur le coup…

Ma situation amoureuse et familiale me perturbe jusque dans mes nuits.

« Tu me plais beaucoup », des mots qui passent en boucle dans ma boîte crânienne.

Je ne suis pas une fille facile, enfin je pense…

Je ne vais quand même pas m'amouracher de tous les trous d'cul qui m'accordent un peu d'attention… « Tu me plais beaucoup », ouais, mais monsieur le maire, c'est pas un trou du cul…

VERNON

28 juin.

Je me réveille barbouillée, mes maux d'estomac sont de plus en plus violents ; en rentrant, je consulterai un médecin pour qu'il me prescrive des plantes pour me calmer les nerfs. Quand j'étais enfant, j'avais continuellement des crampes d'estomac dues à mon anxiété, et j'étais souvent constipée. Oups un détail supplémentaire que j'aurais pu éviter de raconter.

Bref, je me dis que ça passera avec le petit-déjeuner.

En descendant les escaliers, j'entends les conversations des clients de l'auberge. À huit heures trente du matin, ils sont déjà au taquet.

La patronne de l'auberge m'accueille avec le sourire, elle sent bon la savonnette à la fleur d'oranger.

— Par ici, Marie, venez, avez-vous bien dormi ? me demande-t-elle en me tendant la main pour me diriger vers la table du fond.

— Oui, très bien, je lui mens en m'asseyant.

Devant moi, plusieurs paniers remplis de miches de pain frais, puis il y a le beurrier, les confitures locales, des produits frais. Jus d'orange, œuf, jambon. L'odeur de la charcuterie me retourne un peu l'estomac. J'avale un verre de jus d'orange, un café serré, et je mange un croissant.

Je profite de ces quelques instants pour lire mes messages, dont beaucoup sont écrits par Ludovic, j'en profite également pour vider ma messagerie et blacklister Fred. Toute cette histoire m'oppresse au plus haut point.

Je remonte dans ma chambre en courant, j'ai à peine le temps de rentrer dans les cabinets que tout mon petit-déjeuner sort en jet.

Je prends un cachet pour calmer tout ça et m'allonge un peu, histoire de me requinquer, rien de tel que le repos pour calmer les maux.

Sur les coups de midi, mon téléphone sonne.

— Bonjour, Gilles, je dis.

— Bonjour, Marie, bien dormi ?

— Oui, très bien, et toi ? Pas trop mal à la tête aujourd'hui ?

— Ne m'en parle pas, je crois que j'ai un peu abusé hier soir.

— Tu m'étonnes…

— Mais je me souviens de tout, il me dit.

— Ah… je réponds, gênée, comme si c'était moi qui l'avais dragué.

— On déjeune toujours ensemble ?

— Oui, à quelle heure ?

— Treize heures ?

— Parfait…

J'ai un peu de temps pour me reposer, juste quelques minutes, histoire de reprendre des forces, même si je sais que je ne parviendrai pas à m'endormir.

Je m'allonge et je profite de la solitude. Je ne fais rien, je reste juste immobile, les yeux rivés vers le plafond. Les idées défilent, les pensées avec. Un moyen pour moi d'essayer d'éclaircir au mieux la situation que je vis actuellement. Même si je ne sais pas de quoi demain sera fait, personne ne le sait, j'essaie de comprendre et d'analyser mes besoins vitaux. Me séparer d'avec mon mari, la décision est prise, je ne sais pas encore comment, ni encore à quel moment, mais plus les jours passent, plus ça devient une évidence.

Ensuite, il faut que je pense au déménagement, quel endroit me plairait ? Je ne le sais pas encore, mais j'y pense. Je ne me vois pas en plein centre-ville, par exemple, même si je sais que les distractions y sont plus nombreuses. Je n'ai pas besoin de distractions à volonté pour me sentir exister. Alors ce sera à la campagne, oui, ça me plairait, un petit village, ce serait parfait.

Maison ou appartement ? Un appartement dans une maison… Quant à l'amour, je n'ai pas envie de me polluer l'esprit avec les sentiments. J'y verrai plus clair le jour où je serai en phase avec moi-même, ça me paraît logique.

Une fois que je me sens requinquée, je me débarbouille et me redonne une petite couche de mascara avant de sortir.

La chaleur de l'extérieur est en parfait contraste avec la fraîcheur de la petite chambre d'hôtel. Le soleil tape un peu trop fort, les oiseaux chantent et quelques cigales fredonnent de-ci de-là.

Sous l'ombre d'un grand arbre devant le restaurant, Gilles fume une cigarette. Il n'est plus simplement le maire de Montpeyrou, aujourd'hui, il est avant tout un homme qui a essayé de me séduire, je le vois différemment.

C'est étrange, cette sensation, il suffit qu'une personne s'intéresse à moi pour que mes yeux s'ouvrent. Mais cette fois, je ne m'emballe pas.

Gilles écrase sa cigarette, s'avance vers moi. Il ne me serre pas la main, mais m'embrasse lentement, tantôt sur la joue gauche, tantôt sur la joue droite. J'ai ressenti l'émotion, les frissons agréables. Il sent bon. Un aftershave frais, un tantinet boisé… Son odeur ne me donne pas envie de vomir, elle me plaît, je le sens bien, cet homme-là.

***

Nous nous sommes installés à l'extérieur. Une table pour deux. Il n'y a pas grand monde dans le restaurant du petit village.

Gilles m'explique de façon très professionnelle comment se dérouleront l'après-midi et la soirée à venir… Contre toute attente, mes yeux ne se détachent pas de son regard lumineux, de ses dents trop blanches joliment alignées, il a dû porter un appareil petit. Il a une bouche pulpeuse, un petit nez qu'il retrousse régulièrement lorsqu'il sourit.

Nous buvons le vin, en mangeant un steak-frites maison.

— Je suis désolé pour hier soir, me dit-il en baissant la tête.

— C'était agréable, euh… Je te plais tant que ça ? je lui demande, surprise moi-même par le ton franc et direct de ma question.

Il s'arrête quelques instants, il rougit un peu, à moins que ce ne soit à cause du vin.

— Pour être honnête avec toi, oui… il me répond en souriant timidement.

— Tu ne me connais pas, je dis.

— On ne connaît jamais les gens, même après des années passées à côté d'eux. La première fois que je t'ai vue, au milieu des moutons, il s'est passé quelque chose en moi, je suis incapable d'expliquer ce que c'est, ça ne m'est jamais arrivé…

— Tu as dû oublier les fois où tu as ressenti la même chose. On a tendance à faire abstraction des sentiments passés, je dis en éclatant de rire.

— Dis-moi, Marie, sans être trop indiscret, en quoi ta situation familiale est-elle compliquée ?

— Je suis mariée, Gilles… je commence avant qu'il ne m'interrompe.

— Je suis désolé, si j'avais su que tu l'étais, jamais je ne me serais permis de…

— … Ça va faire des mois, voire même des années que ça ne fonctionne plus avec mon mari, j'en ai pris conscience il y a quelques semaines.

— Donc, je tombe bien, me dit-il en éclatant de rire, avant de reprendre. Non, pardon, ce n'est pas ce que je voulais dire.

— Je ne sais pas si tu tombes bien, en fait…

— Comment ça ?

— C'est peut-être un peu trop tôt, j'ai beaucoup de choses à régler avant de penser aux sentiments.

— Je comprends, je comprends…

Je ne suis moi-même plus très convaincue du fait de mettre en stand-by les sentiments. À l'intérieur de moi hurle une voix : « Fonce, regarde comme il est beau, comme il a l'air intéressant et gentil, ne passe pas à côté d'une belle histoire sous prétexte que… » J'ai eu la force de caractère de résister, car 1) c'est un client, 2) c'est un client, et surtout 3) c'est un client. Si Magali apprenait que monsieur le maire de Montpeyroux me plaît, et que je lui plais, je pense qu'elle me ferait une morale en béton.

Je lâche le bellâtre sur les coups de quinze heures. Le cœur rempli d'un je ne sais quoi. Le corps plein d'énergie.

Je remonte dans ma chambre. Mon téléphone sonne, mais je ne réponds pas.

Je suis allongée sur le ventre, les mains sous les cuisses, la joue gauche écrasée contre le matelas, le visage en direction de la fenêtre aux rideaux jaunes. Il fait chaud, terriblement chaud, je ne veux pas actionner la climatisation, ça me donne des nausées. Les rideaux dansent sous la légère brise. Je ne pense à rien. Vide total, et ça fait du bien de ne penser à rien.

***

Quelques heures plus tard, je sors de la douche, torse nu, la serviette nouée autour de ma taille, je m'assois sur mon lit défait. Je prends mon portable. « Vous avez quatre nouveaux messages et sept messages archivés. » Je me demande pourquoi j'archive mes messages. Numéro inconnu.

Vous avez un nouveau message : « *Bonjour, jolie Marie, je te souhaite une bonne semaine, que la force soit avec toi, je t'embrasse, si tu as le temps et surtout l'envie de me parler, je suis là.* » Message supprimé. J'ai bloqué Fred, il m'a sûrement appelée en masqué, en se disant que je répondrais, putain de boulet.

Vous avez un nouveau message : « *Hello, Marie, un petit coucou, comme ça, en passant, juste pour le plaisir de te parler, et pour te dire que je ne t'oublie pas, je te souhaite une excellente fin de journée et je t'embrasse.* » Message supprimé.

Je n'écoute pas le dernier message de Fred. Je n'aurais pas pensé qu'un homme puisse être autant angoissant et oppressant.

Je me souviens qu'il m'avait expliqué que les femmes avec qui il sortait finissaient par rompre, car elles ne parvenaient pas à apprécier sa façon d'aimer. À l'époque, je ne comprenais pas que ces femmes puissent quitter un homme aussi précieux que Fred. C'était avant de le connaître, avant de le voir en vrai. C'était quand j'étais dans l'illusion.

J'ai une grosse boule d'angoisse au fond de la gorge et je me demande combien de temps il faudra avant qu'il arrête de m'appeler. Avant qu'enfin, il puisse m'oublier. Parfois, il vaut mieux juste ne pas répondre, ne rien écouter et laisser le temps agir…

***

Je prépare mon matériel et je rejoins l'équipe au bar du coin.

Les musiciens sont étalés en terrasse au milieu des villageois, Gilles n'est pas encore là.

— Hey, Marie ! hurle Yolande en me voyant arriver.

Ses deux acolytes rigolent, avachis sur leur siège en plastique. On s'embrasse comme si nous nous connaissions depuis des années.

La vie est parfois si simple lorsqu'on décide de la prendre comme un jeu.

— Je stresse, bordel que je stresse, me dit la gamine.

Ses musiciens boivent leur bière, je ne comprends pas lorsqu'ils me parlent, dialecte de mecs bourrés. Ils bafouillent, parlent dans leur barbe, disent des phrases qu'ils ne terminent pas…

— Pas la peine de stresser, Yolande, vous allez gérer, je réponds.

Yolande regarde la petite place qui peu à peu se remplit. Ils ont installé une sorte d'auvent, au cas où il pleuve, mais il ne pleuvra pas. Le bruit des gens résonne dans la ruelle. Un homme s'approche, il se baisse vers les musiciens et chuchote ensuite dans l'oreille de Yolande qui se lève et soupire. Elle me sourit et me dit : « Ça y est, j'ai mal au ventre. »

Je reste seule pendant que le groupe se dirige vers la petite scène, je bois d'un trait ma grenadine, j'ai la faim qui me tiraille de nouveau le ventre. Les odeurs de hot-dog et de friture n'arrangent pas ma fringale. J'ai l'impression de passer mon temps à parler de bouffe et de vomis…

Le groupe met en place micros, instruments, etc. Je me lève à mon tour, je m'installe devant la petite scénette et fais quelques photos.

Une main sur mon épaule, je me tourne, Gilles me sourit et me dit :

— Ça y est, tu t'es mise au travail ?

Je lui souris en lui répondant :

— Oui, je te rappelle que c'est pour ça que je suis ici.

— Oui, je sais bien… J'aurais préféré que tu viennes pour moi… me dit-il en riant timidement.

Il poursuit :

— Le concert débute dans une heure, on va manger un bout ?

— Oh oui, j'ai une faim de loup, je réponds.

Avant de suivre Gilles, je prends en photo les gens du village, certains s'installent déjà sur les chaises devant la scène, certainement amis et famille du groupe. Une mamie sort de son sac en tissu une pelote de laine et des aiguilles à tricoter ; un papi arrange son béret ; un gosse couine en cachant son visage dans les jupes de sa mère ; deux ados discutent, l'une passe sa main dans ses cheveux en criant assez fort pour que tout le monde l'entende : « Je connais les Vernon depuis leurs débuts, Yolande est une amie d'une amie de ma mère. » Ça fait bien à cet âge-là de connaître les artistes, tout aussi inconnus soient-ils. Je crois que je reconnais les jeunes filles qui dansaient la première fois que je suis venue.

On se dirige vers la buvette. On commande un hot-dog, une barquette de frites et deux Perrier.

— Elle a le trac, la petite, je dis.

— C'est normal, le dernier concert qu'ils ont donné, c'était dans le garage de ses parents, le jour de l'an.

— Ils ne se sont jamais produits ?

— Non, en tout cas jamais face à un public qu'ils ne connaissent pas, il me répond en croquant dans le morceau de saucisse qui dépasse de son sandwich.

— Tu penses qu'ils vont gérer la pression ? Je n'ai pas l'impression que les gens du village soient fans de ce genre de musique.

— C'est quoi ces préjugés ? me demande-t-il en souriant, de la moutarde au coin de la bouche

J'ai terriblement envie de passer ma langue sur la commissure de ses lèvres, non pas que je sois fan de moutarde, mais… J'essaie de paraître la plus naturelle possible, j'essaie de ne pas laisser transparaître une once de désir… mais… du coup, j'enchaîne…

— Il suffit d'observer. Regarde ces deux vieux, ne crois-tu pas que cette musique va les affoler ? je dis en pointant du doigt le vieux couple devant l'estrade.

— Ces vieux sont plus ouverts que nous, Marie, tu entendrais les conversations de certains, c'est peut-être toi qui t'offusquerais. Viens, on va s'asseoir là-bas, me dit-il en m'indiquant du bout de son index un petit muret à quelques pas de nous.

Mon sac sur le dos, mon sandwich dans la main droite, ma canette de Perrier dans la gauche, je suis Gilles vers le petit muret. On s'assoit.

Il paraît que ça porte malheur de poser son sac sur le sol, j'avais entendu ça au lycée… Il paraît que si on pose un sac sur le sol, la pauvreté nous guette ; elle est déjà là, en ce qui me concerne…

Gilles me parle de son village. Il me dit que ça fait trois ans qu'il est maire. Il continue de travailler en tant qu'informaticien ; d'ailleurs, c'est lui qui a fait le site des Vernon. Je n'ose pas lui dire que le site est nul, j'vois pas l'utilité de lui casser son délire.

Il me dit qu'il a toujours vécu à Montpeyroux, mais qu'il a dû partir quatre ans à Paris pour poursuivre ses études.

— Je déteste la ville, ça m'oppresse, les gens sont si superficiels.

Puis il boit une lampée de son eau gazéifiée.

Il sent tellement bon… Un parfum rassurant, un parfum englobant, un parfum qui me fait tourner la tête…

— Et toi ? Tu n'as jamais été marié ? je demande.

— Non, j'ai failli une fois, mais la vie en a décidé autrement. Elle a dû partir à l'étranger. Dès qu'elle m'a annoncé son départ, on savait tous les deux que notre couple ne tiendrait pas, mais on a essayé quand même. Au bout d'un an, elle m'a fait comprendre qu'elle ne rentrerait pas en France, elle a eu l'honnêteté de me dire qu'elle avait trouvé quelqu'un.

— T'en as souffert ?

— Oui et non… Je t'ai dit, on savait pertinemment que ça ne tiendrait pas. On était plus amis qu'amants, de toute façon, puis, nous étions jeunes.

— Et ensuite ?

— Je n'ai pas eu le temps de m'occuper de mes relations sentimentales, entre mon boulot d'informaticien, mes contraintes à la mairie et mes parents.

— Tes parents ? je demande, surprise.

— Je ne suis pas Tanguy, si ça peut te rassurer, j'ai ma maison à moi, tu sais, il me dit en éclatant de rire avant de poursuivre. C'est juste que mon père a été victime d'une crise cardiaque il y a deux ans et que ma mère perd la boule depuis l'an dernier.

— Je suis désolée.

— Ne le sois pas. C'est la vie. On ne se prépare jamais assez à la vieillesse… et elle nous tombe dessus sans crier gare.

Son regard se dirige vers la scène. Le temps passe vite, le concert va commencer.

— Je dois y aller, il faut que je présente les Vernon et que je lance les festivités, tu viens ? me dit-il en se levant et en me tendant la main.

Nous voilà à marcher collés-serrés, instinctivement, sans nous soucier des regards des passants. J'ai quinze ans… again and again…

Je m'installe sur une petite chaise, avec une étiquette « Marie-Journaliste » collée au dos. Les gens me font de petits signes de tête en souriant. La patronne de l'auberge m'interpelle : « Coucou Marie, il fait bon aujourd'hui, vous me direz si vous êtes partante pour mettre un peu en avant mon établissement ? » Je souris et hoche la tête affirmativement.

M6 – Série B romantique que je regardais en rêvant, à l'époque, affalée sur mon canapé…

Gilles est sur scène, le micro à la main, les larsens le font grimacer.

— Bonjour, Mesdames et Messieurs, je commencerai par vous remercier d'être venus si nombreux. Je vous souhaite de passer un excellent moment, avec vos amis et votre famille. Les festivités de l'été débutent aujourd'hui. Nous avons tout mis en œuvre pour mettre à l'honneur les couleurs de notre village. Une vraie volonté de la municipalité de maintenir cette tradition. Ces festivités s'adressent à tout le monde. Elles s'adressent aux jeunes, avec le concert, ce soir, des Vernon, qui nous ont fait le plaisir d'accepter notre invitation… N'oubliez pas qu'après le concert, l'orchestre les « Patachouk » mettra tout en œuvre pour vous faire danser jusqu'au bout de la nuit. Ces festivités s'adressent aussi aux enfants, dès demain, avec la mise en place d'un petit théâtre de rue. Vous allez retrouver des jeux, des tombolas, de la culture aussi avec la conférence de madame Martinez sur l'historique de notre beau village. Je ne vais pas faire un trop long discours, je souhaite à tous les Montpeyroussiens de passer une excellente fête d'été, et je tiens à remercier tout particulièrement Marie, journaliste, qui nous fait l'honneur d'être présente tout au long du week-end. Marie, levez-vous, ne faites pas la timide, dit-il en souriant.

Je me lève, les gens applaudissent, j'éclate de rire en adressant un regard complice à Gilles qui poursuit :

— Et maintenant, je vous demande de faire un tonnerre d'applaudissements pour les VERNON.

Je me tourne vers le public, je photographie la foule.

Yolande entre en scène, clic clic ; les musiciens entrent en scène, clic clic ; Yolande derrière le micro, clic clic.

— Merci à tous d'être venus nous soutenir ce soir, commence-t-elle timidement.

Clic clic. Les premières notes de musique résonnent sur la place du village. Mamie a posé son tricot sur son sac et bouge la tête de gauche à droite.

Gilles s'installe près de moi.

— Mon discours n'était pas trop lourd ? Pas trop pénible à écouter ? me hurle-t-il dans l'oreille gauche.

— Tu as été parfait, je lui dis.

Je continue à prendre quelques photos, je lui montre celles que j'ai prises de lui, ça lui plaît, tant mieux. La chanteuse braille dans son micro, les vieux tapent dans leurs mains en rythme, ils ont dû baisser à bloc leur sonotone, je ne vois que ça pour supporter la musique criarde des Vernon.

— Tu restes au bal ce soir ? » me demande Gilles.

— Oui… je lui dis en prenant en photo le groupe de musique.

Gilles reste assis là, tout près. Je l'ai surpris à fredonner quelques morceaux des chansons des Vernon, j'ai trouvé ça touchant.

— Tu connais les chansons par cœur ? je lui demande.

— Je m'en suis tapé des répétitions dans le garage de mes potes, à écouter leur gamine brailler dans le micro, puis, petit à petit, j'ai appris à apprécier sa musique.

J'écoute sans trop entendre, les phrases de Gilles sont entrecoupées, comme si j'avais un problème de réseau.

**

Le temps est étrange, à la fois suspendu, à la fois flottant et courant comme un fin filet d'eau. Oh ! C'est beau… Yolande est émue devant son micro.

Elle remercie les spectateurs, spectateurs debout qui applaudissent en sifflant et hurlant. Je n'aurais jamais pensé que les gens puissent se lever et « bisser » ce petit groupe de musique.

Je laisse pendre autour de mon cou mon appareil photo et je suis le mouvement, j'applaudis comme une internée sortie d'un HP, je hurle, je siffle. La dernière fois que j'ai sifflé comme ça, c'était à l'anniversaire d'une de mes amis, il y a plus de quinze ans. J'ai arrêté de siffler, car Ludo trouvait ça vulgaire…

Gilles éclate de rire, met son index et son pouce en cercle sous sa langue, et nous voilà partis dans un concours de sifflage, à celui qui fera le plus de bruit.

Yolande et les musiciens descendent de leur scène, attrapés au vol par leurs premiers fans, dont la gamine du premier rang et mamie tricot.

— Cette vieille est juste formidable, je dis à Gilles.

— C'est Mamie Porto, plus de quatre-vingt-dix ans, et toujours la pêche.

— Mamie Porto ?

— Oui, on l'appelle comme ça, car il paraît qu'une fois, lorsqu'elle avait dix-sept ans, pendant la Deuxième Guerre, elle aurait fait un concours idiot avec des Allemands, et elle aurait gagné.

— Le rapport avec le porto ?

— Elle s'est foutu une murge au porto… mais tu sais, avec le temps, les histoires changent et se transforment. Peut-être que ce n'était pas ça, en fait…

— Peut-être que c'était juste une trafiquante d'alcool.

Yolande serre dans ses bras Mamie Porto, puis c'est au tour des musiciens.

On se dirige, Gilles et moi, vers la buvette, avant qu'on se fasse piquer les places par les poivrots pole-position. On commande une bière, on trinque.

Je regarde les gens, tout contents, qui rient en buvant leur apéro dans des gobelets en plastique blanc. Tout le monde parle avec tout le monde, se fait des accolades, se tripote, se fait des compliments et tout et tout. C'est plus tard, certainement sur les coups de deux trois heures du mat', l'alcool aidant, que les bagarres commenceront.

Yolande arrive vers nous en courant. Elle trépigne sur place, elle hache ses mots qu'elle ponctue par de courts fous rires.

— Alors ? Alors ? Comment était-on ? Bien ? J'ai loupé deux trois notes, je le sais, mais je me suis bien rattrapée, n'est-ce pas ? Y a la mémé qui m'a dit qu'on était formidables… Vous avez vu ça un peu ? Des gens sont venus nous voir pour qu'on leur signe des autographes…

Elle frotte ses mains, regarde, excitée, autour d'elle, certainement à la recherche d'un(e) autre fan. Ses musiciens lui font signe au loin.

— Je rejoins Marc et Steve, vous restez au bal tous les deux, n'est-ce pas ? Dites oui, s'il vous plaît, nous demande-t-elle en me lançant un regard suppliant.

Difficile de résister à ce genre de supplications. Alors j'accepte d'un hochement de tête.

Je resterai, un peu, juste un peu, parce qu'il faut que je prenne en photo l'orchestre Patachouk, parce qu'il faut que j'immortalise l'ambiance du bal, parce que je n'ai pas sommeil, parce que je suis bien, là, mieux que ce que j'aurais pu imaginer.

C'est en n'attendant rien de particulier que tout arrive à point. C'est en n'attendant rien que je ne serai pas déçue…

Rien attendre de personne, rien attendre tout court, c'est certainement la recette d'une vie réussie. Prendre la vie comme elle vient, sans se poser de questions.

Je dévore un autre sandwich, la faim ne cesse de me tirailler le ventre, alors je prends une barquette de frites, je termine celles de Gilles aussi. On s'assoit par terre, contre le muret au fond de la petite place, à l'abri des regards indiscrets. Il y a bien des gens qui passent à côté de nous, mais ils ne nous regardent pas. Je ne me sens pas oppressée, je me sens vivante, plus que jamais.

L'orchestre Patachouk se met en place ; un clavier, un batteur, un guitariste, une accordéoniste, une chanteuse et un chanteur : Jaimie et Jicé. En France, on trouve ça fun de porter des pseudos américains, pour donner un côté plus cool, plus hype, dans le vent.

Jicé s'appelle Jean-Christophe ; comme il trouve son prénom basique, il a préféré n'en garder que les initiales. Jaimie est grande, très grande, tellement grande qu'elle essaie de se rétrécir en rentrant sa tête dans les épaules. Elle est plus grande que Jicé, plus corpulente aussi. Jicé est brun, petit et maigre. Ils ont tous les deux la quarantaine bien tapée. L'homme derrière son clavier est plus vieux, grisonnant, bien portant, il salue la foule d'un air désinvolte. Le batteur a un look de vieux baroudeur ; lorsqu'il passe devant l'homme au clavier, il lui adresse un signe de tête amical.

Jaimie et Jicé se mettent derrière le micro, ils ne remercient pas les gens d'être venus nombreux, ils disent juste, en cœur : « Alors, prêts à passer une bonne soirée ? … » À la suite de ça, je n'ai plus rien écouté. Je me suis focalisée sur la pression de la main de Gilles autour de ma taille. Ma respiration, d'un seul coup, s'est bloquée. Je me suis sentie bien, si bien, je n'avais plus envie que cette soirée se termine. J'ai balayé mes soucis et mes problèmes. J'ai oublié mon mari.

— Ça te dit de rester un peu et de m'accorder quelques danses ? me demande-t-il.

— Je vais poser mon matériel dans ma chambre, on se rejoint à la buvette ? je lui demande.

Je cours déposer tout mon barda dans ma chambre.

Mon portable s'allume sur le petit bureau, je ne le prends pas avec moi pour sortir, je n'ai pas envie d'être polluée par mon futur ex-mari et mon ex-amant virtuel. Mais, par réflexe, je jette un coup d'œil rapide sur l'écran lumineux. « Ludo ». Je n'ouvre pas le SMS, je n'écoute pas la messagerie, je n'ai pas le temps. Mes aigreurs d'estomac me reprennent, il suffit que je lise le prénom de mon mari pour avoir de nouveau envie de vomir.

J'ai besoin de profiter à fond de cette soirée. La nuit m'appartient. Je me coupe de ma vie monotone, et je cours danser avec… Gilles.

DÉMONS DE MINUIT

Gilles discute avec un couple de personnes âgées. Je m'approche timidement. Ça peut paraître paradoxal d'être journaliste et timide, mais dans certaines situations, comme ce soir, je me sens terriblement fragile. Pourtant, Gilles fait tout pour que je passe une bonne soirée, il fait tout pour me mettre à l'aise. Il ne doit pas se douter que son regard sur moi me fait littéralement fondre… Harlequin, champion de l'amour…

« Je te présente Mamie Tarte-aux-myrtilles et Papi Casse-Cou », me dit Gilles en me présentant au couple. « Enchantée », je dis en serrant la main aux deux vieux. Mamie Tarte-aux-myrtilles pose sa main aux doigts osseux sur mon avant-bras, elle est toute petite, avec des cheveux gris, son visage est sillonné de fines stries, marques de vie. Elle doit avoir plus de quatre-vingts balais. Fin de vie, je me dis. Bientôt, ce sera mon tour, bientôt, je serai vieille et ridée, et si je continue à être stressée et à ne pas profiter de la vie, je vais finir dans le trou avant papi et mamie, sans avoir profité de la vie. Sur ma tombe, il y aura écrit un truc dans le genre « je vous l'avais bien dit que j'avais une vie de merde ».

Mamie, malgré sa petite taille, domine son vieux. Papi Casse-cou devait être beau plus jeune. Ses yeux sont bleus et lumineux. Moustache et barbe blanche, un sourire coquin, il est grand et pourtant, il s'efface devant mamie. Mamie lui coupe la parole, le bouscule par moments. Cependant, malgré les réflexions de mamie, l'harmonie et l'amour englobent ces deux êtres charmants.

Mamie me fixe avec ses petits yeux malicieux. « Alors mon p'tit, c'est vous qui couvrez l'évènement ? Gilles m'a dit beaucoup de bien de vous. Un jour, vous pourrez passer à la maison et vous comprendrez pourquoi on me donne ce surnom », me dit Mamie.

Papi et mamie s'éloignent et me voilà de nouveau seule avec Gilles. Nous ne profitons pas longtemps de notre proximité. Un gars, bourru, s'approche de nous, deux bières enfermées dans ses deux mains. « C'est pour vous », nous dit-il en nous tendant les godets. Je vais repartir pompette si je continue à ce rythme-là.

L'orchestre a lancé l'ambiance comme il se doit. Sous la lumière des guirlandes électriques suspendues en cercle autour de la piste de danse, les gens se mettent à onduler timidement, en cherchant le rythme maladroitement.

Jaimie et Jicé revisitent *Macumba* de Mader. 1980…

Les quatre gamines de la dernière fois dansent aussi, l'une d'entre elles porte toujours son long gilet noir, son pantalon large, c'est la plus timide de toutes et elle passe son temps à enlever la mèche devant ses yeux en riant, mais elle danse, c'est déjà ça ; une maman essaie de suivre le rythme en tenant son enfant par les mains ; je ne connaîtrai jamais ce plaisir-là, je n'aurai jamais une excuse pour aller remuer mon fessier sur la piste de danse en faisant croire que c'est pour le petit que je me trémousse ; puis, il y a des couples de vieux qui font un rock, les vieux, ça danse toujours le rock, même sur de la techno.

Que serait un bal sans la présence de « Jean-Paul et Robert » bourrés ? Il y a toujours des Jean-Paul et des Robert attaqués à la vinasse ou au pastaga dans les fêtes de village. Ils dansent la bourrée ou le pogo, ça dépend de la génération.

C'est sur les *Démons de minuit* qu'une femme vient nous chercher.

— Allez, vous deux, venez danser, nous dit-elle en nous prenant chacun par une main.

— Non merci, je lui réponds.

— Allons, venez, venez, insiste la femme.

— Non, bien vrai, je ne sais pas danser, je lui dis en riant.

La femme lâche nos mains, Gilles prend mon verre vide, le pose avec le sien sur la table en bois à deux pas. La femme est retournée danser.

« Viens », me dit-il tendrement. Je ne peux pas résister, je le suis en riant comme l'adolescente dans son long pull sombre.

Au début, ce n'est pas facile, au début, je cherche la cadence – danse « patate ». Je regarde autour de moi, je remets une mèche de cheveux en place. Je me sens maladroite, un peu pataude aussi… Puis, petit à petit, je me laisse aller. J'ondule mon bassin sur Images, tout contre Gilles, tout aussi pataud que moi, soit dit en passant.

Les musiques s'enchaînent, je ne vois pas les heures défiler, je n'ai pas lâché la piste de danse.

Mes cheveux sont collés à mon front à cause de la transpiration, et Gilles n'est pas plus frais que moi.

Puis les lumières lâchées par l'orchestre se tamisent et la chanson de Joe Cocker, revisitée par Jaimie et Jicé, commence : *A woman loves a man*. On reste, Gilles et moi, comme deux idiots, immobilisés au milieu de la piste. « On va boire un verre ? », je lui lance, histoire de briser la tension. Il ne me répond pas, il m'attrape par la taille, se colle à moi, mon nez dans son cou. Plus rien n'existe, à part lui et moi. Il sent bon, même sa transpiration sent bon. Je n'ose pas le regarder, on ne sait jamais, peut-être que, comme moi, il a envie de m'embrasser, et je ne saurais pas comment réagir si ses lèvres se posaient sur les miennes.

Je reste collée tout contre lui, les yeux fermés, j'entends son cœur battre à travers ses vêtements. Deuxième musique, deuxième slow, je ne me rappelle même plus ce que c'est, l'orchestre aurait pu se mettre à chanter *Pump Up The Jam* que j'aurais continué à tourner lentement en rond, aimantée à Gilles.

« Marie ? », me dit-il. « Oui ? », je lui réponds sans oser le regarder. « Regarde-moi », me demande-t-il tranquillement, d'une voix suave. J'avale ma salive et lève mon regard vers lui, les lumières sont encore plus tamisées que tout à l'heure. Je vois les ombres des gens bouger lentement dans mon champ de vision. Gilles pose sa main droite sur ma joue, j'ai le cœur qui tombe par terre, je me liquéfie complètement, ça y est, les papillons sont de retour. Ils grouillent dans mon ventre, que c'est agréable. J'humecte mes lèvres, il soupire, et lentement, comme un gosse de quinze ans, il pose sa bouche sur ma bouche et me *roule un énorme patin*, qui me propulse à plus de 400 mètres au-dessus des nuages. J'ai le cœur qui bat à tout rompre, je transpire des aisselles, et je suis heureuse, plus rien n'existe, je suis seule avec Gilles.

Nous restons ainsi collés de longues minutes bouche contre bouche, langue contre langue.

— Marie, Marie ? me dit Yolande en me tapotant le bras.

Son regard est paniqué. Un peu comme la meilleure amie qui viendrait avertir sa copine que son père vient d'arriver.

— Quoi ? Que t'arrive-t-il ? je dis.

— Il y a un homme qui te cherche, me sort-elle en regardant derrière elle.

— Quoi ? Quel homme ? je lui demande, surprise avant de poursuivre. Je ne connais personne ici.

— Lui, il te connaît…

— Il ressemble à quoi ?

— Grand, brun, avec un peu de ventre…

— Je ne vois pas, je dis.

— On devrait aller voir, me dit Gilles.

On quitte la piste de danse, on suit Yolande, qui avance d'un pas rapide vers les deux musiciens.

— Il est où le gars qui cherche Marie ? leur demande-t-elle.

L'un soupire, hoche la tête, je crois que ça veut dire « j'sais pas » en langage musicien. L'autre, la bouche pleine de frites au ketchup, ou plutôt de ketchup aux frites, version Zombieland 2, le retour, pointe son doigt vers la buvette.

J'ai cru que j'allais faire un malaise, Gilles me soutient. « Ça va ? » me demande-t-il. « Non, pas très bien, c'est mon mari. »

Ludovic se tourne vers nous, il me fait un petit signe de la main, je ne me sens pas bien. Il s'avance vers moi d'un pas rapide et décidé. Je la reconnais sa démarche d'homme agacé, je l'ai vu faire à plusieurs reprises. J'espère qu'une chose, c'est qu'il fera partie des rares personnes à ne pas m'avoir vue, bouche collée à Gilles.

J'ai une grosse boule d'angoisse dans la gorge, comme si mon père m'avait surprise en train de piquer dans son porte-monnaie.

Il est à quelques pas de nous. Gilles me lâche. Je ne m'étais même pas rendu compte qu'il me tenait.

— Ah, te voilà, je te cherche partout, ben je vois que tu t'éclates bien, me dit Ludovic.

— Ludovic je te présente Monsieur le Maire. Gilles, je te présente mon mari.

Je m'attends à ce qu'il me dise qu'il s'en bat les couilles, suivi de : « Prends ton manteau, on s'en va. » Mais il lui serre la main, en homme civilisé. Je n'ose pas regarder Gilles dans les yeux. Et le pire, c'est que le mari ajoute « Enchanté » en me prenant par la taille.

— Bon, je dois vous laisser, dit Gilles avant de poursuivre. Demain matin, je me lève tôt.

— Plutôt tout à l'heure, vu l'heure qu'il est, lance Ludo en riant.

Je n'arrive pas à piper mot. Je reste comme une idiote, raide comme un bâton à côté de mon mari, alors que je n'ai qu'une envie, celle de partir avec Gilles pour finir ma nuit.

Je regarde la longue silhouette de Gilles s'éloigner lentement, les mains dans les poches, les ténèbres l'englobent, il disparaît au loin. Yolande baisse la tête et pince ses lèvres, elle a deviné le malaise.

— Je dois y aller, moi aussi, dit-elle.

— J'espère que ce n'est pas moi qui vous fais fuir, lance Ludo en riant.

— Non, non, je suis claquée… Bonne soirée, elle répond.

Et il rit comme un imbécile, et il fait ses blagues débiles qui ne font rire que lui, et je suis dégoûtée qu'il soit là. Il ne me laissera jamais en paix, ce n'est pas possible. Pire qu'un morbac.

Je suis là, avec mon mari, je ne bouge pas. Certains villageois passent devant moi, certains me sourient, d'autres me regardent d'un air presque compatissant, à moins que ce ne soit moi qui interprète leurs regards.

— Mais que fais-tu là ? je lui demande enfin.

— Je voulais te faire une surprise, comme lorsque nous étions jeunes, tu aimais quand je te rejoignais et que tu ne t'y attendais pas, à l'époque du moins…

— Nous n'avons plus vingt ans, j'aurais préféré que tu m'avertisses.

— J'ai essayé, mais tu ne me répondais pas.

J'avance sur la route qui me mène à l'hôtel, Ludovic sur mes talons. J'avance sur cette petite route sur laquelle je gambadais gaiment il y a quelques heures, lorsque j'avais la sensation d'être libre…

Dans la chambre qui sent la cire d'abeille, moi qui, auparavant, me sentais pousser des ailes, je me sens de nouveau prisonnière, j'étouffe. « Je t'ai laissé une douzaine de messages, comme tu ne me répondais pas et que je m'inquiétais, j'ai décidé de te rejoindre », me dit Ludovic, le cul posé sur MON lit.

Il enlève ses chaussures, ses chaussettes, son pantalon, son tee-shirt, comme si nous étions à la maison. Il s'approprie MON endroit, il envahit MON espace.

— Que veux-tu qu'il m'arrive dans un village ? Je suis en train de travailler, je ne garde pas mon portable avec moi H24, je lui réponds.

— Travailler ? Tu te moques de moi ? J'avais plus l'impression que tu t'amusais, il me dit.

— Quand tu te rends à tes réunions de travail, à tes apéritifs, tu me dis que tu travailles, alors que tu t'amuses, moi c'est pareil, je décompressais un peu de ma journée, je lui dis.

Je n'ai aucune raison de me justifier, et pourtant…

Mon portable s'allume sur le petit bureau. Je le prends, réflexe.

— En tout cas, quand d'autres personnes t'écrivent, même à deux heures du matin, tu réponds, me dit-il sur un ton mesquin.

Message de Gilles : « *N'oublie pas, demain, c'est la journée pour les enfants. Bonne nuit, Marie.* » Je reste à lire et relire trois fois son message, comme pour en découvrir une sorte de message codé à la George Sand, rien.

— C'est qui ? me demande le mari.

— C'est Gilles, je réponds.

Je ne vois pas en quoi ça le regarde, et pourtant, je réponds. Lorsque son portable sonne, à point d'heure, moi, je ne dis rien, et si je lui posais la question, il me répondrait « c'est personne » ou « ça ne te regarde pas ».

— Que veut-il ? me dit-il.

— Il me dit que demain matin, il faut que je descende tôt, car il y a la fête des enfants.

— Il est bizarre, ce maire, tu ne trouves pas ? me demande-t-il en soupesant le haut de son corps sur son avant-bras.

— Bizarre ?

— Ouais… bizarre. Je ne le sens pas trop, c'est le genre d'homme branleur qui profite d'une situation pour ne rien faire.

— Tu ne le connais pas. Il jongle entre son travail à la mairie et son travail d'informaticien.

— Informaticien ? De mieux en mieux… Ça ne m'étonne qu'à demi, il a vraiment la tête d'un geek. Quant au fait qu'il soit maire, ici, ça ne doit pas être trop fatigant… Ce n'est pas comme s'il était maire de Paris.

— Pourquoi tu me dis ça ?

— De quoi ?

— Pourquoi es-tu si méchant ?
— Je ne suis pas méchant, je suis réaliste…
— Je suis fatiguée, je n'ai plus envie de parler…

Je me glisse sous la couette, me tourne de mon côté, éteins la lumière. Ludovic se plaque contre moi, son sexe tape sur le bas de mon dos.

— J'ai envie de toi, me dit-il.
— Je suis fatiguée, je lui réponds.

Oui, je suis fatiguée, une fatigue morale.

***

Je n'ai pas réussi à m'endormir. J'aurais voulu me lever, m'enfuir, le laisser loin, très loin derrière moi.

Je pense à Gilles. Je me demande ce qu'il pense. J'aimerais lui écrire, mais je sais que Ludovic ne dort pas encore. J'attends de longues, longues minutes, interminables minutes. Enfin, ses premiers ronflements m'annoncent que Morphée vient de lui jeter un sort. Il était temps. Je prends mon portable. « *Je suis désolée, j'ai hâte de te revoir demain. Bonne nuit. Marie* »… Je garde mon portable en main, juste au cas où Gilles me répondrait.

J'attends, encore, à croire que je passe ma vie à attendre après les hommes. C'est au moment où je vais pour poser le téléphone que l'écran s'allume. « *Ne sois pas désolée… J'ai hâte de te revoir aussi… J'ai passé une soirée formidable à tes côtés. À demain.* »

Je suis à demi soulagée, et c'est le cœur un peu plus léger que je m'endors après avoir effacé la conversation d'avec Gilles, car… on ne sait jamais…

GILLES

Ludo dort à poings fermés. Je regarde quelques instants son visage, comme pour me conforter que je prends la bonne décision en voulant le quitter. Il m'arrive encore de douter. Ce n'est pas facile de tout plaquer, tout envoyer balader, ce n'est pas facile de vouloir changer de vie, de briser ses habitudes… j'crois que je me répète…

Je ne prends pas de douche par peur de le réveiller. Je descends avec un pantalon trop large et un débardeur usé. Je croise la patronne de l'auberge. « Deux petits-déjeuners, ce matin ? », me lance-t-elle avec un petit sourire. Elle a l'air d'être contente que mon mari soit là. « Non, vous verrez avec mon mari quand il descendra, moi je vais prendre mon café en terrasse », je lui dis.

J'espère que Gilles sera là. J'avance rapidement vers la terrasse du café.

Il est là, seul, en train de lire un journal.

— Salut, je lui lance timidement.

Il fait un bond, surpris, pose son journal, se lève et me fait la bise. Ces baisers ont pété comme deux claques sur ma joue.

— Je suis désolée, que je lui dis.

— Je t'ai dit que tu n'avais pas à être désolée. Tu m'avais prévenu, tu n'as rien à te reprocher… il me répond en prenant sa tasse de café.

Le serveur arrive, je commande un café et un croissant, l'angoisse ne me coupe pas la faim.

— Je… j'aurais pas dû… je commence avant qu'il ne me coupe.

— Pas dû quoi ? Me rendre mon baiser ?

— Oui…

— Je n'ai pas eu l'impression de te forcer, me lance-t-il en essayant de sourire.

— Oui, oui, oui j'en avais envie, non tu ne m'as pas forcée… C'est juste que…

— Que t'es mariée, je sais, Marie… Heureusement qu'il ne nous a pas vus. Ça a été quand vous êtes rentrés ?

— On s'est couchés et nous avons dormi. Comme d'habitude, chacun d'un côté du lit, c'est comme ça depuis des années, hôtel des culs tournés, j'ai plus envie de lui, je dis en riant.

— Je ne te demandais pas tant de détails, Marie, me dit-il en caressant ma main.

— Je sais… je sais… je dis en baissant les yeux vers le sol.

— Qu'est-ce qu'il se passe, Marie ? me demande-t-il en passant sa main sur sa barbe naissante.

Bon sang qu'il est beau.

Le serveur m'apporte mon croissant, mon café. Je bois une gorgée.

— Je ne l'aime plus, que je lui dis.

— Il le sait ?

— Non…

— Pourquoi tu ne le lui dis pas ?

— Je ne sais pas, enfin, si, je sais… C'est parce que j'ai peur… Je recule pour mieux sauter.

— De quoi as-tu peur ?

— De me retrouver seule…

— Je m'attendais à tout sauf à cette réponse…

— … Je me suis mal exprimée… J'ai peur, pour ma sécurité.

— Deuxième surprise… Ta sécurité ?

— Je ne parviens pas à trouver les mots justes… J'ai peur de…

— … de péter ta bulle de confort ? T'es encore jeune et tu te prives de vivre pleinement ta vie. Je trouve ça débile de se priver sous prétexte que… T'as le droit de penser que je ne suis pas objectif, me dit-il en faisant une petite moue attendrissante.

— Avant, je ne réfléchissais pas autant, je sautais dans le vide, comme ça, sans barrière de sécurité. Une sorte d'insouciance… Avec le poids des années, j'ai perdu mon insouciance, et plus je réfléchis, plus j'ai un tas de petites peurs idiotes qui me polluent l'esprit…

Je bois mon café, je croque dans mon croissant.

— Tiens quand on parle du loup, me dit-il en soupirant.

Je me tourne, Ludovic approche, bermuda et tee-shirt CIC, j'ai honte. C'est nul d'avoir honte de quelqu'un, après tout, ce n'est pas moi qui me ridiculise. Puis, ça pourrait être pire, il aurait pu sortir en claquettes/chaussettes.

Il avance lentement, mains dans les poches.

— Ah, t'es là… La gérante de l'auberge m'a dit où te trouver, t'es une dingue du boulot, toi, me dit-il en déposant un baiser sur mon front avant de saluer Gilles d'un signe de tête.

Il s'assoit à notre table sans même y avoir été invité. Il s'avachit.

— Il va faire beau, c'est agréable, il dit…

Je ne sais pas s'il se doute de quelque chose, si tel est le cas, il joue bien la comédie. À moins qu'il ne se dise que sa femme ne pourra jamais trouver meilleur compagnon que lui. Une sorte de toute-puissance phallocratique.

— J'ai encore du travail, Ludo. Je rentrerai demain. Toi, tu devrais rentrer maintenant, je lui dis.

— Je peux encore rester, j'ai pris un jour de congé, me dit-il en basculant sa tête en arrière.

— Je ne vais pas pouvoir rester avec toi, je dis.

— J'ai l'impression que ma petite femme n'a pas envie de me voir près d'elle, je me trompe ? dit-il en relevant la tête et en me faisant un clin d'œil.

— C'est pour toi que je dis ça.

— Je vais vous laisser, on peut se rejoindre sur les coups de quatorze heures, Marie ? lance Gilles, la voix agacée.

— Oui, je dis. Je suis désolée.

— Ne le sois pas, Marie. À tout à l'heure.

Ludovic commande son café. Il sourit comme un niais.

— Il n'est pas bien agréable, ce matin, le maire. Je sais que tu as du travail, je ne te dérangerai pas, je vais aller me promener, ce village est magnifique. Puis ce soir, nous nous ferons un petit restau en amoureux, il me sort, comme si on était en vacances en Bretagne.

— Ludo, ça ne va pas du tout aller… J'ai besoin de souffler et de travailler seule, j'ai besoin de me retrouver seule, tu entends ?

— Calme-toi, j'ai l'impression que tu t'énerves pour rien. Ne t'inquiète pas, je vais y aller, pas la peine de le prendre sur ce ton ; je m'inquiétais juste pour toi, je n'ai pas envie qu'il t'arrive quoi que ce soit.

— Mais que veux-tu qu'il m'arrive, bordel ?

— Un accident ou je ne sais pas, n'importe quoi…

— N'importe quoi, oui, voilà.

— J'espère que tes copines ne t'ont pas monté la tête contre moi ? me demande-t-il.

Je me lève un peu trop brutalement. Je fais tomber ma chaise, je la ramasse ; décidément, les chaises et moi, ça fait deux…

— Je n'ai pas besoin de mes copines pour ça, je lui lance…

En courant, je retourne à l'hôtel, je monte les escaliers quatre à quatre. En arrivant dans ma chambre, je cours aux toilettes et je vomis mon petit-déjeuner et tous les tracas cumulés.

La tête sur mon avant-bras posé sur la cuvette des WC, j'essaie tant bien que mal de reprendre mes esprits.

— Marie ?

L'homme est de retour. Je ne réponds pas. Je tire la chasse et fonce sous la douche.

Ludovic entre dans la salle de bains.

Ce qui m'agace au plus haut point, lorsqu'on est en couple, c'est qu'on n'a absolument plus de vie privée, plus d'intimité, tout est partagé puissance mille.

Au début, ça ne me dérangeait pas de me brosser les dents avec mon mari, peu m'importait qu'il urine en laissant la porte des cabinets ouverte, qu'il se cure le nez devant moi… et pire encore, qu'il me surprenne en train de mettre un tampon ou de me récurer les oreilles ; aujourd'hui, je ne le supporte plus.

— Marie ? Marie ? il lance.

— Tu pouvais frapper avant d'entrer, je lui dis, le corps plaqué derrière le rideau de douche.

— Quoi ?

— J'aimerais que tu frappes avant d'entrer, c'est difficile à comprendre ? je dis en attrapant la serviette éponge.

— C'est nouveau, ça ?

— Il faut une première fois à tout… Attends-moi dans la chambre, j'arrive.

— Marie, tu as changé, et je n'aime pas ça… Je vais y aller, car je sens bien que je te dérange. Mais lorsque tu rentreras à la maison, une conversation s'impose, il me dit avant de fermer la porte.

La terrible angoisse s'évapore peu à peu. Je m'assois sur la cuvette des WC, soulagée. Je reste là, immobile quelques minutes. J'essaie de lutter contre les images qui m'arrivent en flash, je n'ai jamais souhaité de mal à personne, sauf là, en ce moment.

En sortant de la salle de bains, mon téléphone sonne. Je fais tomber la serviette au sol, je m'allonge sur le lit, nue, libre, le mari est parti.

— Hey, salut saloperie, je n'ai pas de nouvelles. Comment vas-tu ? me demande Sophie.

Je soupire et lui dis :

— Des hauts et des bas…

Elle veut que je lui raconte tout, tout en détail. C'est bon d'avoir des amies qui prennent soin de soi.

Je raconte à Sophie la rencontre avec Gilles, je lui dis qu'il m'a draguée. Je rigole en expliquant le bal, le slow, le baiser. Ma voix devient plus fragile lorsque je lui dis que Ludovic est venu me rejoindre.

— Fais attention, Marie. Tu sais, quand on se prive, comme toi, pendant des années, et qu'on retrouve sa liberté, on a tendance à se laisser aller à des rêves romantiques, à idéaliser les relations et tout et tout, rappelle-toi du tordu sur le site internet, me dit-elle.

— Ce n'est pas pareil avec Gilles… Gilles est réel…

— Si tu le dis… Ne t'enflamme pas, tu risquerais d'être déçue. Et pour Ludo ?

Quand j'y pense, c'est quand même l'hôpital qui se fout de la charité… C'est la deuxième fois qu'elle me sort sa tirade sur l'idéalisation et tout et tout. Je vais finir par penser que ma pote n'a pas envie que je sois heureuse… bref, je m'emballe…

— Tu ne m'as pas dit, il vous a vus, Gilles et toi, en train de vous rouler une galoche ?

— Non, enfin, je pense pas, j'en sais foutre rien… Il m'a dit qu'il voulait rester avec moi. Il m'a dit qu'il trouvait Gilles bizarre.

— Il se doute de quelque chose.

— Il est trop con pour ça.

— Ne sous-estime pas ton mari… Il est parti ?

— Oui, il m'a dit qu'il fallait qu'on se parle dès que je rentre.

— Il n'en fera rien, c'est juste pour te faire peur et te gâcher ton séjour…

Puis il y a un silence, puis un petit bip dans mon oreille. Je soupire.

— Qu'est-ce qu'il y a ? me demande Sophie.

— C'est Ludo, à peine parti, il m'écrit déjà.

— Il t'écrit quoi ?

— Il m'a envoyé : « T'étais super jolie. »
— Il flippe de te perdre.
— On s'est déjà perdus.
— Lui, il ne le sait pas. Que vas-tu faire ?
— Terminer mon travail et profiter de la vie.
— Avec Gilles, je ne parle pas de ton travail.
— Je ne sais pas…
— Faut battre le fer tant qu'il est chaud. Mais sois prudente, s'il te plaît. Prends du recul, essaie de ne pas trop t'emballer.
— Ce n'est pas le style d'hommes à collectionner les femmes, et ce n'est pas mon délire non plus.
— Ouais, je vois… Oh ! Je n'avais pas vu l'heure, j'ai rendez-vous, je dois te laisser, tu me tiens au jus, hein ?

Je ne sais pas quoi faire, je suis complètement perdue. Ma vie était moins compliquée quand je traînais en clocharde à la maison, je ne ressentais rien, donc rien ne me manquait. Lorsqu'on n'est pas confronté à des situations, qu'elles soient dérangeantes ou non, on ne sait pas que certaines choses peuvent nous titiller, et c'est très bien ainsi. Aujourd'hui, tout est différent.

Je me lève, j'ouvre la fenêtre, j'entends les gens rire, j'entends les enfants s'amuser, j'entends la voix de Gilles résonner dans les haut-parleurs, mon cœur tambourine trop fort. Je décide de rejoindre monsieur le maire, Yolande et les villageois.

***

Je n'ai pas le courage de rejoindre Gilles de suite…
Les heures passent.
J'ai envoyé un message au maire pour lui dire qu'il fallait que je termine d'urgence un article. « Rejoins-moi vers 16 heures au bar », m'a-t-il écrit…

***

Sur la place du marché, Yolande est assise devant une table, seule. Elle n'est pas maquillée, son visage est apaisé.
— Marie, ça va ? me demande-t-elle.

Je tire la chaise et m'assois en face d'elle, elle fait plus jeune, tellement jeune, sans son masque de crème.

— Tes musiciens ne sont pas avec toi ? je lui demande.

— Non, ils avaient besoin de faire une sieste, ils ont bu beaucoup de bières, insortables ces deux-là, mais ils sont comme des frères pour moi. Et toi ? Avec ton mari ?

— Ça va, ça va…

— Tu n'as pas envie d'en parler, je comprends. Tiens, voilà Gilles, je vous laisse tous les deux, je dois aller réveiller les deux zouaves avant qu'ils entament leur nuit, sinon ils vont être horriblement pénibles dès qu'ils vont se réveiller.

Yolande se lève. Je demande un Perrier au serveur. Je n'ose pas me retourner pour regarder Gilles s'approcher.

Une main fraîche sur mon épaule nue. Contact… frissons… j'ai la bouche sèche, mon cœur s'emballe de nouveau… j'ai l'estomac qui se noue… le Perrier me donne des gaz… J'espère que mon ventre ne va pas se mettre à gargouiller, et que surtout, je ne vais pas avoir envie d'aller aux WC… On n'en parle jamais de ça, dans les romans, ni dans les films, d'ailleurs… des problèmes intestinaux dus au stress, aux émotions… Le caca, c'est comme l'argent, comme le tabac, c'est tabou…

Bref… je respire un grand coup…

— T'es seule ? il me demande en contournant la table pour s'asseoir en face de moi.

— Oui, il est parti il y a une heure, je réponds.

— Ça va ?

— J'ai connu mieux, mais j'ai connu pire aussi.

Nous voilà, muets, l'un face à l'autre. On ose à peine se regarder, touchante timidité.

Les enfants rient, les gens braillent… Il y a les odeurs de vie, les bruits de vie, la chaleur de l'été, bordel qu'il fait chaud.

— Je t'ai entendu faire un autre discours, c'était bien, je lui dis en terminant la dernière goutte de mon eau gazéifiée.

— Merci, il me répond.

Dialogue banal à en crever. On se retrouve comme deux cons à ne pas oser se toucher, à ne pas oser se regarder, à ne pas oser, à ne pas oser… à ne pas oser…

Je sens le regard de Gilles se poser sur moi… J'ai la tête qui tourne… je ne vais pas très bien…

— Que veux-tu faire, Marie ? me demande-t-il.

Cette fois, je panique.

— Comment ça ? Je ne comprends pas, je lui réponds.

Il se racle la gorge, regarde à droite, à gauche, lentement, comme s'il cherchait une réponse dans le vide qui l'entoure. Il inspire profondément.

— Tu veux qu'on reste là, à boire un verre, à discuter, ou tu veux…

Il se tait de nouveau, baisse la tête.

La situation aurait pu m'amuser si je n'étais pas autant remplie d'émotion, mais là, je n'ai pas envie de rigoler… j'ai envie qu'il me chope et qu'il m'embrasse, j'ai envie qu'il me touche, qu'il me chamboule, qu'il me bascule, qu'il me bouscule.

— Je sens que quelque chose se passe entre nous, et je pense que tu le ressens aussi. Je sais que tu pars demain, et pour dire la vérité, ça m'ennuie beaucoup. J'ai envie et besoin de te sentir contre moi…

J'ouvre la bouche pour l'interrompre. Il hoche la tête, lève son index et poursuit :

— Ne me coupe pas, je risque de ne plus pouvoir m'exprimer comme je le voudrais… euh… Marie… si ce désir est à sens unique, si moi seul ressens ce trouble, dis-le-moi maintenant, je me ferai une raison, mais si tel est le contraire, prends ma main et partons.

J'ai oublié de refermer ma bouche…

Tiens, le temps est différent, je n'sais pas pourquoi je pense à ça maintenant. Autour de moi, j'entends le bruissement des feuilles de l'arbre là, juste là… doucement, tout doucement…

Je regarde fixement Gilles, et la seule chose que je peux lui répondre c'est :

— Pour aller où ? Tu as du travail ici, avec les enfants et tout et tout.

Il éclate de rire, se lève, me tend la main.

— Allez, viens, ne perdons pas davantage de temps.

Je ne réfléchis pas lorsque je le suis. Je ne réfléchis pas lorsque je monte dans sa voiture. Je ne réfléchis pas lorsque je me penche vers lui pour déposer un baiser sur ses lèvres en souriant. Je ne réfléchis pas lorsque je pose ma main sur sa cuisse pendant qu'il conduit. Il a raison, nous n'avons plus de temps à perdre.

Gilles roule quinze bonnes minutes. Petite route de campagne, champs à perte de vue, les odeurs sont agréables, je me ressource. Le véhicule s'engage sur un petit chemin. Les pneus crissent sur les petits cailloux, qui nous mènent à une toute petite allée, bordée d'arbres fruitiers. Un chien aboie et avance vers nous.

Nous sortons de la voiture, le chien jappe en remuant la queue.

— C'est Prince, un gentil cabot. Je l'ai pris il y a dix ans, à la SPA. Ses anciens maîtres le battaient. Il m'a fallu un peu de temps pour l'apprivoiser…

Gilles, le sauveur des âmes perdues.

La maison est magnifique, en pierres apparentes, petit hameau de douceur.

Gilles ouvre la grande porte en bois et nous pénétrons dans un petit couloir. Ça sent bon, ça sent la lavande et le « propre ».

— Entre, assieds-toi, me dit-il en m'indiquant le canapé du bout de son index.

Il me laisse seule dans la salle à manger.

J'observe, vite fait. Je ne suis pas observatrice, sauf quand ça me plaît.

Canapé en cuir, table basse en bois. Il y a une énorme bibliothèque, une tonne de bouquins, pas de télé en vue.

Gilles revient avec une bouteille de champagne.

Gilles ouvre la bouteille, verse le champagne dans deux grandes coupes.

— Je te le répète, lorsque je t'ai vue, il s'est passé quelque chose, je ne devrais peut-être pas te dire tout ça, pas envie que tu partes en courant, me dit-il en riant.

Je n'ai pas envie de partir, au contraire, ce ne serait que de moi, je resterais quelques jours supplémentaires.

— Tu as faim ? me demande-t-il.

— Oh oui, je réponds, un peu trop rapidement.

Il me regarde, encercle mon visage, caresse du bout de la langue ma lèvre inférieure, je défaille, j'ai le cœur qui vient de descendre entre mes jambes.

— Je me demande où tu mets tout ça, me susurre-t-il à l'oreille.

— Pardon ? je lui demande.

— Depuis que je te connais, je t'ai vue, non pas manger, mais plutôt dévorer.

— Ça doit être somatique, un truc dans le genre, il faudrait peut-être que je me calme, sinon je vais devenir obèse.

— Tu as de la marge, il me dit en se levant.

De la marge, tout est relatif. Je sais que je suis un peu en surpoids. J'ai certes perdu un ou deux kilos en quelques jours, je le sens bien, mais je suis loin d'avoir le corps des mannequins anorexiques qui se baladent sur le petit écran ou dans les magazines de mode.

Sur la table basse, Gilles dispose plusieurs assiettes remplies de charcuterie et de légumes. Le régime, on verra plus tard… merde, j'ai qu'une vie après tout, à croire qu'on nous nous prive de tout ce qui est bon sur terre, maudite frustration ; ne pas tromper son mari, ne pas manger trop de charcuterie, ne pas boire d'alcool, ne pas, ne pas, allez tous vous faire enculer…

Gilles regarde la boustifaille étalée là, devant nous…

— Produits du terroir, c'est l'avantage quand on est maire, on m'apporte plein de bonnes choses à grignoter, il me dit en riant avant de poursuivre. Moi, je n'ai pas très faim.

Je me sens presque mal de piquer des morceaux de saucisson, de jambon, de fromage, à la volée. Qu'est-ce que c'est bon. Rien à voir avec les produits lyophilisés ou sous vide, en vente dans les grandes surfaces.

— Tu aimes ça ? me demande-t-il en me regardant picorer.

Je ne me sens pas jugée. Lorsque je grignote de la sorte avec mon mari, Ludovic n'a de cesse de me faire des remarques désagréables pour me culpabiliser. « Tu devrais te remettre au sport », « cet ensemble te boudine », « quelle taille ? 44 ? Dire que je t'ai connue avec un petit 38… », bla-bla-bla…

— C'est succulent, je réponds en souriant.

— Bien… Et ton article avance comme tu veux ? il poursuit.

— J'ai pris des notes, puis beaucoup de photos, je rédigerai tout ça en rentrant, j'ai de quoi faire. J'adore ton village…

— Ça me surprend qu'à moitié, les gens qui viennent ici ne veulent plus en partir. Certains attendent avec impatience leurs vacances d'été et louent une chambre au mois à l'auberge, ou un bungalow dans le camping du coin.

On parle de tout et de rien, on comble notre malaisance avec des discussions sans importance.

— Je suis bien près de toi, Marie, j'ai l'impression de te connaître depuis toujours, me dit Gilles en s'approchant de moi.

Je me sens belle dans ses yeux.

Il encercle de nouveau mon visage, lentement. Il approche ses lèvres. Sa langue contre la mienne, sa main sur ma cuisse. Nos respirations s'accélèrent. Je m'approche un peu plus près encore, je me colle à lui.

— Viens, me dit-il en se levant et en me tendant la main.

Je le suis, intimidée, fragile, excitée, comme une adolescente lors de son premier rendez-vous amoureux.

Nous montons les escaliers, trop précipitamment, j'ai failli louper une marche, alors on éclate de rire… Si la vie pouvait tous les jours ressembler à ça… Je n'ai pas le souvenir de m'être déjà sentie aussi vivante. Sûrement parce que le bonheur présent fait oublier le bonheur passé...

Gilles pousse une porte, me plaque contre le mur, m'embrasse intensément en déboutonnant mon pantalon. Impatiente, je tremble en ouvrant sa chemise, je la fais glisser le long de son dos avant qu'elle ne tombe par terre.

Son torse est plus musclé que ce que je pensais. Je redessine le contour de ses muscles, ses pectoraux, ses abdominaux... Il soulève mon visage vers lui, il pince ses lèvres avant de m'embrasser de nouveau. Tout en laissant nos corps collés l'un contre l'autre, on se dirige vers le lit contre le mur du fond, juste à côté de la fenêtre ouverte aux persiennes fermées qui laissent passer la lumière chaude.

Le bruit des cigales... le bruissement du vent dans les feuilles d'un arbre... le chien qui jappe... sa main sur mon visage.

Debout devant le lit, il fait glisser mon pantalon. J'ai perdu l'équilibre lorsque j'ai levé la jambe pour qu'il puisse faire passer l'autre jambe. On rigole, encore, complices plus que jamais.

Je le respire. J'aime son odeur. Je deviens animale, instinctive et sauvage...

Il m'allonge sur le lit. Je suis en dessous dépareillés, j'ai presque honte de ne pas avoir choisi un soutien-gorge assorti à ma culotte. Mais ça n'a pas l'air de déranger Gilles qui me mange du regard. C'est tellement bon de se sentir désirée.

Comment cet homme si beau peut-il me trouver à son goût ?

Du bout des doigts, il caresse mon corps avec délectation. Je ne le dégoûte pas. Il n'attrape pas mes bourrelets pour me faire comprendre que mes rondeurs le dérangent. Ses lèvres sont gonflées, ses yeux brillent de malice et il n'a de cesse de me répéter que je suis belle et que je lui plais.

Mon corps, sous la pression de ses caresses, sous la chaleur de ses baisers, se liquéfie et coule par mon intimité. Je prends plaisir à le toucher, et à être touchée.

Nous nous regardons lorsque nous touchons les endroits qui font réagir le cerveau. Nous nous regardons même lorsque nous nous embrassons. Mes yeux dans les siens, mon plaisir ne fait que s'accroître.

Je voudrais pouvoir lui hurler que je l'aime, là, à cet instant.

Je le sens, le renifle, le lape.

Je n'ai aucune gêne à exprimer mon désir par les mots et par les ondulations de mon bassin. Puis, n'en pouvant plus de cette attente qui me rend dingue, je lui susurre : « Je t'en prie, baise-moi, fais-moi jouir. » Les mots sont sortis sans que je ne puisse les retenir. Gilles éclate de rire, pas un rire moqueur, mais un rire de bienveillance.

Son regard devient encore plus profond, je fonds.

Il s'allonge sur mon corps et guide son sexe à l'intérieur du mien.

Dans une bulle métaphysique, dans un univers parallèle, je flotte, je rêve les yeux ouverts. J'ai l'impression de ne former plus qu'une seule et même personne, ainsi soudée à mon amant. Mythe de l'Androgyne de Platon…

Mes larmes montent et c'est en hurlant de jouissance que mes sanglots se libèrent.

Je viens d'atteindre l'orgasme ultime.

Il me serre contre lui. Me caresse les cheveux. Mon corps tremble. Nos peaux sont moites, je suis heureuse.

Il n'y a rien de meilleur que de faire l'amour avec une personne qu'on aime en vrai.

***

J'ai joui à plusieurs reprises, comme ça, dans la chaleur étouffante d'une fin de journée d'été.

***

Ma tête collée contre sa poitrine, il me caresse les cheveux, je n'ai plus envie de partir.

J'ai l'impression d'être tombée dans le vide, sans parachute, mais rien de dangereux, au contraire, la chute est agréable, mon corps en apesanteur.

Alice glisse…

RIZ BLANC ET POISSON CRU

Deux jours loin de ma vie quotidienne. Deux jours, qui changent tout, transforment tout. Mais tout a une fin. Je viens de me réveiller d'un rêve agréable, moi qui aurais voulu dormir encore, encore, et ne jamais me réveiller. Retour brutal à la dure réalité, y a pire, j'sais bien…

Je suis rentrée à la maison, le cœur lourd, en promettant à Gilles que je reviendrai rapidement. Il m'a dit : « Prends ton temps, ne précipite rien, je saurai être patient. » Ça m'a rassurée.

***

Pour changer, Ludovic est avachi sur le canapé. Sa chemise est ouverte, son ventre dépasse de son pantalon. Il a posé ses chaussures en vrac dans l'entrée. Il a les pieds sur la table.

Je pose mon sac au sol et ma veste sur le dossier de la chaise. Je ne quitte pas mes chaussures, le carrelage est cradingue…

Ludovic a mangé des pâtes. Je ne sais pas quand exactement, hier ? À midi ? M'en fous, après tout. Dans la casserole, il reste un bloc de spaghettis trop cuits. L'eau a débordé, la gazinière est recouverte d'une mousse blanchâtre séchée. Une bouteille de vin rouge ouverte, presque vide, est posée sur la table à côté de son assiette aux traces de ketchup et de mayonnaise, il aime les sauces, Ludo. Sur la table, il y a aussi des papiers, des prospectus et des enveloppes déchirées. La vaisselle n'est pas faite ; bols, verres, couverts, en vrac dans l'évier.

Il me regarde, les yeux vitreux. Il me dit : « Salut. Alors, ta fin de séjour chez les ploucs ? » Mais quel enfoiré. À part juger, il ne sait pas faire grand-chose. Il me donne une raison supplémentaire de ne pas culpabiliser.

À la télé, le journal de 20 heures, actualités suicidaires.

***

Je pensais que ce serait beaucoup plus difficile que ça. Je ne pensais pas que je serais capable de le regarder dans les yeux et lui parler avec autant d'aisance, comme si de rien n'était.

Je regarde le bordel dans la maison, il n'a rien fait, il n'a pas sorti les poubelles, rien, rien n'est fait, je vais devoir tout nettoyer, mais je n'ai pas envie. J'ai juste envie de me retrouver seule, juste seule pour un peu travailler et beaucoup rêver.

Ludovic boit sa bière, avachi sur le canapé.

Je suis infidèle et je ne culpabilise pas. Ce n'est pas si terrible que ça d'être infidèle. Ludovic m'a souvent dit : « Les gens qui trompent sont des hypocrites, des lâches, des menteurs. » Je suis hypocrite, lâche, menteuse, et je m'en fous littéralement.

Nous sommes faits de peau, de viscères, d'envies, de désirs. À quoi bon se priver ? La vie est si courte, autant en profiter.

Maudit poids de notre société judéo-chrétienne qui nous empêche d'avancer, de faire, de dire et d'exister. Nous portons sur nos épaules un trop lourd fardeau, un énorme poids de « je ne dois pas ».

Non, je ne veux me priver de rien, je ne veux rien regretter non plus, comme le disait si bien la Piaf. Je veux vivre, respirer, danser, chanter et surtout exister, comme le disait Dalida. Je crois qu'il est temps pour moi d'arrêter d'écouter « Nostalgie »…

Comme une ado qui fume dans les toilettes du lycée, je me planque pour écrire à Gilles. Les fesses posées sur la lunette des toilettes, je tape sur mon écran tactile en souriant bêtement, comme je le faisais il y a quelques jours encore avec Fred. Mais avec Gilles, c'est différent, c'est différent parce que 1) je ne l'ai pas rencontré sur Internet, et pire encore, sur un site libertin, 2) parce que je l'ai vu en vrai, 3) parce que je connais le goût de ses baisers.

Peut-être que Sophie a raison lorsqu'elle me dit que je devrais faire attention. Peut-être que je suis en train de vivre une sorte de mutation. Je suis doucement sortie de mon cocon. Maintenant que je suis un papillon, je risque de me brûler les ailes. Mais si je n'essaie pas, si je ne me lance pas, je ne saurai jamais ce que ça fait de voler.

***

J'ai faim, encore faim.

— Ça te dit un japonais ce soir ? je demande à Ludovic en retournant dans le salon, le portable plaqué dans la poche de mon pantalon.

Je sais bien que Ludovic n'aime pas les produits asiatiques, mais moi, j'ai des envies de sushis. Il tape sur son ventre, me regarde.

— Pourquoi pas, tu veux qu'on sorte ?

Lui qui ne m'invite jamais, ça me surprend un peu.

— Non, je te laisse ranger et je vais prendre à emporter, je lui réponds en sortant de l'appartement.

J'aurais pu commander par téléphone, mais j'ai besoin de marcher…

Je me dirige lentement jusqu'au restaurant japonais à l'angle de la rue. Je rêve les yeux ouverts. Je regarde mon portable toutes les trois secondes. J'envoie des ondes à Gilles : « *Envoie-moi un message, envoie-moi un message.* »

Je passe devant la boulangerie sans même la voir. Puis, au fur et à mesure que j'avance, mon sourire s'efface.

Temps pur ennemi.

Que fait Gilles ? Pourquoi ne me répond-il plus ?

Je marche encore, je traîne les pieds, je sens les petits gravillons glisser sous la semelle de mes chaussures.

Je rentre dans le restaurant. Une Japonaise m'accueille tout sourire.

— Sur place ou à emporter ? me demande-t-elle avec un léger accent.

— À emporter, je réponds.
— Vous pouvez repasser dans 40 minutes, qu'elle me lance.
— Je préfère attendre ici avec un Perrier tranche, je dis.

Je m'assois devant le comptoir et j'attends. Je patiente, immobile, le téléphone à la main. J'entends le cuisinier s'activer. La serveuse fait de tout petits pas pour servir les deux clients qui discutent silencieusement. Elle m'apporte mon Perrier.

Gilles ne se décide pas à m'appeler, me voilà dans le rôle tant redouté de celle qui s'accroche, qui harcèle, qui « appelle ».

— *Allô ? C'est moi*, je dis doucement, comme si quelqu'un pouvait surprendre ma conversation.
— *Bonjour, Marie, ça va ?*
— *Oui et toi ?*
— *Oui, beaucoup de travail, tant mieux, ça m'évite de trop penser…*
— *T'as peur de trop penser ?*
— *À toi ? Oui. Je n'ai pas envie de savoir comment ça se passe avec ton mari, j'ai envie que tu reviennes ici…*
— *J'aimerais…*
— *Alors reviens.*
— *Je ne peux pas.*
— *Tu fais quoi ?*
— *J'attends mes plats à emporter.*
— *Tu vas manger avec Ludovic ?*
— *Oui.*
— *OK…*
— *Et toi ?*
— *Rien de bien excitant, je vais voir mes parents.*
— *OK…*
— *On se voit quand ?*
— *Je ne sais pas.*
— *Je te manque ?*
— *Terriblement.*

— Madame, c'est prêt, me lance le serveur dans un mauvais français.

— *Je dois y aller*, que je dis à Gilles.

— *Oui… Bonne soirée, Marie.*

J'aurais voulu lui dire qu'il me manque à m'en taillader. J'aurais aimé oser lui dire que je suis prête à tout pour le rejoindre. J'aurais aimé être dans ma voiture, là, en ce moment, et faire la route qui me mène jusqu'à lui. J'aurais aimé lui dire tellement de choses. Je n'ai rien dit.

Je traîne des pieds, mes sachets ballotent dans ma main droite. Revoir Gilles. J'ai envie d'entendre les cloches de la vieille église sonner, sentir son corps au parfum boisé, me délasser sur sa terrasse en écoutant le chant des cigales…

Une larme glisse sur ma joue… Je suis angoissée. Je n'ai pas envie de rentrer chez moi, pas envie de rester avec Ludovic, j'ai envie de partir de cette maison, de cette vie qui m'oppresse. Ma place n'est plus près de mon mari.

Le vent se lève, le ciel s'assombrit. Au loin, l'orage gronde, il ne va pas tarder à pleuvoir.

J'arrive à la maison, je pose les sachets de nourriture sur la table basse du salon. Un éclair illumine la pièce, ça claque, ça résonne, ça pète. L'impression de me retrouver dans un film d'horreur. Manquerait plus que Ludo pète un câble et décide de me tuer, comme ça, comme le font tous les dérangés dans les films à succès.

L'homme déteste manger sur la table basse du salon. Il disait : « Ce n'est pas une position pour manger, quand tu seras vieille, ton dos sera courbé et tu auras des douleurs. » Je m'en fous des douleurs.

Je regarde l'homme et je dis, en indiquant la petite table basse : « Ce soir, nous mangerons ici. » Je n'aurais pas pensé que c'était si simple de s'imposer.

L'homme avait toujours quelque chose à dire, moi je baissais les yeux et j'obtempérais. Mais quelle idiote. Je me taisais, car je déteste les conflits et que je ne vois pas l'intérêt de me disputer à cause du lave-vaisselle que je n'aurais pas rangé ou à cause de petites bêtises.

C'est peut-être ma faute, en fait, si notre couple va si mal. J'aurais dû moins céder à ses caprices. Non, en fait, ce n'est pas ma faute. Je ne l'aime plus. C'est la faute à personne, c'est la faute au temps qui passe, la faute à la monotonie… Je n'ai pas envie de me battre.

L'homme vient s'asseoir près de moi sur le canapé, le *dos courbé*. Il ouvre les sachets de nourriture, il dit : « Merci… c'est une excellente idée, ce japonais. » Je souris parce qu'il faut sourire. Je souris pour lui faire plaisir.

Nous voilà à manger, tous les deux, en silence, devant une émission débile. Puis Ludo se met à pouffer de rire à la suite d'une blague pas drôle. Comme d'hab.

Il ouvre la bouche pleine de riz blanc et il me regarde, et il me dit : « J'adore cette émission. » Je regarde la bouche pleine de riz blanc, puis je regarde l'émission. Je n'ai rien à faire ici.

Ludo mange bruyamment. Il me dit : « Ça va ? » Je hoche la tête de haut en bas en esquissant un sourire. Il ne cherche pas à en savoir plus. Il m'a dit « il faut qu'on parle », lorsque nous étions à l'hôtel, il a dû oublier, une fois de plus.

Après manger, il débarrasse la table. Pour une fois…

Je le regarde débarrasser. Il continue de mâcher et il sourit comme un niais, les yeux fixés tantôt sur les barquettes en plastique vides, tantôt sur l'écran. Deux inconnus familiers. C'est pathétique.

Je reste quelques minutes silencieuse, mon ventre gargouille. Ludo me prend la main, l'embrasse. « Je t'aime », qu'il me lance.

Je cours aux toilettes, je vomis mon riz blanc et mon poisson cru…

— Tu es malade ? me demande-t-il lorsque je reviens au salon.

— J'ai dû attraper froid, je lui réponds.

TOUT ARRIVE À POINT À QUI N'ATTEND PLUS

Salle d'attente. Les magazines sur la petite table basse sont éparpillés ; magazines de mode, de santé, de psychologie ; magazines *Auto Moto*, *Chasse & Pêche* ; magazines pour les enfants et les adolescents.

Une vieille, recroquevillée sur sa chaise, toussote, crachote dans un mouchoir en papier qu'elle met en boule sous sa manche gauche. Elle porte une longue jupe bleu marine qui recouvre ses genoux et découvre ses mollets habillés de mi-bas noirs, à ses pieds des chaussures avachies et déformées. Elle tousse de nouveau, reprend son mouchoir, crache dedans et le place de nouveau sous sa manche. Je n'ai pas envie de vieillir, je n'ai pas envie de cracher dans des mouchoirs en papier.

Au fond, près du mur, il y a la mère de famille éreintée, les yeux cernés, la bouche pincée, qui porte son bébé sur les genoux. L'enfant ne bouge pas. Il reste immobile dans les bras de sa mère fatiguée. Il tète une sucette ronde qui lui remonte le nez. Il regarde autour de lui, ses yeux sont vitreux, ses joues rouges ; par moments, il ferme un peu les yeux avant de les ouvrir en grand, comme pour lutter contre la fatigue fiévreuse. Il regarde de nouveau sa mère. Sa mère dit : « Dors un peu, mon ange. » Sa mère caresse le front de l'enfant. Je n'ai pas envie de devenir mère…

Le médecin rentre dans la salle d'attente. Il a plus de trente minutes de retard. Le docteur appelle la mère et l'enfant. La vieille regarde la mère et l'enfant et dit au docteur : « J'étais là avant. J'avais rendez-vous il y a déjà quarante minutes. » Alors, la maman s'assoit avec l'enfant fiévreux et dit : « Allez-y, Madame. » Sans aucune culpabilité, la vieille se lève, tousse, tousse,

tousse, ne remercie pas la mère. Elle s'approche du docteur, ne lui serre pas la main. « J'aurais pu mourir dix fois. Cette attente est insupportable », qu'elle lance au médecin sans même le regarder.

Je n'ai pas envie de devenir une vieille connasse égoïste.

Les vieux sont des égoïstes. À croire qu'en vieillissant, on se focalise sur notre propre personne, certainement parce que tous nos proches foutent le camp et qu'on finit par se rendre compte qu'on naît seul et, de ce fait, qu'on meurt seul, alors autant prendre le temps qu'il nous reste pour polluer celui des autres ; comme les autres ont pollué le nôtre durant notre courte existence.

Je prends un magazine, je le feuillette, je le repose. Je patiente. Il n'y a que ça à faire, « patienter ». J'ai faim. J'ai petit-déjeuné comme un ogre, trop certainement, mais j'ai de nouveau l'estomac vide. J'ai vomi mon petit-déjeuner un quart d'heure plus tard. C'est pour ça que je suis là. Pour que le médecin me prescrive quelque chose qui me calme un peu. Je suis trop nerveuse, trop absorbée par ce qu'il se passe dans ma vie. Un petit cachet, juste un petit cachet pour m'aider à me prendre en main et calmer mes peurs et mes névroses.

Gilles me manque. Il n'est pas de ceux qui écrivent des pavés par SMS, il n'est pas de ceux qui passent leur temps à téléphoner à l'autre pour lui dire qu'il est amoureux. Son amour, il le prouve différemment. Il le prouve par une main tendue en disant « on y va », il le prouve avec ses yeux qui brillent, il le prouve avec son rire franc.

« C'est toi qui m'appelles, moi, je ne le ferai pas, car je ne veux pas t'attirer de problèmes. Puis, entre nous, je préfère t'avoir au téléphone quand je sais que c'est toi qui en as envie », m'avait-il dit lorsque j'étais en train de m'habiller, les fesses posées sur son lit défait imprégné du parfum de nos corps mélangés. Il sait que je n'aime plus Ludo, mais il sait aussi qu'il me faudra un peu de temps pour mettre de l'ordre dans ma vie.

Je lui envoie un message le matin, dès que je me réveille. Je lui laisse des messages vocaux sur son répondeur, pour lui parler de tout et surtout de rien, juste pour le plaisir d'entendre sa voix, même si elle est enregistrée ; ça m'apaise, me tranquillise, me fait oublier ma vie pathétique.

Les minutes passent. La salle d'attente se vide. Je suis seule, seule sur cette chaise à l'assise trop dure. Les médecins devraient investir dans des canapés confortables. Les corps malades seraient plus à l'aise s'ils pouvaient s'allonger ou s'étirer.

Au milieu des magazines, il y a un livre, un livre à la couverture cornée et abîmée, aux pages jaunies par le temps, à l'odeur de vieille malle en bois dans un grenier.

J'ouvre le livre au hasard, j'aime bien ouvrir les livres au hasard et lire quelques passages à la volée. Quand je choisis un livre, je commence toujours par la fin, pour tuer le suspens, pour que mon esprit ne se laisse pas parasiter par l'idée d'une fin terrible. « *Tu dois certainement avoir perdu la tête pour m'aimer autant, à moins que tu joues un jeu, un rôle, qu'en sais-je. Tu me tiens prisonnière, prisonnière sans le vouloir, à moins que tu saches pertinemment ce que tu fais. Après tout, peut-être m'aimes-tu vraiment ? J'ai ce besoin constant de me tourner vers les autres, je t'abandonne un peu. C'est comme ça. Je me tourne vers ces autres, juste pour savoir si on peut m'aimer autant que ce que toi tu peux m'aimer. Puis il y a le danger aussi, le danger de te perdre, définitivement.* » Je referme le livre. Je le jette au milieu de magazines. J'ai envie de dormir.

Je me sens complètement vidée, lessivée. Ce que je vois ne ressemble pas à ce que mes yeux percevaient hier, comme si une sorte de filtre oculaire venait de se désintégrer. J'ai les mêmes symptômes que lorsque j'étais tombée en dépression… dépression nerveuse, dépression saisonnière, dépression post-orgasmique.

***

Il a ouvert la porte du cabinet. Il m'a dit : « Alors, Marie, que vous arrive-t-il ? » J'ai dit : « J'ai des crampes d'estomac, des nausées incessantes, des vomissements également. » Puis je me suis déshabillée ; puis il a touché mon ventre ; puis il a palpé mes seins. Puis il m'a dit : « À quelle date remontent vos dernières règles ? » Je ne sais pas, je ne sais plus. Elles sont rarement régulières. « Il y a quelques semaines, je ne sais plus… Je ne les note plus depuis que… enfin, vous savez… »

Il y a quelques années, je notais mes premiers jours de règles pour connaître mes dates d'ovulation. « Les dernières règles que j'ai eues n'ont duré que deux jours et n'étaient pas abondantes », je dis. Il m'a souri et il m'a dit « Je vois, je vois… Eh bien, il y a de grandes chances pour que le grand jour soit enfin arrivé. » Quel « grand jour », de quoi parle-t-il ?

« Il me semble bien que vous êtes enceinte, Marie », m'a dit le docteur avec un large sourire.

Tout a basculé. Ludo, la maison, les potes, Gilles, le « grand jour ». Avant de savoir que le sperme de Ludo était feignant, et que ce dernier m'avait dit « je veux un enfant de toi », j'avais répondu « pourquoi pas ». Je m'imaginais avec un bébé dans les bras, en train de le câliner, de lui chanter des berceuses et tout et tout. Puis je l'imaginais en train de grandir, de rentrer à l'école maternelle, le primaire, le collège, le lycée, la fac ; j'imaginais qu'il deviendrait quelqu'un de bien, quelqu'un de fort, quelqu'un de confiance, quelqu'un d'exceptionnel. Je m'étais préparée à tomber enceinte. Ensuite, il y a eu la dégringolade, l'attente insupportable, le couple qui décline, le sperme infertile. Ludo qui devenait de plus en plus individuel, égoïste, chauve et qui se laissait aller. Puis je n'ai plus du tout voulu tomber enceinte. Je me suis faite à l'idée que je n'aurais jamais d'enfant. J'en étais là, « à ne plus vouloir d'enfant ». Le jour où je décide de reprendre ma vie en main, de m'essayer à la liberté, boum, ça me tombe sur la gueule. Expérience de vie… avortée.

Le docteur a souri, il était heureux pour moi. Il ne sait rien, docteur Henry, il ne sait pas que je n'aime plus Ludo, il ne sait pas que je suis amoureuse de Gilles, il ne sait pas que je ne veux pas d'enfant, il ne sait pas que je pense à l'avortement, moi qui ai attendu des années pour avoir un enfant.

Docteur Henry a annoncé à Ludo que son sperme n'était pas assez costaud pour « percer » l'ovule.

En face de lui, devant son grand bureau aux dossiers soigneusement classés, je l'ai regardé, puis, je ne sais pas pourquoi, je me suis mise à lire les petits bouts d'ordonnances de ses patients qui dépassaient d'un dossier, chemise bleu marine cartonnée. Une certaine madame Clémentine devait faire des analyses sanguines. Clémentine, c'est beau comme nom de famille, je me suis dit.

« Ça va, Marie ? », m'a-t-il demandé. J'ai regardé la photo de famille derrière lui ; sa femme souriante, lui, le bras autour du cou de son aimée, le petit garçon et la petite fille sagement assis devant les parents, la photo a plus de vingt ans.

« Ça va ? », m'a-t-il redemandé, cette fois un peu plus inquiet. J'ai inspiré un grand coup, je pensais que je pourrais me maîtriser, mais je me suis trompée. C'est lorsqu'il m'a dit « Marie ? Ça va ? » pour la troisième fois que je me suis mise à pleurer, pleurer. Il a rigolé, il m'a dit : « C'est normal que ça vous mette dans cet état-là, vous l'attendiez depuis tellement longtemps. » J'aurais pu lui dire que je ne voulais plus de l'enfant. J'aurais pu lui dire que je n'aimais plus Ludo, que je voulais être libre, que j'avais rencontré quelqu'un. Mais j'ai eu peur, j'ai eu peur du jugement, des réflexions et tout et tout, alors j'ai juste dit : « Oui, ça doit être ça. »

Docteur Henry a griffonné le nom de quelques médicaments anti-vomissements, antidouleurs et des prises de sang sur son ordonnancier.

En sortant du cabinet, je suis allée à la pharmacie. Je ne parvenais plus à penser, comme si mon esprit trop chargé venait de subir un bug cérébral. Je me suis sentie vide, même pas triste, même pas en colère, juste vide. Y a-t-il quelque chose de pire que le vide ?

J'ai pris leur test « Clearblue », faut bien que les pubs qui nous polluent le cerveau en passant en boucle sur notre petit écran servent à quelque chose.

Je suis rentrée chez moi. Je n'ai pas embrassé Ludo en rentrant. Je ne l'ai même pas vu. Je me suis enfermée dans les toilettes. J'ai baissé ma culotte. Je me suis assise. J'ai sorti la bandelette. J'ai uriné sur la bandelette. J'ai regardé la bandelette.

Puis j'ai attendu, j'ai attendu avec le stress qui me tordait les boyaux. Et j'ai vu sur la bandelette. J'ai vu que j'étais enceinte.

***

Pendant longtemps, j'ai cru être amoureuse de Ludo. Je l'étais peut-être, au début. Longtemps, Ludo a cru être amoureux de moi. Il l'était peut-être, au début. Certainement que nous étions amoureux. Évidemment que nous étions amoureux. Pas longtemps, mais nous l'avons été.

Au bout de quatre ou cinq ans, on a commencé à se laisser aller.

Rétrospection.

De ma naissance à mes dix-huit ans, j'ai vécu avec mes parents. Ils sont cools, mes parents, j'étais libre de sortir avec les copains et les copines tant que j'avais de bonnes notes à l'école et que je réussissais mes examens. Ensuite, j'ai rencontré Jules, mon deuxième amant, on s'est très vite installés ensemble. On faisait tout et n'importe quoi. On sortait tous les soirs où on invitait les amis à la maison. C'était un chouette type, Jules, un peu paumé, mais chouette. Il avait une philosophie de vie hédoniste. Il m'a appris à gérer la jalousie en me disant que ça ne servait à rien, il m'a appris à écouter mes pulsions, mes envies et mon instinct. C'était mon meilleur ami, mon confident, mon frère, mais on s'est quittés, car on était trop jeunes, car on avait fait le tour de nos expériences. On a continué de se fréquenter en bons copains, puis il est parti au Pérou. Je reçois encore, chez mes parents, des cartes postales de lui. Il m'envoie les paysages, les visages des gens qu'il croise, il me raconte son évolution. La première semaine qu'il avait passée là-bas, il m'avait dit qu'il réussissait à voir les choses différemment, qu'il se sentait transformé de l'intérieur. Qu'il faudrait que je prenne le temps de faire ce voyage au moins une fois dans ma vie. Il termine toujours ses lettres par : « Sois heureuse, fonce, tout est possible, crois-moi petite sœur. » Dans Mon Pérou, il y a un maire charmant qui s'appelle Gilles.

Ludo ne sait pas que je continue à avoir des nouvelles de Jules, il est trop jaloux. Ludo, il n'aurait pas supporté. Il n'est pas aussi évolué que Jules, un jour peut-être le sera-t-il, mais j'en doute.

Avec Ludo, je me suis « posée ». Et tout s'est enchaîné. Le boulot, le mariage, l'achat de la nouvelle voiture, l'achat de la maison. Crédit sur trente ans… Le gosse, bien sûr qu'on en voulait un, comme tous les couples « posés ». Positions sexuelles à la « papa maman ». Position « enfonce-moi ta queue », trois va-et-vient et hop, c'est terminé. Et parfois, juste un petit coup vite fait pour que je puisse avoir la paix. Un coup vite fait qui ne s'éternise pas. Un « coup vite fait » et j'étais tranquille pour le reste de la semaine, jusqu'à ma prochaine période d'ovulation.

Puis, il y a eu les analyses pour comprendre l'enfant qui n'arrivait pas. Il y a eu les pleurs à chaque règles, il y a eu la dégringolade du couple.

J'ai un grain de sable planté dans ma chaussure. Que dois-je faire ?

FOULE SENTIMENTALE

Il n'y a rien de plus compliqué que les sentiments humains. Lorsque l'autre s'attache, on se détache, lorsque l'autre se détache, on s'attache. Rien d'animal là-dedans. Juste une question d'égo, de possessivité ; juste une question d'appartenance et d'exclusivité.

Je ne savais pas que ma vision changerait autant après avoir franchi le cap « insurmontable » de l'adultère.

Je regarde Ludo. Je regarde la maison dans laquelle je vis. Je pense à nos amis. Je pense à l'argent. Je pense à un tas de trucs. Je pense à Gilles. Je pense au futur-inconnu.

Ludo ne sait pas que dans mon ventre, une partie de lui est en train de se « construire ». L'avortement, j'y pense, puis j'oublie. Il a fallu d'une fois, une petite fois ; une goutte suffit, comme le produit vaisselle… Ça faisait plus de deux mois qu'on n'avait pas accompli l'acte amoureux. Quelques gouttes de sperme, tout aussi infertile soit-il, une période d'ovulation, un coup de malchance, hop là, l'ovule est fécondé.

Je me souviens de ce soir-là, le coup du « vite fait mal fait ». Début de ma réelle prise de conscience, en avril… On avait pris un bon apéro, on avait débouché des bouteilles, l'alcool nous a aidés à retrouver cette complicité que le temps nous a fait oublier. On avait rigolé, on s'était embrassés, il m'avait sautée, je n'avais pas joui, deux minutes chrono, merde… deux petites minutes.

Je pleure. Je traîne en pyjama toute la journée et ces nausées qui n'en finissent pas.

L'homme passe son temps devant la télé. Et moi, j'erre comme un zombie en lâchant de temps à autre un « t'as faim ? », un « tu veux manger quoi ? ».

J'ai tellement mis de côté ma vie depuis que je suis avec Ludo que je ne parviens plus à savoir ce qui est bon ou pas pour moi…

***

Neuf heures du matin, je suis seule dans la maison. Je me suis levée, fatiguée. À peine ai-je terminé mon bol de café que tout est remonté. J'ai à peine eu le temps de courir aux toilettes. Tout est tombé sur le sol, jet de dégueulis. Et j'ai pleuré. Et j'ai hurlé.

***

Le téléphone sonne.
— Salut connasse, ben alors plus de nouvelles, ça va ? me demande Jess…
Ça faisait pas mal de temps que je n'ai pas eu mes potes au téléphone. Pas envie de voir du monde. Pas envie de parler. Je me sens mal. Je vois tout en noir, je suis déprimée. C'est dingue à quel point parfois on peut vouloir quelque chose et lorsque la « chose » arrive, on n'en veut plus. Mais bébé est là qui grandit. Et moi, je ne vais pas bien.
— Salut, Jess…
— Alors, je viens aux news un peu…
— …
— Marie ?
— … Ça va…
— Non, ça ne va pas… je l'entends que ça ne va pas.
— … Si, ça va…
— Arrête, Marie, bordel…
— …
— Marie ?
— … J'suis enceinte.
— De qui ? …
— Sois pas con… C'est la merde.
— Tu ne le veux pas, ce gosse, hein ?

— Non… puis Gilles me manque…
— Gilles ? C'est le maire ?
— Oui…
— J'arrive.

Elle ne me laisse pas le temps d'essayer de lui faire changer d'avis. Elle a raccroché. Alors j'attends Jess en pyjama devant ma télé éteinte.

***

Jess arrive sur les coups de onze heures. Je lui dis : « On va marcher ? »

J'ai enfilé un vieux jog et on est sorties marcher.

Il faut sortir marcher, trente minutes.

Il faut manger cinq fruits et légumes frais.

Il ne faut pas abuser de l'alcool, il ne faut pas fumer.

Je sors marcher avec Jess pour m'aérer.

Jess me dit :

— Bon, alors, dis-moi tout.

Alors je raconte tout à Jess. Je raconte Gilles, Ludo, le bébé. Elle ne me parle pas. Elle reste silencieuse. On marche encore quelques mètres. Puis elle s'arrête. Je me tourne vers elle. Elle me dit :

— T'es heureuse, Marie ?
— Je ne sais pas.
— Que vas-tu faire avec Gilles ? Avec Ludo ?
— Je vais dire à Gilles que c'est fini, il comprendra. Ça ne rime à rien tout ça.
— À d'autres, pas à moi, s'il te plaît. C'est la grossesse qui t'a fait changer d'avis.
— Évidemment…
— Marie ? Es-tu heureuse ? me répète-t-elle.
— … Je devrais l'être. J'ai tout, aujourd'hui.
— Non… tu n'as pas tout. Mais tu fais des choix.
— Voilà, je fais des choix, car je n'ai pas le choix.

— Je suis là... je serai toujours là pour toi...
— Je sais, Jess.

On a continué de marcher. On est passées devant la boulangerie. Il n'y avait pas d'amoureux sur le banc.

Il fait gris. Jess me dit :

— On va se rentrer, sinon on va se prendre une radée. »

Elle éclate de rire. Son rire me fait du mal. Son rire de vie me déchire.

— Tu l'as dit à Ludo ? elle me demande.
— Non, pas encore, j'sais pas quoi faire... je réponds.
— Tu veux venir à la maison ?
— Ça ne rimerait à rien...
— Tu veux que je reste chez toi ?
— Pour que Ludo te tue dans ton sommeil ?
— T'es conne, toi, je te jure... J'sais pas quoi te conseiller, autant pour le cul, j'aurais les réponses appropriées, mais là, je pèche. La décision t'appartient...
— J'sais bien...

Puis Jess est partie.

✳✳✳

Je suis de nouveau seule face à moi-même, seule avec mon ennui. Gilles ne m'a pas appelée, je ne l'appellerai pas non plus, et pourtant, il me manque tellement.

Son visage, sa voix, ses manières, ses étreintes, ses baisers me poursuivent jour et nuit. Ma tête est remplie de son image.

Je suis amoureuse, il n'y a plus aucun doute là-dessus. Je pense trop à lui. Son absence me ronge. C'est moi qui ai décidé d'arrêter notre relation. Je l'aime à m'en taillader, je ne peux plus respirer. Ça peut paraître con de s'attacher à un être aussi rapidement. Je me suis attachée à lui car il me fait du bien, car on s'apporte mutuellement ce dont on a besoin... Ça peut paraître con de tomber amoureuse aussi rapidement... ça peut paraître con... c'est complètement con.

Je n'ai pas la force de rompre avec mon mari, car c'est le père de l'enfant.

Ça ne se fait pas de partir, de quitter le géniteur.

***

Bruit de pneus. Bruit de portière. Ludo parle avec son connard de copain, je vais craquer, je le sens bien. À peine passent-ils la porte que je me lève.

— Ludo, faut que je te parle… seul, je dis.

— Ça fait plaisir, bonjour l'accueil, dit Jean-Marc en soupirant.

— On se voit demain ? Ça m'a l'air sérieux, dit Ludovic à son copain en ouvrant la porte pour le faire partir.

***

Ludo et moi sommes assis sur le canapé. Nous sommes silencieux, je ne sais pas comment annoncer la chose. Ludo prend ma main, ma nausée me reprend.

— Ça va ? Parle-moi, me dit-il.

— Je suis allée voir le médecin et…

— Quoi ? il me demande, inquiet.

— Je suis enceinte…

Ses yeux s'écarquillent et se remplissent de larmes. Sa bouche reste grande ouverte. Il se lève d'un bond, il tient sa tête entre ses mains.

— C'est pas vrai, bordel, c'est pas vrai, je le savais, je le savais que tout finirait par s'arranger, quel bonheur, dit-il en riant et en pleurant en même temps avant de poursuivre. C'est sûr, n'est-ce pas ?

Je préfèrerais que ce soit une erreur, malheureusement ce n'est pas le cas.

— Oui, c'est sûr, je réponds.

— Oh, mon amour, notre vie va changer, on va être heureux, une vraie famille, on a tellement attendu, me dit-il en s'approchant de moi.

Je ne veux pas sentir son odeur. Je ne veux pas qu'il m'embrasse ni qu'il me touche. Je veux partir, m'enfuir, je veux vivre. Il pleure encore, il trépigne sur place.

— Depuis combien de temps ? me demande-t-il.

— Trois mois, je réponds.

— Trois mois, bordel… Mais tu n'avais plus tes règles ?

— Si, le mois dernier, un peu, mais le docteur m'a dit que ça arrivait parfois, malgré la grossesse…

— Je comprends mieux tes sautes d'humeur, tes maux de ventre et tes allers-retours constants aux toilettes. J'ai été stupide, au début, je pensais que tu avais un amant…

— Oui, c'est stupide, effectivement, je dis en soupirant…

— Dans six mois, nous tiendrons notre enfant dans nos bras, il faut penser à aménager la chambre et avertir nos parents… On a tellement de choses à faire.

ET TOUT REPREND SON COURS

« *Je suis désolée, j'aurais aimé que tout se passe différemment. Je ne t'oublierai jamais, Gilles.* » J'avais écrit en pleurant. Je me suis de nouveau ancrée dans ma petite vie banale à en crever, malheureuse, avec un enfant qui grandit dans mon ventre.

***

Je reçois un message de Ludo : « Salut ma chérie… J'espère que tu vas bien ce matin, je pense à toi, j'ai hâte de rentrer à la maison. As-tu envie de quelque chose en particulier ? »

Oui… j'ai envie de quelque chose en particulier… j'ai envie que tu me foutes la paix…

Ludo est aux petits soins depuis qu'il a appris ma grossesse. Ça ne change absolument pas mon non-amour. Les gens changent lorsqu'un évènement bouscule leurs petites habitudes ; décès, maladie, grossesse, héritage. Ils changent leur façon de penser, leur façon de se comporter, leur façon de voir les choses. Puis, une fois que l'évènement est passé ou digéré, ils redeviennent ce qu'ils étaient, ainsi va l'évolution, ou l'involution, qu'en sais-je ?

Ludo devient avenant, protecteur, oppressant plus que jamais. Il me dit : « Non, ma chérie, ne fais pas ça… Je vais m'en occuper. » Je ne suis pas impotente. Je suis enceinte, pas malade. Alors je fais semblant. Je fais semblant d'apprécier les petits gestes. Je fais semblant lorsque je dis : « C'est gentil. » Je fais semblant, car je suis mariée, car je suis enceinte, et que je suis faible… tellement faible.

J'ai peur que Gille m'oublie.
Je veux que Gilles m'oublie.

Je ne regrette pas ce que j'ai vécu avec lui. Je regrette juste de ne plus pouvoir le vivre. Je ne suis pas libre. Je dois faire des choix. J'ai fait un choix, celui de l'effacer de ma vie.

Alors, je reprends une vie « normale ». Une vie « normale » en attendant l'homme, le concepteur, le géniteur.

Il est tout sourire, heureux. Il a tout pour être heureux.

Il a la femme, même si elle s'éteint.

Il a la maison, même si elle n'est pas payée.

Il a la jolie voiture, même si elle n'est pas encore à lui.

Il a le bon salaire et le bon travail, même s'il peut se faire virer à tout moment.

Il a les gentils amis, qui peuvent lui tourner le dos demain.

Et il a... l'enfant à venir, pour la vie entière.

Il a fallu avertir la famille. Je m'attends à ce que sa mère tombe dans les pommes et que son père sorte des réflexions à la con.

Le dîner avec les parents de Ludo est programmé. Et moi, je me laisse aller. Mais Ludo ne me dit pas que je deviens grosse, que mes cheveux sont sales, que je devrais me maquiller. Ludo me dit : « T'es belle, ma chérie. »

***

Nous voilà tous réunis, youpi. C'est difficile de se retrouver entourée de la famille, surtout lorsqu'on ne désire qu'une seule chose : la paix. Difficile d'avoir près de soi un mari qu'on ne désire plus et un enfant qu'on ne veut pas.

Il me faut supporter les étreintes, les félicitations hypocrites, les « on devrait l'appeler Désiré », comme si j'allais les laisser choisir le prénom de mon enfant. J'ai supporté les « tu as bonne mine », « ce sera un garçon, tu le portes déjà bien haut ». Ludo est toujours aux petits soins. Il caresse mon ventre et me dit : « Ils ont raison, ce sera un petit bonhomme... » Le père de

Ludo prend par les épaules son fiston et lui dit : « Oui, un futur footballeur. »

Réveillez-moi, je suis en plein cauchemar.

***

Je n'ai plus de nouvelles de Gilles.

***

La famille de Ludo intervient sur la vie de l'enfant avant même qu'il voie le jour. Ils lui inventent une vie. La mère de Ludo dit :

— Et comment vous allez l'appeler, puisque Désiré ne te plaît pas, Marie ?

— Je n'en sais rien. Je ne sais pas si ce sera une fille ou un garçon, et j'ai dit à Ludo que je ne voulais pas connaître le sexe de l'enfant, je réponds.

— Quoi ? Tu ne veux pas connaître le sexe de l'enfant ? dit sa sœur, surprise.

— Non… je réponds en buvant une limonade pas fraîche.

— Mais il faut connaître le sexe de l'enfant, pour les cadeaux, pour la décoration de la chambre, elle me dit.

— Je ne veux pas… Je me moque de savoir si c'est une fille ou un garçon, c'est un être humain avant tout, tant qu'il est en pleine forme et qu'il n'a pas d'anomalie, c'est l'essentiel.

— Oh oui, je comprends bien, dit sa mère.

La famille est aux petits soins pour moi. Cet enfant, s'il naît garçon, perpétuera le nom de la famille. Cet enfant qui commence à être adulé et vénéré comme un Dieu.

La sœur me dit : « Repose-toi un peu. » La mère me prépare de bons petits plats. Et on pose les mains sur mon ventre rond de graisse et non à cause de la grossesse. Les femmes me disent : « Bientôt, tu le sentiras bouger. C'est magique de sentir la vie grandir en soi, ça ressemble à de petits battements d'ailes de papillon, c'est trop mignon. »

Je ne comprends pas pourquoi les gens passent leur temps à vouloir me toucher, à vouloir sans cesse violer mon cercle intime. Mais je ne dis rien, je ne dis pas que toutes ces mains sur mon ventre me dérangent.

« *Soulève ton pull pour voir un peu, tu t'arrondis… C'est tellement beau.* »

En rentrant, j'ai préparé du poulet au safran. Il n'y a rien de bien excitant dans ma vie en ce moment. J'ai fait un brin de ménage et Ludo est heureux comme un coq en pâte ; sa petite femme est à la maison, elle est sage, elle ne sort pas, elle fait le ménage, elle prépare à manger. Comme avant la tempête…

Suis-je dans l'œil du cyclone ?

ET LES JOURS DÉFILENT, LA VIE AVEC

Septembre.

Les nausées me reprennent. Ces premiers mois de grossesse m'ont fait plus de mal que de bien. Un véritable calvaire. Je la vis mal, cette grossesse, je somatise en vomissant, je somatise avec mes aigreurs d'estomac, mes sautes d'humeur, ma sensibilité exacerbée, je suis malheureuse.

Ce soir, Jess me « sort », pour me faire « du bien », m'a-t-elle dit. Elle ne m'a pas laissé le choix. Je le vois bien dans ses yeux tristes qu'elle a pitié de moi.

Je me suis remise à écrire. Enfin, « écrire » est un bien grand mot. J'écris des trucs débiles, sans importance, lisses comme ma vie. Des heures entières, je reste assise à mon bureau, à gratter du papier, à griffonner des idées sans queue ni tête et à jouer au basket-boulettes en visant la poubelle, tout ça rythmé par des contractions ventrales douloureuses.

Sophie me remonte le moral comme elle peut, elle aussi. Je sens bien qu'elle se force à trouver des trucs drôles pour me faire sourire, je sens bien qu'elle essaie de me divertir, je suis la pire des amies.

***

La journée passe lentement, trop lentement, la semaine passe lentement, trop lentement, idem pour les mois. Dormir, je ne pense qu'à dormir. Dormir pour mieux rêver. Dormir pour échapper à la réalité.

Penser une fois de plus à Gilles. Imaginer sa vie. Imaginer qu'il a rencontré quelqu'un. Je me fais constamment du mal, je me fais souffrir, je m'autoflagelle. Je suis une maso sentimentale et je ne fais rien pour me sortir de ce mal-être, au contraire, je le nourris. Plus j'ai mal, plus je souffre, plus je me sens vivante… full sentimentale.

Imaginer que Gilles parle avec une autre femme comme il parlait avec moi.

Imaginer ses lèvres sur la bouche d'une autre.

Imaginer ses mains sur le ventre d'une autre.

Imaginer que Gilles fait l'amour avec une autre femme.

Imaginer Gilles amoureux d'une femme libre.

Plus j'imagine Gilles amoureux, plus je l'aime, et moins je parviens à l'oublier. Les sentiments, c'est de la merde. Peut-être que tout n'était, une fois de plus, qu'illusion. Peut-être que Gilles ne m'aimait pas. Peut-être m'a-t-il oubliée.

Jess arrive avec un quart d'heure d'avance. Mes cheveux sont encore prisonniers de la serviette éponge. Je termine juste d'assombrir mes yeux sous un fard gris foncé et de *glosser* mes lèvres. Jess me dit : « T'es belle. » Je fais ce que je peux.

Je n'ai pas envie de séduire, je n'ai juste pas envie de ressembler à un thon dépressif, je me demande si les poissons ont des états d'âme.

Jess pince ses lèvres, pose une main sur mon épaule avant de me serrer contre elle. J'ai les yeux qui transpirent.

— Je suis énorme, je lui dis.

— T'es enceinte, ma belle, c'est normal. Tu vas voir, c'est formidable la grossesse.

— Ne commence pas avec tes conneries de super mère modèle, je lui dis en me séparant d'elle avant de continuer. La grossesse, pour moi, c'est la merde. Regarde-moi ce ventre, puis ces seins, je dis en pinçant mon ventre et en prenant dans chacune de mes mains mes énormes mamelles.

— Tu penses encore à ton maire ?

— Je ne vois pas le rapport…

— Il te manque. N'as-tu pas essayé de le contacter ?

— Tu ne veux pas lâcher l'affaire ? Je t'ai dit qu'il fallait que je passe à autre chose. Bon, on sort où ce soir ?

— Je t'emmène au chinois…

— … Je suis désolée, mais je ne supporte plus l'odeur de la friture.

— J'ai réservé…

— Je peux pas… Tu vas me voir courir aux toilettes toutes les deux minutes.

— Je vais décommander… Tu as envie de quoi ?

— J'ai envie de… viande. Un restau traditionnel.

Quand on est enceinte, tout le monde fait attention à nous. On nous écoute ; les plus érudits nous expliquent le parcours à venir, comme si tout le monde devait obligatoirement vivre et ressentir les mêmes choses. Puis on nous chouchoute… Je deviens capricieuse, chiante à en crever, moi-même je m'enverrais balader. Je ne me supporterais pas en tant qu'amie, en fait.

— Et avec Ludo ? Ça va mieux ? elle me demande en se regardant dans le miroir mural et en arrangeant une de ses mèches de cheveux.

J'aimerais ressembler à mes amies, être aussi belle, aussi libidineuse qu'elles, aussi libre… Mais je suis grosse, enceinte, prisonnière.

— Ludo est aux petits soins, je ne le supporte pas… Il rentre du boulot avec des paniers de fruits, des gâteaux au chocolat, etc., que je lui dis.

— Il veut te faire grossir pour te garder toute la vie, dit-elle en riant.

— Dieu m'en préserve, j'étouffe.

— Ça ne va pas être simple, tout ça…

J'arrache de mon portemanteau bancal ma vieille veste. Il commence à faire frais le soir, même si les journées sont encore chaudes.

Durant les deux mois estivaux, la vie se met en stand-by.

Les gens désertent les grandes villes polluées pour partir trois semaines en vacances, loin de tout ce qui peut leur rappeler leur vie professionnelle. Ils décompressent en postant, sur leurs réseaux sociaux, des photos de leurs lieux de vacances, en postant des photos de leurs cuisses bronzées qui ressemblent à des saucisses d'apéro. Les femmes trop bien foutues se pavanent en robe légère. L'été, c'est le chant des cigales, le bruit des orages de chaleur qui éclatent. L'été, c'est la saison des amours passagères, des coups de soleil, des coups d'amour, des coups de je t'aime. Pour moi, l'été rime avec œdèmes et étouffement.

Ludo est parti pour le week-end voir sa sœur... enfin, c'est ce qu'il m'a dit.

On fait semblant de s'aimer, on fait semblant d'être heureux, on fait semblant de tout, et les gens n'y voient que du feu.

Je suis contente de passer ma soirée avec Jess, mais je regrette de ne pouvoir boire qu'un seul petit verre de vin rouge. Je déteste être enceinte. Mon corps se déforme, je dois moins fumer et je ne peux plus boire. J'ai hâte que mon enfant soit là, et en même temps, j'ai peur. J'ai peur de ne pas être une bonne mère.

Mais qu'est-ce donc, « être une bonne mère » ?
J'ai peur de ne pas être à la hauteur.
Peur de faire n'importe quoi.
Peur que mon enfant soit un délinquant.
Peur de... peur de.
On arrive au restaurant, Jess et moi. La lumière est tamisée. Les gens murmurent à table, face à face, souvent des amoureux. J'ai une grosse boule de nostalgie qui batifole avec ma luette.

Jess et moi prenons place devant la table dressée. On reste silencieuses, puis le serveur arrive, on commande notre apéritif. J'ai envie de m'alcooliser et de me divertir, mais je n'ai pas le droit.

Jess me raconte son dernier plan cul. Loïc, un videur de boîte. Elle me dit :

— Il est beau comme un dieu. Le torse bien dessiné...
— Comment fais-tu ? je lui demande.

— Comment je fais quoi ? elle me dit en trempant ses lèvres dans son verre et en jetant un coup d'œil panoramique à la salle de restaurant.

— Pour avoir cette double vie ?

— Mon mari et mes amants sont au courant, donc je n'ai pas de double vie. J'ai plutôt une vie complète. Je n'aurai pas de regrets.

— Le sexe, c'est éviter d'avoir des regrets ?

— Je n'ai pas dit ça. J'ai dit que je faisais ce que j'avais envie de faire pour éviter d'avoir des regrets… J'ai le confort et l'amour avec mon mari. J'ai le sexe et les orgasmes en cascade avec mes amants. Je n'ai pas beaucoup de passions. Je déteste lire, je ne sais pas écrire, je ne sais pas dessiner, j'étais nulle à la flûte au collège, j'ai que mon corps pour me détendre…

— Et avec les enfants ? Comment gères-tu tout ça ? je demande.

— Ce n'est pas compliqué. Ma vie sentimentale comme ma vie sexuelle ne les regardent pas. Je m'occupe très bien d'eux, du moins je m'occupe d'eux du mieux que je peux. Il ne leur manque rien. Ils ont un toit au-dessus de leur tête, un bon lit pour dormir, l'assiette toujours pleine. Puis, ils ont les discussions aussi, les jeux, les divertissements et ils partent en vacances chaque été. Lorsqu'ils sont couchés et que je dois m'absenter, d'un commun accord, Robert prend la relève.

— Ils ne t'ont jamais surprise au petit matin ?

— Bien entendu que si. Je leur ai expliqué que les grandes personnes avaient le droit d'avoir des amis et de sortir. La différence d'avec les enfants, c'est que les fêtes n'ont pas lieu le mercredi ou le samedi après-midi, mais en soirée. Du coup, ils ne me posent plus de questions.

— Tu es une bonne mère. Tu gères tout ça si bien. Je t'admire.

— J'espère que je ne serai jamais une bonne mère. Les bonnes mères fabriquent des enfants névrosés… me dit-elle en éclatant de rire.

Puis, comme pour changer de sujet de conversation, elle me montre une photo de Loïc. Il est vraiment beau. Il est marié, il a un enfant. Sa femme est prof de français dans un lycée. Il habite à moins de trente minutes de chez Jess. Elle me dit :

— Je ne risque pas d'avoir de problèmes, il ne veut pas quitter sa femme, alors j'ai la paix. De toute façon, je les choisis mariés. Un homme marié n'a pas envie de fuir sa stabilité. Ils sont plus réfléchis que toutes ces femmes qui divorcent pour partir avec leurs amants.

« Amants », je ne sais pas si un jour j'aurai l'occasion d'avoir de nouveau des amants. Je suis bientôt maman et je pense aux amants. Je n'ai pas envie de finir mes jours près de Ludo. Je sais qu'un jour, je partirai.

Jess a laissé ses enfants à sa mère, car son mari est fatigué.

— Robert n'a-t-il jamais été jaloux ? je lui demande.

— C'était le deal de départ, elle me dit en mettant une bouchée de petit friand dans sa bouche avant de continuer. C'est drôlement bon…

Je regarde mon amie, les yeux brillants, les lèvres glossées avec de petites miettes collées dessus. Ses cheveux sont soyeux, sa peau est lisse. On a le même âge toutes les deux, elle a des enfants, Jess, et pourtant, elle fait plus jeune que moi, et son corps a toujours été plus parfait que le mien. Je la jalouse.

— Je t'envie, et… je n'ai pas envie d'être vieille avant l'heure, je réponds.

— Qui a envie de vieillir ? Qu'est-ce que tu racontes ?

— Je n'ai pas envie de me priver, mais je n'aurai pas le choix.

— Pas le choix ? Pourquoi ?

— Je vais avoir un enfant…

— Et ?

— Faut que je pense à l'enfant, je vais être maman.

— Et ? Moi aussi, je suis maman… Un enfant n'empêche absolument pas de vivre sa vie, il faut juste planifier ses horaires différemment. N'oublie jamais que tu es une femme avant d'être une mère. N'oublie jamais que tu n'as qu'une seule vie. N'oublie jamais qu'il n'y a pas plus ingrat qu'un enfant, que lui ne regardera pas si tu es heureuse ou pas lorsqu'il quittera la maison pour s'installer dans son appartement. Vis, Marie, vis…

— Tu as sûrement raison… Mais ce n'est pas le bon moment.

— Le bon moment ? Ça ne sera jamais le bon moment, à t'entendre. Tu repousses sans cesse l'échéance. Tu culpabilises trop.

— Oui, certainement.

— Tu sais, Marie, tomber amoureux, ça fait du bien. Mais c'est quelque chose de tellement éphémère.

— Éphémère ? je répète.

— L'amour et « tomber en amour » sont deux choses différentes.

— Comment ça ?

— L'amour se construit dans la durée. Je suis bien avec mon mari, je l'aime d'un amour vrai, sa présence me suffit, même si nous ne sommes pas d'accord sur tout. Il m'est arrivé de tomber amoureuse de mes amants, mais ça ne durait jamais plus de deux trois jours.

— J'ai un peu de mal à te suivre… je dis.

— Ce n'est pas facile à expliquer, répond-elle en riant.

— Jessie ? Comment puis-je faire pour oublier Gilles…

— Alors ça, j'ai bien envie de te fredonner la chanson « avec le temps va tout s'en va », mais c'est un coup à ce qu'il se mette à pleuvoir. Le problème, c'est que parfois, le temps n'arrange rien, au contraire, et que tu risques d'être dévorée toute crue par les regrets.

— … C'est déjà le cas.

BIENVEILLANCE DE MON CUL

Ce soir, l'homme, le concepteur, le géniteur, m'invite à dîner. Il sort sa petite dame de son trou, de sa prison dorée.
20 heures, sortir avec Ludo.
Manger au restau face à face.
Pas de discussion.
Manger silencieusement.
Regarder les couples.
Voir les amoureux qui se touchent la main, qui se sourient, qui communiquent. Amoureux de moins de trois ans.
Regarder le vieux couple, silencieux comme nous le sommes, Ludo et moi ; la femme a la tête dans son assiette, monsieur est perdu dans ses pensées.
C'est triste, la vie de couple.
Ludo me regarde, il me dit : « T'es ravissante. » Il pose sa main sur la mienne. Il commence à parler. Je préférais quand il se taisait. Il me raconte sa journée de travail, il n'a pas d'autres sujets à déballer. Il rigole tout seul en me racontant les anecdotes des collègues, collègues que j'ai connus lorsqu'il m'amenait avec lui aux repas d'entreprises. Il n'y a rien de plus pénible que les repas d'entreprise. Ils se connaissent tous, et puis il y a ces histoires que je ne connais pas, et puis il y a les complicités professionnelles qui me sont inconnues, et puis il y a l'ennui, le profond ennui.
Il me raconte une anecdote lors d'une livraison d'une machine à un client. Il s'était trompé de matériel, grand Dieu, quelle aventure. Il me dit : « Je pense tellement à toi toute la journée, ma chérie… que j'en suis tourmenté. » Je n'ai rien demandé. Qu'est-ce que je m'ennuie. Je voudrais rentrer à la maison, me plonger dans mon roman. J'ai commencé *À l'estomac* de Chuck Palahniuk ; qu'est-ce qu'il écrit bien, pour le

coup, j'ai encore plus de haut-le-cœur, le roman porte bien son nom. Je voudrais rester seule aussi, seule avec mes livres et mon ennui.

Je commande un jus de fruits, Ludo un verre de porto. Le serveur nous amène de petites olives à grignoter. J'ai faim, bon sang que j'ai faim.

« *Il faut que nous retournions à Montpeyroux, j'ai eu un coup de cœur pour ce village. Il y avait une sacrée ambiance la semaine dernière* », dit la femme d'une quarantaine d'années assise à la table voisine. J'ai le cœur qui bat très vite, j'ai envie de me lever et de demander si monsieur le maire va bien, envie de me lever et de leur dire : « Emmenez-moi avec vous. »

— Je pense que je vais prendre une entrecôte, et toi ma chérie ? me demande Ludo.

Mais je m'en fous de ce qu'il va manger. Moi, j'ai envie de rien à part de partir loin.

« *Oui et…* », répond l'homme en face de la blonde. Je n'ai pas entendu la suite, car Ludo vient de me sortir une blague pourrie. Il rit à gorge déployée.

L'homme et la femme à côté de nous s'arrêtent de parler. Dans mon champ de vision, je vois bien qu'ils nous observent, j'ai honte de mon mari et de son rire perçant.

Combien avais-je de chances de tomber sur des gens qui parleraient de Montpeyroux dans ce restaurant près de chez moi ? Montpeyroux, Gilles… La vie est remplie de signes. Les signes, parfois, à qui sait les voir et les traduire, peuvent guider nos pas. Je tue les signes, je ne les écoute pas.

— À quoi penses-tu ? me demande Ludo en mettant dans sa bouche un énorme morceau de viande.

— À rien… je réponds.

— Si, je vois bien que tu es préoccupée, ma chérie. Que se passe-t-il ?

— Rien, rien… Ce poulet est délicieux, je dis en coupant ma cuisse et en essayant de sourire.

— C'est la venue de bébé ? Ça t'inquiète ?
— Voilà, c'est ça, ça m'inquiète.
— J'en étais sûr, il me dit avant de poursuivre. Ne t'inquiète pas, tu ne seras pas seule, je serai là, je t'aiderai, je suis tellement heureux…

Puis, je ne sais pas ce qui lui prend, il se tourne vers la table voisine et dit : « On va voir un bébé, je vais être papa. » Envie de hurler : « Ils s'en foutent, eux, ils sont heureux, ils vont à Montpeyroux », mais je baisse juste la tête en coupant menu haché un haricot rebelle.

***

Je cours aux toilettes et je vomis mon repas du soir. Je regarde flotter les morceaux, « trente-cinq euros »…

***

En revenant à table, Ludo me dit : « Je croyais que les nausées étaient passées. » La preuve que non. J'ai envie de rentrer. Ludo commande son baba au rhum, moi un fondant au chocolat, en espérant le garder. Il prend un café, je commande un thé. Il me dit : « Ça va ? » Je dis : « Oui, mais je suis un peu fatiguée. » Il se dépêche de boire son café.

Il prend ma veste, je me lève. Il m'aide à m'habiller. J'ai l'impression d'être complètement impotente, handicapée, infantilisée, il me saoule. Il ne hurle plus, il devient chaque jour de plus en plus mielleux, quelle plaie… Je ne me ferai jamais à cette vie-là, mais… mais je n'ai pas le choix.

En rentrant, Ludo va se coucher, et moi, je m'installe sur le canapé… Il me dit : « Je croyais que tu étais fatiguée ? » Je dis : « Oui, je suis fatiguée, mais je n'ai pas envie d'aller me coucher. » Il va seul dans la chambre. Et moi, je reste sur le canapé, les yeux fixés sur le mur du fond. Je reste ainsi statique durant de nombreuses minutes.

Puis j'ouvre mon ordinateur portable, comme ça, pour combler l'ennui, pour combler le vide, pour essayer de me distraire un peu.

Je me dis que je vais essayer d'écrire, mais je n'arrive pas à écrire. Je me retrouve, je ne sais comment, à consulter la page de la mairie de Montpeyroux. « Fête d'automne à Montpeyroux », article signé Laure Mangin. Qui est cette fille ? Sur une photo en noir et blanc, il y a une photo de Gilles seul, si c'était la Mangin qui l'avait prise ? S'ils avaient passé la nuit ensemble ? Sur une autre photo, les gens du village à côté de Gilles. « Monsieur le Maire, séduisant dans sa tenue décontractée, a une fois de plus réussi à animer ce petit village… » « Séduisant », elle a marqué « séduisant ».

Jalouse… je suis jalouse. J'ai peur que Gilles trouve enfin, chez cette femme, plus libre, ce qu'il aimait en moi. J'ai peur que l'autre le fasse rire, qu'elle l'excite ; peur que Gilles la trouve plus belle, plus intelligente que moi. Peur que Gilles m'oublie. Je suis seule responsable de mes maux, j'en ai pleinement conscience.

***

Mon ventre grossit, je sens de légers frétillements à l'intérieur, je crois que ça y est, l'enfant vit, j'en prends pour perpette…

***

De toute façon, l'amour, c'est de la merde. L'amour, c'est juste un concentré de doutes, de peur, de souffrance. L'amour n'a rien d'apaisant, c'est une tempête en plein désert. Mieux vaut être avec une personne qu'on n'aime pas, au moins, on n'est jamais contrarié, jamais anxieux, adieu peur, adieu souffrance…

***

Je ferme mon ordinateur. Je me traîne jusqu'à la chambre mortuaire où l'homme attend, allongé sous les draps, draps que j'ai changés la veille et qui puent la lessive industrielle. L'homme ne dort pas. L'homme attend la femme qui porte la vie, qui porte la continuité de son espèce.

Il me sourit. « Je suis content que tu veuilles bien te coucher en même temps que moi, viens que je te fasse un câlin », me dit l'Homme.

Nausée. Je cours jusqu'aux toilettes. L'homme met ça sur le compte de la grossesse sans se douter que, si je vomis, c'est tout simplement parce que je n'en peux plus de cette vie.

Une journée s'éteint, et le lendemain, rebelote.

***

L'homme a pris deux jours de RTT pour être près de moi, parce qu'il pense que j'ai besoin de sa présence, alors que j'ai envie qu'il foute le camp et ne revienne plus jamais.

***

Je pose ma main sur mon ventre, l'enfant bouge. Je ne demande jamais à l'homme de poser sa main sur le ventre rempli de vie. Je n'ai pas envie qu'il me touche. Alors je profite en égoïste de cet état, l'état où je « possède » encore l'être à venir.

L'homme a tenu à embaucher une femme de ménage. Au début, ça m'ennuyait qu'une étrangère, tout aussi professionnelle soit-elle, récure mes toilettes et fasse ma vaisselle, puis, comme pour tout, je m'y suis faite…

J'ai beaucoup de temps libre, et pour éviter de broyer du noir, je comble mon vide existentiel en remplissant les pages blanches de mes cahiers, de mes feuilles volantes, de l'écran de mon ordinateur. Parfois, j'entends la femme de ménage passer l'aspirateur, et j'imagine mon avenir. Moi, à plus de quarante ans, je m'occuperai de l'enfant et je passerai tous les jours l'aspirateur.

Je n'ai jamais autant écrit que depuis que je ne fais rien, à croire que l'ennui et la dépression poussent à la création…

***

Je pense toujours à Gilles. Parfois, j'ai l'impression qu'enfin, je parviens à surmonter sa douloureuse absence, absence que je me suis moi-même imposée, puis le jour suivant, sa voix, son visage, ses étreintes et ses baisers reviennent de nouveau me hanter. Si seulement je parvenais à lui avouer à quel point il me manque, à quel point je le hais de ne plus me donner de nouvelles, à quel point j'aimerais qu'il prenne l'initiative de venir me chercher, me sauver. Je l'attends…

De toute façon, à quoi ça sert d'aimer ? Surtout lorsqu'on sait que la relation est vouée à l'échec ? À quoi cela sert-il à part à souffrir inutilement ?

Pourquoi suis-je encore attirée vers cet autre qui m'obsède jour et nuit ? Mes rêves sont beaux, c'est pour ça que j'ai du mal à sortir de ma torpeur. Je dors pour rejoindre celui que j'aime et qui m'aime, du moins j'espère qu'il m'aime encore… Je dors pour me retrouver dans la chambre à la lumière tamisée, au bruit de vie, à la bonne odeur. Je dors pour entendre les mots de mon aimé, sentir ses caresses sur mon corps, ses baisers sur ma peau. Puis il y a le réveil, trop brutal, l'amour serait-il réellement synonyme de souffrance ?

***

Mon mari bâille bruyamment… Dans le couloir, ses pieds moites claquent sur le carrelage. Devant la porte de la chambre, il me dit :

— Marie, tu es bizarre. Que se passe-t-il ?

— Rien, je suis fatiguée, je lui réponds en recouvrant ma tête avec la couette épaisse.

— T'es juste fatiguée, t'es sûre ?

— Oui…

Malgré tous les défauts de Ludovic, je n'ai pas le droit de le traiter ainsi… Personne ne mérite d'être traité de la sorte.

Après tout, j'ai passé bon nombre d'années à ses côtés, je le connais, ce n'est pas un méchant, loin de là.

Ludovic fait des efforts, même si je sais que le naturel reviendra au galop. Je lui dis : « Tu veux venir te coucher près de moi ? » Il me sourit.

Heureux, il se déshabille près du lit. Je ne le regarde pas quitter ses vêtements comme je le faisais avant. Avant, je le dévorais des yeux. Avant, j'avais hâte de sentir son corps contre le mien. L'Avant est mort.

Il se couche. Il ne sent pas la transpiration. Il sent le parfum. Son odeur n'est pas si désagréable que ça. Je me mets sur le côté. J'apprivoise ma vie, cette vie que je ne veux pas.

Son corps tout contre le mien, son ventre contre mon dos. Je suis une petite cuillère. Il me dit : « Bonne nuit, mon petit sucre d'orge. » Il pose sa main sur mon ventre. Il me dit : « Nous allons être heureux, tous les trois. »

Serons-nous heureux tous les trois ?

FÊTES DE FIN D'ANNÉE

Décembre.
Je déteste les fêtes de fin d'année. Elles me donnent toujours le cafard.

***

À peine suis-je arrivée chez les parents de Ludo, ce 31 décembre, soir du réveillon, que j'ai eu envie de m'enfuir.
Noël est passé, c'est déjà ça.
La famille a fait des cadeaux à l'enfant à venir. Il paraît pourtant, comme tous les plus grands superstitieux le savent, qu'offrir des cadeaux avant la venue au monde, c'est comme voir la mariée avant la cérémonie, ça porte malheur.
Mamie a acheté un tapis d'éveil, tatie une énorme peluche remplie d'acariens.
J'ai déballé les cadeaux du petit être pas encore au monde, sous les yeux brillants d'excitation des donneurs de leçon. À « maman », on a offert un coussin de maternité, un chauffe-biberon dernier cri, un babycook et un bon chez le coiffeur. La vie s'annonce si excitante, si palpitante, si… si… j'ai envie de pleurer…
 Après les bisous hypocrites, les remerciements qui n'en finissent pas, après les explications sur l'utilisation du tire-lait ou du chauffe-bébé, après les regards larmoyants, les mains sur mon ventre, après les petites tapes dans le dos pseudo-amicales, après tout ce nianiantisme à deux balles, nous sommes enfin passés à table. Adieu fromage au lait cru, huîtres, crustacés, poissons crus ; adieu viande bleue, mojito et mousseux… Bonjour listéria, toxo, salmonellose de mes deux.
Gaspillage alimentaire… y a toujours trop à bouffer pendant les fêtes… toujours trop par peur de manquer. Dinde

trop grasse, saumon trop coûteux, foie gras trop cher, crevettes trop roses, bouteilles de vin et de champagne hors de prix, comme si pendant les fêtes, on s'autorisait à être ce qu'on n'est pas, des bourgeois qu'on engraisse... plus on bouffe, plus on boit, plus on devient cons...

Puis, à quoi ressembleraient ces fameux repas de fin d'année s'il n'y avait pas les fameuses discussions philo de comptoir... Je n'écoute plus ce que les gens de la famille, devenus étrangers, me disent. Je ne comprends plus rien, de toute façon, alors je m'isole par la pensée.

Ludo rit à des blagues pas drôles en m'adressant de petits coups d'œil complices.

Ludo a le droit de boire, alors il boit... trop. Quand Ludo boit, Ludo devient amoureux. Quand Ludo est amoureux, Ludo devient libidineux. Il me chuchote : « Tu es belle, j'ai envie de toi » Mais moi, je n'ai pas bu. Moi, je ne suis pas libidineuse. Moi, je n'ai pas envie de lui.

Je me sens énorme, mon ventre se déforme de jour en jour, je ne supporte plus mon reflet dans le miroir ; les gens autour de moi me disent que je suis belle, je ne les crois pas. Que trouvent-ils de beau, en fait ? Le gros ventre parce qu'il porte la vie ? Ce gros ventre énorme, gonflé ?

Bande d'hypocrites, je suis laide, grosse et flasque.

***

Dans quatre heures, on bascule dans une nouvelle année. Youpi tralala, l'année à venir ne s'annonce pas meilleure pour moi...

Nous sommes tous à table, encore et encore... Certains sont avachis, pantalons déboutonnés, mains sur le ventre, et ça hoquette, et ça rote, et ça pète... et ça rigole, ça picole, encore et encore... Moi, je m'ennuie, encore et encore... J'ai envie de fumer, bordel que j'ai envie de fumer... J'ai envie de boire, bordel que j'ai envie de boire... mais je reste là, avec mon gros ventre, à faire semblant d'écouter, faire semblant de rigoler devant mon verre de Perrier.

La sœur de Ludo me parle, elle bascule sa tête sur le côté, semblant d'attention… Elle me parle et me sourit ; elle me parle de l'enfant, de l'éducation, elle me donne des conseils que je ne suivrai pas. Il me suffit de voir ses enfants pour ne pas avoir envie de suivre ses exemples d'éducation.

— Tu as prévu d'allaiter ? me demande-t-elle.

— Non, je réponds.

— Pourquoi ?

— Parce que j'ai terriblement envie de fumer, et que je me prive bien assez.

— Mais pourtant, allaiter, c'est bien, ça évite les allergies… et t'as reçu un tire-lait de la part du papa Noël, en plus…

Et merde, la v'là à m'infantiliser, maintenant… Le tire-lait, je le revendrai sur *Leboncoin*, comme la majorité des cadeaux que j'ai reçus… Je ne veux pas allaiter, et une femme qui n'allaite pas n'est pas une bonne mère. Je fais ce que je veux, c'est mon corps. Comme Jessie, j'ai décidé de ne pas être une bonne mère, car la bonne mère engendre des névrosés, et toc !

Je suis fatiguée.

La mère de Ludo revient avec un petit carton. On va se taper pour la énième fois les souvenirs qu'on ressort au moment des fêtes… Chaque année, c'est la même chose… Émue, elle l'ouvre, elle soupire, elle sort une robe blanche.

— Regarde, c'était la robe de baptême de Ludo, votre bébé pourra la porter pour son baptême, dit-elle en regardant la robe.

— Quel baptême ? que je demande.

— Le baptême du petit, il faut le baptiser pour qu'il rentre dans le royaume de Dieu, elle me répond, surprise par ma question.

— Mon enfant ne sera pas baptisé, ce sera à lui de choisir sa religion, si encore religion il y a. Je suis athée, et il est hors de question que nous baptisions cet enfant, je réponds.

Les hormones me font monter en pression.

— Nous en reparlerons, me dit Ludo.

— Reparler ? De quoi ? Du baptême ? C'est non, fin de la discussion, je réponds.

J'ai envie de donner un grand coup dans la table. Envie de tout envoyer balader et de partir, loin, loin, dans *Mon Pérou* à moi, par exemple. Mais je ne fais rien. Je reste assise, la colère grandissant dans le creux de mon ventre. La famille de Ludo m'oppresse comme la religion oppresse le peuple.

Silence qui ne dure qu'un court moment, dommage. « Thibaud a appris une chanson », dit la sœur de Ludo avant de poursuivre, « Thibaud, lève-toi et chante-nous la chanson que tu as apprise ». Le pauvre enfant n'a pas envie de chanter devant tout le monde, et je le comprends. Mais maman est si fière de son enfant qu'elle aime l'exposer aux yeux des gens sans se soucier de ce qui est bon ou pas.

Les yeux de la mère de Thibaud sont brillants d'excitation. Thibaud aurait préféré continuer de lécher sa cuillère remplie de crème glacée. Mais il se lève, il commence à chanter, les mains derrière le dos. Tout le monde l'écoute comme ils écoutent le curé prêcher. Qu'est-ce que je fous là ?

***

Minuit…

Tout le monde se bouscule, pose la main sur l'épaule, claque les bises, se lèche la gueule à coups de « bonne année, bonne santé », hypocrites.

Tu parles d'une « bonne année ».

Je pensais que Gilles m'enverrait un message. Il ne l'a pas fait… moi non plus…

SAINT-VALENTIN

Le temps passe, encore, encore, et moi, je ne marche plus, je roule. Je suis madame Culbuto, la sorcière Ursula, la princesse Fiona...

Je m'habille encore moins bien qu'avant, puisque la mode pour les femmes enceintes est juste horriblement horrible. J'opte pour le confortable, comme cet immonde legging taille ajustable noir et rouge, cette tunique violette, et les chaussures à scratchs, évidemment.

Jamais on ne met de femmes enceintes sur les sites de vente par correspondance. Des jeunes femmes sveltes avec faux ventre en plastique présentent les produits. Non pas que je me voyais comme la belle brune aux fines quilles, je sais bien que je suis loin d'être fine, mais lorsque j'enfile les tenues commandées, je me mets à pleurer, pleurer sur la dure réalité, sur la vision de ce corps difforme que je déteste...

***

Aujourd'hui, c'est la Saint-Valentin. Nous avons décidé d'un commun accord avec Ludovic de ne jamais tomber dans le piège du capitalisme et de la surconsommation ; de ce fait, nous n'avons jamais fêté le 14 février. C'est bien l'une des rares choses intelligentes que nous ayons faites ensemble... Jessie et Robert passent à la maison ce soir, sans leurs enfants. Ce n'est pas que je n'aime pas les gosses, mais je ne supporte pas les gamins en soirée. Ils gueulent, ils monopolisent leurs parents, ils piochent dans les bols de chips avec leurs mains morveuses, ils nous... emmerdent. Et lorsqu'un pote n'a pas d'enfant, je refuse le chien de compagnie. Oui, parce que certaines personnes se sentent obligées de sortir avec Pépette sous le bras, ou Gus le chien péteur... Il y a des décisions, chez l'humain, que je ne comprendrai jamais.

Je me suis rapprochée de Jessie, mais malheureusement, je vois un peu moins Sophie. Aux dernières nouvelles, elle fréquente toujours son beau Parisien, tout se passe bien. Je devrais être heureuse pour elle, c'est ça l'amitié aussi, être heureux pour ses amis. Mais en fait, je la jalouse de plus en plus, son bonheur est loin d'être une joie pour moi.

Sophie m'a téléphoné ce matin, excitée, elle m'a dit qu'elle partait le week-end complet avec son amoureux. Elle ne sait pas où elle va aller, « c'est une surprise », m'a-t-elle dit. Une surprise… Depuis combien de temps n'ai-je pas eu de surprise, moi ? Je deviens de plus en plus aigrie.

Je déteste la Saint-Valentin. Je déteste les amoureux.

Ludo ne voulait pas que Jessie et Robert passent à la maison. J'ai insisté, je lui ai dit qu'il était important pour moi de voir mes amis, et comme il est serviable et bienveillant en ce moment, il n'a pas eu d'autre choix que de se plier au mien.

***

Jess et Robert arrivent à vingt heures quinze. Une bouteille de rouge pour l'homme et un bouquet de fleurs pour la future maman.

Les attitudes se répètent, les manières sont exagérées, les mots, toujours les mêmes mots, les discussions, toujours les mêmes discussions… Les pensées des gens gangrènent mon cerveau.

Ludo fait des efforts en accueillant tout sourire mes amis. Son hypocrisie me donne envie de hurler.

Jess s'approche de moi. Bordel, qu'elle est belle, elle porte un petit tailleur beige, de hauts talons qui galbent ses jambes. Ses cheveux sont maintenus par une haute queue de cheval. Elle est bien maquillée et elle sent bon. Tiens, une pomme, ma belle, croque et crève…

Jessie regarde mon énorme ventre et me dit :

— C'est pour bientôt, tu dois languir.

— J'ai surtout hâte de rentrer dans mes jeans taille 40, voire moins… Après l'accouchement, je me prends en main, que je dis.

— Tu verras tu perdras tout au bout de quelques mois.

Mouais, j'en doute, mais bon, l'espoir fait vivre…

Jessie me dit : « Viens, allons à l'extérieur pour discuter, puis j'ai envie de m'en griller une. » Ludo interdit aux gens de fumer à la maison, car faut penser au bébé et prendre de bonnes habitudes. Nianiania…

***

Les gens méchants existent-ils vraiment ? Non, je ne pense pas, c'est le malheur, la tristesse, les coups du sort qui pourrissent l'âme des individus. Je ne suis pas méchante, je pourris.

Jess tire une cigarette de son paquet, l'allume.

— Tu me fais tirer ? je lui demande.

Elle me regarde, fronce les sourcils.

— Ça ne va pas me faire de mal, et puis toi, tu fumais pendant tes grossesses, que je sache, je lui dis.

J'en ai marre d'être infantilisée.

Jessie me tend sa cigarette. Je tire une bouffée. Première cigarette depuis des mois d'abstinence, ma tête tourne.

— Ça va mieux, Marie ? me demande Jessie en posant sa main sur mon épaule.

Je prends une autre bouffée de nicotine.

— Ouais, ça va, ça va… je réponds.

J'essaie tant bien que mal de ravaler mes larmes.

— T'es sûre ? elle insiste…

Pourquoi, pourquoi les gens ont-ils ce besoin de faire semblant de compatir avec tous les malheurs du monde alors que ça ne les concerne pas ? Elle attend que je lui raconte à quel point je suis malheureuse, ça lui fait du bien, ça lui rappelle à quel point, elle, elle n'a aucune raison de se plaindre…

J'éclate en sanglots.

Elle me laisse pleurer, je m'effondre dans ses bras, mon corps séparé du sien par ce ventre énorme, déformation corporelle.

— Ça ne va pas du tout, et je sais que ce n'est pas juste à cause de ma grossesse…

— Je sais, je sais… me dit-elle en me tapotant une fois de plus l'épaule.

— Je n'y arriverai pas, je ne le supporterai pas, je ne l'aime plus, il me dégoûte.

— Quitte-le.

— Je ne peux pas…

— Ne sois pas con… Vous n'êtes pas le seul couple à vous séparer.

— Toute seule, je ne m'en sortirai jamais.

— Tu ne seras jamais seule, on sera là avec Sophie et tu le sais, on sera les taties par substitution, me dit-elle en riant.

J'essuie mes larmes d'un revers de main. Ses mots m'apaisent et me réconfortent, un peu, juste un peu.

— Je suis fatiguée, Jessie, puis je passe mon temps à me plaindre. Je commence à haïr tout le monde. Je broie du noir constamment. Je n'ai plus envie de rien… je n'en peux plus, je lui dis.

— Je sais, je sais, mais tout va s'arranger, elle me répond.

Tout va s'arranger, tout va s'arranger, c'est facile pour elle de dire ça. Elle, spectatrice de ma chute existentielle… « Tout va s'arranger »… Elle ne sait pas, elle, que le soir avant de me coucher, je pleure dans les cabinets ; elle ne sait pas, elle, que j'ai eu à plusieurs reprises envie de me suicider – à la maison, j'ai que des dolipranes, ça devrait faire l'affaire, vu les effets secondaires, si, si, on peut se suicider au Dolip… Seul le gamin qui pousse dans mon ventre m'empêche de passer à l'acte, la lâcheté aussi y est pour beaucoup. « Tout va s'arranger »… Ouais… quand ?

***

La discussion avec mon amie m'a fait du bien, j'ai pu sortir une partie de la grosse boule de quelque chose qui obstrue ma gorge depuis plusieurs semaines.

J'essaie de cacher mon visage pour que Ludo ne remarque pas mes yeux rougis par les larmes. Malheureusement, monsieur Ludovic m'observe un peu trop depuis que je suis enceinte.

— Ma chérie, que se passe-t-il ? me demande-t-il.

— Rien, rien, c'est le froid…

Je dois accoucher dans quelques jours. Il me faudrait un monte-charge pour monter les étages sans ascenseur.

Je suis un véhicule, un nid, un cocon. J'évite de plus en plus les miroirs, j'ai le masque de grossesse et des poils au nombril.

***

J'ai fait visiter la chambre de l'enfant à venir à Jessie et Robert. Les murs sont peints en bleu, car Ludovic est persuadé que ce sera un garçon.

Jessie me regarde d'un œil compatissant.

La soirée s'est bien passée. Ludovic a été agréable, ce qui m'a surprise. Et même lorsque mes amis sont partis, Ludo a dit qu'il avait passé une très bonne soirée. D'ordinaire, il a tendance à critiquer à tout va. Je doute que mon mari ait changé, je pense qu'il redeviendra l'homme qu'il était lorsque bébé sera là.

QUEL BEAU BÉBÉ

J'ai des boutons plein la figure, maudites hormones, maudite somatisation.

J'ai accouché avec un peu d'avance le lendemain de la Saint-Valentin.

Je suis arrivée à midi à la clinique qui sent le désinfectant. Lieu aseptisé, comme ma vie.

Je n'avais pas trop de contractions, mais le médecin a préféré me garder, car je faisais une rétention d'eau. Vingt kilos en neuf mois. Je ressemble au bonhomme Michelin. Où est ma taille de guêpe ? Dans mon cul, ça, c'est certain.

La sage-femme m'a demandé de prendre une douche et de laver mon sexe avec un produit qui pue. Elle m'a donné une chemise bleue qui s'ouvre à l'arrière. Top sexy, la Marie. Elle a posé le monitoring sur le ventre. J'ai entendu les battements de cœur de l'enfant à venir. Bruits réguliers, boum boum boum.

Les premières contractions sont arrivées à treize heures. Les douleurs étaient supportables. Je m'attendais à hurler comme dans les films.

Lorsque j'ai appelé la sage-femme et qu'elle a vérifié mon col en enfonçant ses doigts dans mon ventre, j'étais prête à accoucher.

Ludo est arrivé en trombe. Il a quitté son travail, il a roulé très vite.

Il a enfilé les chaussons à ses pieds et la charlotte en papier sur sa tête, la blouse bleue par-dessus ses fringues. Puis il m'a rejointe. Il m'a dit : « Je crois que je me suis fait flasher, tu vas bien, mon petit sucre d'orge ? » Je ne suis pas prête à danser la Zumba, mais ça va. Mon ventre s'est contracté. Les douleurs étaient de plus en plus fortes. Ludo regardait les montagnes russes se dessiner sur le monitoring. Impuissant face à ma douleur, il a essayé tant bien que mal de me rassurer, rien n'y faisait. Je l'ai maudit, bordel que je l'ai maudit…

Puis il y a eu le « crac » dans le dos, lorsque l'aiguille a transpercé ma peau.

Les douleurs, je les sentais encore dans mon ventre. La péridurale a été douloureuse pour rien, car elle n'a pas fonctionné.

Il était quatorze heures quand l'obstétricien s'est trouvé entre mes jambes écartées en disant : « Poussez, ça va aller. » Je m'attendais à ce qu'il me dise « c'est normal, c'est normal », avec un accent prononcé. Ludo m'aspergeait le visage avec l'eau du brumisateur. Il était plus anxieux que moi. Le médecin m'a mise sous perfusion.

Trente minutes plus tard, la délivrance. Enfin !

Bébé est sorti de mon corps comme une savonnette mouillée. Le médecin a pris la « jolie petite poupée », toute ronde et remplie de vernix caseosa. Il a posé le bébé sur mon ventre. J'ai caressé la tête de l'enfant. « "Rose", elle s'appelle Rose »…

J'ai regardé l'enfant « Rose » chercher le sein pour manger, pour me dévorer. Moi qui ne veux pas allaiter… J'ai regardé l'enfant Rose, j'ai regardé Ludo. Ludo qui n'a pas voulu couper le cordon.

J'ai passé deux jours à l'hôpital.

***

Je connais le baby blues, le coup de cafard qui fout en l'air. J'ai pleuré, encore pleuré sur les responsabilités à venir, ma liberté envolée…

Puis j'ai regardé ma jolie Rose, toute potelée. Je l'ai trouvée belle. Je suis devenue mère à cet instant précis.

Après le baby blues, après la remise en question, la femme s'est éteinte et a laissé place à une « bonne maman » qui fait des confitures.

***

Il est quinze heures. Ma fille est près de moi, ses yeux sont grands ouverts, elle sourit aux anges. Je m'occupe d'elle du mieux que je peux ; plus je m'occupe d'elle et moins je pense à moi. C'est une bonne chose, de moins penser à moi, ça m'évite les angoisses.

UN AN PLUS TARD

Avril.

J'ai laissé passer le temps, et pourtant, rien ne s'évanouit.

Ma petite fille, Rose, a un an et deux mois, elle est belle, elle se porte bien, elle commence à dire ses premiers mots et marche à quatre pattes ; c'est formidable !

Je pensais que je posséderais l'instinct maternel en aimant l'enfant. L'instinct maternel n'existe pas. On ne naît pas mère, on le devient, ou pas. Je le suis, car je n'ai pas d'autre choix que de l'être. Je le suis, pour oublier ma vie. Je le suis parce que dans cette société, une femme doit toujours être là pour son bébé. Instinct maternel ? J'y crois pas, moi…

J'ai besoin de prendre l'air, de partir, de m'éloigner. Peu m'importent les « on dit », peu m'importent les « tu ne vas pas partir en laissant seule ta fille » ; après tout, elle a un père aussi ! D'ailleurs, son père devrait avoir quelques jours de congé prochainement, ce sera l'occasion pour moi de m'échapper… liberté conditionnelle…

Je ne veux pas être une mère parfaite. Je ne veux pas que ma Rose soit malheureuse.

J'ai besoin de prendre du temps pour moi pour prendre soin de l'enfant.

Ça fait plusieurs mois que je fais des efforts, je mange moins gras, moins sucré, moins salé, je fais du sport aussi… Résultat, je rentre à nouveau dans des jeans taille 40. Mon corps se raffermit. Je suis beaucoup moins potelée qu'avant d'avoir l'enfant.

Mes cheveux ont poussé, ils me tombent en bas du dos.

Je partirai, dans quelques jours. J'ai bien une petite idée en ce qui concerne la destination, une petite auberge dans un petit village.

Je redeviens femme, et en redevenant femme, mes pensées et mes envies de femme ressurgissent.

J'ai recommencé à fumer, je fume même trop.

Peut-être que Gilles est enfin posé, heureux. Je devrais être heureuse pour lui, mais je n'y arrive pas. Je suis humaine.

***

Je prends la veste que je portais à mon dernier rendez-vous avec Gilles, je ne l'avais pas remise depuis. Je prends mes clefs et je sors de l'appartement.

***

Je marche le long de la rue. J'écoute les bruits de vie. Je regarde les gens qui me paraissent étranges. Comme lorsque j'étais gamine, je me mets à leur imaginer une vie. Cette grosse femme au dos voûté doit bouffer sur la petite table de la salle à manger, le dos cassé en deux. Ce mec un peu trop sûr de lui doit habiter dans un grand appartement entretenu par maman. Cette femme, que je vois dans la vitrine, juste à côté, celle qui me ressemble, a tout bonnement envie de s'enfuir et de ressentir…

Je glisse mes mains dans les poches. Je me pique le doigt, non pas au bout d'un fuseau, faut pas déconner… Je pensais à une pub, un ticket de métro ou autre.

« *Mairie de Montpeyroux, Gilles Von Wrangel…* » Je reste plantée là, en plein milieu du trottoir, la carte de visite entre les doigts. Je reste plantée là, au milieu de ces gens étrangers qui me frôlent et que je ne vois plus.

Je tremble. Ma respiration est saccadée. Je suis en face de la boulangerie. En face de la boulangerie de l'amoureuse du vieux. Le vieux qui m'avait dit : « On n'a qu'un seul amour, il ne faut surtout pas passer à côté. »

Je m'avance lentement vers le petit banc de bois, juste en face de la boulangerie. Sur le petit banc de bois, hier, il y avait deux amoureux, et je pensais à Gilles.

Je tremble de plus en plus. Des images en cascade. Le sourire de Gilles. Le regard de Gilles. Les caresses de Gilles. Les baisers de Gilles. La bouche de Gilles. Les doigts de Gilles. Le sexe de Gilles. Dis-le très vite, c'est super compliqué…

Je sors de mon sac mon paquet de cigarettes. J'en allume une. Je prends mon téléphone portable. Je regarde à nouveau la carte de visite avec le numéro. Maudit égo. Maudit Égo qui me susurre : « Non, n'appelle pas… » Mon cœur, quant à lui, hurle : « Appelle-le… tu n'as rien à perdre. » Je fais taire l'égo. Tant pis. Je ne passerai pas l'éternité sur cette Terre. Il faut que je sache, il faut que je sois fixée. J'ai déjà fait, une fois, le mauvais choix de vie. Ce mauvais choix de vie m'a amenée à une petite dépression, aux crises de panique en cascade, à un malheur certain auprès d'un homme que je n'aime plus. Il faut que je fasse face à mes responsabilités. Ce sera bien pour moi, ce sera bien aussi pour Ludovic, qui, peu importe son caractère, ne mérite pas une femme triste tous les jours à ses côtés, et ce sera surtout bien pour Rose… Des parents équilibrés et heureux rendent les enfants équilibrés et heureux…

Trop réfléchir, c'est prendre le risque de passer à côté de son destin.

On devrait toujours appeler, toujours écrire à la personne à laquelle on pense et qui nous manque. On devrait toujours dire aux gens qu'on les aime, toujours parler avec le cœur. On se tait trop souvent. Lorsqu'on parle avec la tête, c'est pour raconter n'importe quoi.

On ne devrait jamais dire : « Demain, je le ferai. » On devrait le faire sur l'instant. Demain n'existe que par le « aujourd'hui ». On ne devrait jamais « ne pas oser ».

Comme dans mon enfance, je pose des challenges, de petits paris insignifiants.

One-step.
Une femme sort de la boulangerie. Une femme avec un foulard rouge autour du cou. Si elle part à gauche, j'appelle

Gilles, sinon, je jette la carte. La femme au foulard rouge regarde autour d'elle, elle part à droite, tant pis... puis elle s'arrête, fait demi-tour. Elle part à gauche (je la suivrai). Je ne m'arrête pas là. Comme si j'avais besoin de me rassurer, de me convaincre « qu'il faut ».

Two-step.

Si une femme rentre dans la boulangerie, j'appelle Gilles, sinon... un homme et une femme approchent. Une chance sur deux, l'homme avance, tient la porte à la femme, la femme rentre la première. Je n'ai plus qu'à honorer mon pari...

9 heures 30

Je suis toujours assise sur le banc...

Je compose le numéro de Gilles. Je fume. Je stresse.

Première sonnerie. Deuxième sonnerie. Pas de réponse.

Troisième sonnerie. Quatrième sonnerie. « *Mairie de Montpeyroux, bonjour* », dit la voix d'une femme. J'hésite deux secondes et me lance.

— Bonjour c'est Marie, j'ai couvert l'évènement de la fête de l'été il y a plus d'un an, je voudrais parler à monsieur le maire.

— Monsieur le maire est en rendez-vous extérieur, puis-je lui laisser un message ?

— Oui... dites-lui juste que Marie a essayé de le joindre.

— Marie... Ah oui, la journaliste, je me souviens bien, quel bel article, bravo... Monsieur le maire sera sans nul doute ravi de vous appeler... Il a dit beaucoup de bien sur vous...

— Ah bon ? Oh, je suis touchée...

— Marie, je dois vous laisser, j'ai un double appel, à bientôt et passez une belle journée.

Elle raccroche. J'aurais voulu lui demander ce que Gilles a dit sur moi. Lui demander comment il va. J'aurais aimé la sonder pour tirer le maximum d'informations. Gilles a dit du bien de moi. Mon cœur est rempli de joie. Je suis soulagée. Je ne regrette pas d'avoir appelé.

9 heures 32

J'ai le téléphone dans la main droite. Je regarde les feuilles des arbres. Petites feuilles vertes. Début du printemps. Je regarde les trois vieux discuter en face de la boulangerie. Je me sens bien. Le ciel est bleu, les oiseaux chantent, la vie s'éveille de nouveau…

Midi deux minutes

De retour chez moi, j'ai préparé un repas rapide. Pâtes et jambon.

Rose trotte par terre, je la prends et je la pose dans sa chaise haute. Elle babille, elle tape sur le plateau avec sa cuillère en plastique, elle bave, elle rigole, elle tape encore. J'ai envie et besoin de silence, mais je suis une bonne maman. Alors j'apporte la purée de carotte et je lui donne à manger.

Ludo reste silencieux, il mange ses pâtes et sa tranche de jambon sans broncher. Il a un peu maigri. Il faut dire qu'il avait pris pas loin de dix kilos pendant ma grossesse. On appelle ça une couvade, paraît-il. Ça aurait pu me toucher si je l'aimais encore.

Toujours pas de réponse de Gilles. Il doit être occupé, oui, il est certainement occupé. Ma joie et ma jubilation d'il y a quelques minutes s'estompent peu à peu pour laisser place au doute. Peut-être m'a-t-il oubliée. Il a eu plus de 365 jours pour passer à autre chose, ce serait logique qu'il ne pense plus à moi, après tout.

Rose ouvre grand sa bouche et moi je reste là, les yeux dans le vague, la cuillère suspendue à quelques centimètres de sa bouche. « Marie ? Tu as l'intention d'affamer ta fille ? », me demande Ludo en faisant semblant de rire.

J'essaie de me ressaisir. Je me focalise sur ma gamine, mais mes pensées hantent ma raison.

« Marie, y a quelqu'un qui essaye de te joindre », me dit Ludo en me tendant mon téléphone. Je ne l'avais pas entendu, il était sur silencieux.

Le temps que je prenne le téléphone et que je me lève, il s'est assombri.

« Peux-tu t'occuper de coucher Rose ? Je dois répondre à cet appel, c'est pour le travail, les affaires reprennent », je mens.

Je ne sais pas ce qu'on va se raconter. Je ne sais même pas par quoi commencer. J'ai le cœur au bord des lèvres. Je me sens malade. J'ai des vertiges. J'ai envie d'entendre la voix de Gilles.

Je sors. Et avant de fermer la porte, Ludo me dit :

— Pourquoi sors-tu ?

— Parce que j'vais fumer une cigarette, je lui réponds un peu sèchement.

— Ah… Tu fumes trop, Marie.

Il me flique, me paterne, me saoule.

Je sors de la maison, je marche quelques minutes et me pose sur un banc en bordure du canal. Je serai bien ici, sans craindre d'être surprise par mon mari. Et quand bien même, serait-ce si grave si mon mari surprenait ma conversation ? Notre histoire s'éteint chaque jour un peu plus.

Je prends une grande inspiration.

— Bonjour… Mairie de Montpeyroux…

— Bonjour, c'est de nouveau Marie, monsieur le maire a essayé de me joindre, mais le temps que je prenne le téléphone…

— Je vous le passe.

Petite musique d'attente. Mon cœur bat la chamade. J'allume une cigarette. Une minute que les *Quatre Saisons* de Vivaldi résonnent dans mes oreilles.

— Bonjour, Marie, quelle surprise.

Sa voix m'avait tellement manqué, j'ai envie de pleurer.

— Bonjour, Gilles, je te dérange ? dis-je, la voix chevrotante.

— Non, comment pourrais-tu me déranger, ça fait des mois et des mois que j'attends ton appel… Comment vas-tu ?

— C'est vrai ? Tu attends mon appel ? Je suis agréablement surprise…

— Surprise ? Tu ne devrais pas l'être… Mais pourquoi n'as-tu pas essayé de me joindre sur mon portable ?

— J'ai supprimé ton numéro…

— Ah, si tu as supprimé mon numéro… dit-il en riant.

Pas facile de reprendre contact quand on se sent fautive d'avoir tout foutu en l'air. Quelques secondes suspendues, j'entends sa respiration.

— Ça va, Marie ? me dit-il.

— Oui… enfin, non… si… je vais bien… enfin… je vais bien maintenant que j'entends ta voix. Il y a quelque temps, je suis allée au restau et un couple à côté parlait de Montpeyroux, et aujourd'hui, en me promenant, je suis tombée sur la carte de visite de la mairie, et tu me manques, je voulais savoir ce que tu devenais, et je t'ai appelé… je dis en parlant trop vite.

— Doucement, doucement, me dit-il en éclatant de rire avant de poursuivre. Pas un jour ne passe sans que je ne pense à toi.

Boum… tiens, mon cœur vient de rebondir juste à côté de moi… Je fais quoi ? Je le rattrape ou je le laisse prendre l'air quelques instants ?

— Tu es sérieux ? je parviens à dire…

— … La vie met sur notre chemin des gens, ces gens deviennent importants, et toi, t'es importante pour moi. Mais je pensais que tu le savais. Alors ? Ce bébé ?

— Une petite fille, Rose…

— C'est bien. Elle doit être magnifique.

— Oui.

— Tu as envie qu'on se revoie, Marie ?

Je tire une bouffée sur ma cigarette. Je lève les yeux au ciel à la recherche d'un signe, un tout petit signe qui me guiderait, mais rien ne se passe.

— Marie ? me répète-t-il.

Je ne dois pas réfléchir. Il faut que je m'engage, comme à un carrefour lorsqu'une voiture arrive sur la droite, ne pas laisser de place à l'hésitation, sinon c'est le carton assuré.

— Oui, je voudrais, que je réponds.

EXCURSION À MON-PÉROU

11 avril – 9 heures

Ludo m'a regardée partir. Il m'a dit : « Passe une bonne journée, appelle-moi lorsque tu es arrivée. » Je lui ai dit que je devais couvrir un autre évènement sur Montpeyroux, il ne m'a pas posé de questions.

Seule dans la voiture, la musique à fond, je pense à ma vie.

J'ouvre la fenêtre, j'allume une cigarette. Ludovic a raison, je fume trop. Je pense à Rose. Je culpabilise un peu. Je ne sais pas pourquoi je culpabilise. Certainement à cause de toutes ces injonctions qu'on nous met dans la tête. « *Une mère doit être à côté de ses enfants.* » « *Un père n'est pas une mère, seule une mère est capable de s'occuper des enfants correctement.* » « *Si l'enfant est névrosé, c'est à cause de la mère trop oppressante ou pas assez présente.* »

Quelques minutes me séparent maintenant de Gilles, seulement quelques minutes.

« *Je t'attendrai au bar, avec un Perrier tranche* », qu'il m'a dit en riant.

Je me retrouve derrière un tracteur. Voie à sens unique, impossibilité de le doubler. Je viens de perdre un quart d'heure.

Les arbres défilent en bordure de route, puis il y a les champs, la campagne. Puis il y a le panneau « Montpeyroux », puis il y a l'indication « place du village ».

Je me gare dans la ruelle à côté de l'auberge. Des passants se baladent, il fait beau. Le clocher sonne.

Je marche lentement, mon cœur bat à cent à l'heure. Je suis dans une image animée à la Robert Doisneau.

J'arrange un peu mes cheveux. Il est là, je le vois. Il est assis à la terrasse du bar, il lit le quotidien. J'ai envie de pleurer. Il ne doit pas avoir rasé sa barbe depuis, fiouuu, des mois, mon hipster préféré de Mon-Pérou.

— Salut, je lance.

Il quitte ses lunettes de soleil, il me sourit, se lève, s'approche de moi, doucement, doucement. On reste comme deux idiots à ne pas savoir s'il faut se faire la bise ou s'il faut s'embrasser.

— Salut, me dit-il à quelques centimètres de mon corps en suspens, dans les airs. Tu veux boire quelque chose ?

On ne s'embrasse pas, on ne se fait pas la bise. Il a juste posé sa main sur mon épaule et m'a invitée à m'asseoir.

— Je ne sais pas par quoi commencer, je dis.

— Moi non plus… À part que je te trouve magnifique.

Le serveur apporte mon verre.

— Bonjour, Marie, ça fait plaisir de vous revoir ici, me dit-il.

Je prends le verre, le porte à mes lèvres.

Gilles et moi restons quelques minutes silencieux. Pas de ces silences plombants, au contraire…

— Il fait beau aujourd'hui, je dis, la voix tremblante.

— L'été arrive à grands pas, me répond-il.

Conversation banale à en crever, alors que j'ai envie de lui sauter dans les bras, de le couvrir de baisers et de lui dire à quel point il m'a manqué. J'inspire et expire un grand coup… Les odeurs, mon Dieu que ces odeurs m'avaient également manqué. Odeur de campagne, de pain grillé… Les hirondelles volent dans le ciel, quelques pigeons de campagne trottinent sur la petite place… un chat court se mettre à l'abri sous cette vieille 4L aux pneus raplaplas, garée là, contre le mur de cette maison aux pierres apparentes ; la 4L est sans doute ici depuis des milliers d'années, souvenir d'un temps passé.

Quelques villageois se baladent, comme cette sublime femme qui s'avance vers nous d'un pas assuré…

***

— Cécile ? Je pensais que tu avais un rendez-vous aujourd'hui ? dit-il en levant les yeux vers la « sublime femme ».

Elle est grande, blonde, en tailleur-pantalon. Elle dénote un peu dans ce paysage rural.

— Cécile/Marie, Marie/Cécile, dit Gilles en se levant et en prenant par les épaules la femme trop jolie.

— Bonjour, Marie, me dit-elle.

— Bonjour, dis-je dans un soupir.

Cécile parle avec Gilles. Je regarde ses yeux, je regarde sa bouche. Puis ils rient. Je ne comprends pas tout ce qu'ils se racontent, car par moments, Cécile chuchote dans l'oreille de Gilles. Et Gilles rigole de bon cœur. J'ai l'impression de tenir la chandelle, comme lorsque je regardais mes copines sortir avec de beaux garçons lorsque j'étais adolescente. Je suis en plein cauchemar. Je vais me réveiller. Je veux me réveiller.

Cécile et Gilles continuent de discuter comme si j'étais complètement transparente, et ça me fait mal.

— Bon, tu es accompagné, je ne voudrais pas gâcher votre journée. Je dois y aller, on se voit toujours ce soir ? demande-t-elle à Gilles sans m'adresser le moindre regard.

Il hoche la tête de haut en bas.

— Au revoir, Marie, à bientôt, me dit-elle avec un large sourire provocateur.

Je bougonne un « ouais, ouais » en trempant de nouveau mes lèvres dans mon verre. J'aurais su, « j'aurais pas venu ».

Silence, de nouveau le silence. J'ai le cœur qui saigne. Je n'aurais pas dû l'appeler. J'aurais dû rester avec le fantasme d'un « nous » et poursuivre ma petite vie monotone, chiante à en crever.

— Je vais y aller, c'était une mauvaise idée, désolée de t'avoir fait perdre ton temps, je dis en me levant.

Il se lève à son tour, silencieux. Il m'attrape par le bras. Ses yeux se plissent, sa bouche se pince.

— Tu veux encore t'enfuir ?

— Ce n'est pas que je veuille m'enfuir, mais je ne savais pas que tu fréquentais…

— Tu croyais que j'allais t'attendre éternellement ?
— Je ne croyais rien du tout, j'ai été stupide, c'est tout, je dis, la gorge serrée.
— Et tu continues à ne rien croire du tout ?
— Oui, voilà, je continue à ne rien croire du tout, je vois, j'observe et je conclus, c'est tout.

Mes yeux s'embuent, une larme coule sans que je puisse la retenir. Ça fait mal dans la poitrine, arrêt du cœur.

— Alors, si tu ne crois rien, pourquoi tu veux partir maintenant ? me demande-t-il en souriant.

Son sourire me fait doublement souffrir.

— Je ne voudrais pas être un obstacle dans ta relation avec Cécile, je dis froidement.

Il éclate de rire. C'en est trop. Je me défais de son emprise. Je l'ai fait souffrir, il se venge, logique, que j'ai été stupide de croire à un amour franc et honnête, à un truc débile version conte de fées. Je tourne les talons, me dirige vers ma voiture, son rire résonne encore dans ma tête.

— Marie, me dit-il en m'attrapant de nouveau. Tu me dis ne rien croire et tu tires pourtant encore des conclusions…

— … Elle t'a dit « à ce soir », elle aurait pu ajouter « mon chéri » que ça ne m'aurait pas surprise. Je ne suis pas stupide… enfin, si, je suis stupide, car j'ai cru que… laisse tomber…

— T'es jalouse ?

— Pourquoi le serais-je ? Je te rappelle que c'est moi qui ai décidé de tout arrêter.

— Ne sois pas méchante, et si tu as préféré arrêter le début de notre belle idylle, c'est parce que tu étais enceinte, et je l'ai très bien compris.

— Et j'ai bien compris aussi que tu ne m'attendrais pas éternellement.

— Cécile, c'est…

— Je ne veux pas en entendre davantage, tu as ta vie, j'ai la mienne, basta…

— … C'EST MA COUSINE.

— Quoi ?

— C'est ma cousine… me dit-il en souriant tendrement.

— Mais pourquoi tu ne me l'as pas dit avant ?

— Car tu ne m'en as pas laissé le temps. Tu as un drôle de caractère, Marie… me répond-il en caressant mon visage.

Je me sens à la fois complètement idiote et soulagée. Mélange de trop de choses. J'éclate de rire.

— Ça y est, tu vas mieux ? Ça fait plaisir de t'entendre rire, me dit-il en me regardant tendrement.

Nous voilà tous les deux, sur la place du village, à distance respectable, l'amour rend pataud. Gilles regarde autour de lui.

— Ça te dit un petit plat local ? À la maison ?

Si ça me dit ? Plutôt deux fois qu'une, mais je retiens ma joie. J'essaie de me tenir convenablement. J'essaie de ne pas me laisser aller à cette formidable énergie qui déborde de moi, car si je me laissais aller, je me mettrais à courir et sautiller dans tous les sens comme une enfant à qui on vient de promettre un séjour à Disney.

***

Nous montons dans la voiture de Gilles. Je rêve, surtout qu'on ne me réveille jamais, jamais. Je me sens si heureuse, si remplie de bonheur. Je suis soulagée, je plane à quinze mille mètres au-dessus du sol.

Quinze minutes, c'est long lorsqu'on est impatient. Je reconnais le chemin qui me mène à la maison en pierre de Gilles. Prince jappera pour nous accueillir, et j'entendrai les bruits de vie du dehors, les bruits silencieux de la nature.

Les pneus crissent sur les petits gravillons. Prince est là, comme une promesse.

En arrivant chez Gilles, je retrouve rapidement mes repères.

— T'as une femme de ménage ? que je demande en essayant l'humour pour paraître à mon aise.

— Non, je ne peux pas avoir le luxe de me payer une femme de ménage. Et pour te dire la vérité, je ne supporterais pas qu'une personne s'occupe de mon petit bordel de vie, dit-il en éclatant de rire et en passant sa main sur sa barbe.

Nous nous ressemblons tellement… Dieu que je deviens nian-nian…

Il pend ma veste au portemanteau et pose mon sac sur le petit meuble en bois ciré. Je quitte mes chaussures à l'entrée. Je vais dans la salle à manger, j'ai l'impression que même la maison m'accueille à bras ouverts.

Gilles est parti dans la cuisine.

— Marie, ton portable sonne, me semble-t-il… hurle-t-il de la pièce voisine.

Moi qui d'ordinaire ne me sépare jamais de mon petit objet haute technologie, je l'ai oublié pour la première fois dans mon sac. Mon sac posé sur le petit meuble en bois à l'entrée. Je me lève, j'ouvre mon sac, je sors mon téléphone. « *T'es bien arrivée ?* » SMS de Ludovic. Lui aussi, je l'avais oublié.

Je réponds : « *Oui, je vais bien, je suis arrivée, ne t'inquiète pas pour moi, prends bien soin de Rose. Bonne soirée.* »

Bien souvent, on reste avec une personne parce qu'on est juste bien ; parfois parce qu'on n'a pas le choix ; parfois, on peut passer à côté ; et parfois…

Même si je sais qu'il ne faut rien que j'idéalise, rien que j'attende de l'autre. J'ai eu besoin de plusieurs mois pour me remettre en question, pour savoir ce que je désirais le plus et ce que je ne voulais plus. Je n'étais pas prête, car pas construite.

Je retourne m'asseoir, Gilles s'active dans la cuisine. J'entends les ustensiles s'entrechoquer, je l'entends même fredonner.

— Tu as besoin d'un coup de main ? je demande.

— Non, attends, j'arrive, me répond-il, le sourire dans la voix.

Je suis tellement bien, là, à cet instant. Plus rien ne me paraît important. Je respire enfin.

Un livre est posé sur la table basse. Raymond Carver, *Les vitamines du bonheur*.

Gilles apparaît avec un plateau.

Il pose la bouteille de champagne, une assiette de charcuterie, un ramequin de fromage et quelques tomates cerises sur la table.

— Je dois retourner en cuisine, il faut que je prépare le reste… me dit-il.

Je me demande s'il est toujours comme ça ou s'il joue. On s'en fout…

Avant de disparaître dans la pièce à côté, Gilles lance une playlist *lounge*… pour qu'on *s'allounge* ?

— Tu peux te servir, me lance-t-il de la cuisine.

— Je n'ai pas envie de commencer sans toi, je lui réponds.

— Si, vas-y, je te rattraperai, me dit-il en riant.

« Oh oui ! Gilles attrape et rattrape-moi », je chuchote.

Prince est tout près de moi, assis, juste là. Gros chien de berger un peu vieux. Il a un regard triste. Il couine, de la bave dégouline de ses babines.

— Gilles ? Ça fait combien de temps que tu n'as pas nourri ton chien ? je demande en riant.

— C'est un comédien, ne te fie pas à son regard attendrissant, je l'ai mis au régime, en plus…

— Désolé, Prince, je ne te donnerai rien, je dis en me cachant pour mettre une rondelle de saucisson dans ma bouche.

J'suis dans quelle série, là ? *Le miracle de l'amour* ?

Je me lève et, par curiosité, je m'arrête devant la bibliothèque, je jette un coup d'œil à ses livres, « dis-moi ce que tu lis, je te dirai qui tu es »… Livres de développement personnel, psychologie, philosophie : Onfray, Misrahi, Comte Sponville…

Romans : Bukowski, Fante, Carver, Palahniuk, Beigbeder, Cavanna, Bussi…

Gilles revient et me surprend, la tête penchée sur le côté, en train de lire les tranches des livres.

— Mes lectures te plaisent-elles ? me demande-t-il.

— Oui, beaucoup, j'en ai lu certains, pour les autres, je ne demande qu'à découvrir, je lui réponds.

Nous nous asseyons l'un près de l'autre devant la table basse remplie de mets succulents.

— Tu m'as manqué, Marie, me dit-il.

— À moi aussi…

Il soupire. Il s'approche de moi… doucement, lentement. Douceur et délicatesse.

Je prends le temps de le respirer. Je passe ma main sous son pull, sur sa peau si douce, et je le respire encore. Je respire son cou, je respire son pull, l'odeur de son linge. Ne pas bouger. Reformer la bulle. Être dans la bulle. Plus rien n'existe, sauf lui et moi.

Enfin, ses lèvres sur les miennes. Qu'il est bon de ressentir de nouveau l'envol de papillons malicieux dans le bas de son ventre.

Si je n'avais pas osé le rejoindre, si je m'étais laissé guider par ma peur, que serais-je en train de faire ? Je serais en balade avec ma fille ou assise sur le canapé, en jogging abîmé. Je ne me serais pas lavée, encore et toujours paumée, triste à en crever… J'ai des pensées de merde qui flottent dans ma tête.

Gilles est tout près de moi, et je ne rêve pas. Je sens son souffle chaud remonter le long de mon cou. Il prend mon visage entre ses mains. Elles sont chaudes, elles sont douces, ses mains. Il m'embrasse en soupirant, je gémis. Nos langues se mélangent. Sa peau, l'odeur de sa peau, l'odeur de son parfum. L'odeur que jamais je n'ai oubliée, l'odeur que jamais je n'oublierai.

On s'embrasse encore. J'ai envie qu'il me *baise* là. J'ai envie qu'il me montre à quel point je lui ai manqué.

Il me regarde et me dit :

— Tu n'es jamais sortie de ma tête, Marie, j'ai eu tellement peur de perdre définitivement.

J'ai envie de le croire.

— Pourquoi tu ne m'as pas appelée ? je lui demande.

— Pourquoi ? Car tu m'as demandé de ne pas le faire…

S'il avait vraiment eu envie, il aurait pu m'appeler sans se soucier de ce que je lui avais dit… Je me dis qu'en fait, il a juste respecté mon choix… Je me dis que je ferais mieux d'arrêter de « me dire »…

Je suis bien là… Ne rien oublier. Me souvenir de tout. Vivre pleinement l'instant présent.

Nous restons ainsi, collés l'un à l'autre… en silence. Nous restons collés comme si nous essayions de rattraper le temps perdu. Il me regarde et dépose un autre baiser sur mes lèvres. Il me demande dans un doux chuchotement :

— Je crois que je suis en train de cramer notre repas.

Boum, retour rapide à la réalité, mais cette réalité-là n'est pas oppressante, n'est pas angoissante…

Il retourne dans la cuisine et revient avec un plat, un plat fumant. « Je suis désolé… » dit-il en me montrant le repas grillé. Je pense que cet amas charbonneux devait être des cailles. « Go pour les pâtes. Tu veux que je m'en occupe ? », que je dis en riant. Il retourne à la cuisine en soupirant, je l'entends marmonner contre lui-même. Quand je vais raconter ça aux copines, elles vont se moquer de moi. Elles vont me dire de faire attention, de ne pas me précipiter… elles auront raison… je ne leur dirai rien, du moins pas de suite…

Les mois passés loin de lui m'ont fait prendre conscience à quel point il est important de ne pas passer à côté d'un amour, ou d'une expérience, même si on pense que l'histoire ne durera pas longtemps.

Le temps passé loin de lui m'a fait prendre conscience qu'il faut toujours écouter son cœur et non pas sa raison, et encore moins les pseudo conseils de son entourage, à part ceux qui nous aiment et nous respectent en vrai, mais eux, en général, écoutent, mais ne conseillent jamais.

Le bonheur est quelque chose d'individuel, de personnel. Personne ne peut être heureux à notre place. Personne ne peut rien faire à notre place, nos choix nous appartiennent.

Les mois passés loin de lui m'ont fait prendre conscience que le temps passe vite et qu'il vaut mieux vivre pleinement sa vie pour ne rien regretter.

Je repense à ce que Jessie me disait, et je la comprends aujourd'hui.

Laisser passer le temps en se disant « peut-être demain », c'est du gaspillage de vie. On ne devrait jamais gaspiller sa vie, elle est trop précieuse. Peut-être n'était-ce pas le bon moment il y a un an et demi. Peut-être avais-je besoin de me construire ? Mais le « bon moment », qu'est-ce que ça veut dire, au juste ? Si ce n'est repousser par lâcheté l'instant où, enfin, on pourra être heureux.

J'ai envie de partir de chez moi ; j'ai envie de prendre ma fille et de trouver un appartement qui me rapprocherait de Gilles ; après tout, j'ai eu un sacré coup de cœur pour Montpeyroux. Ce que je sais aujourd'hui, c'est que je ne veux plus gaspiller mon temps…

***

On a dévoré comme des gorets, j'ai la peau du ventre bien tendue. On rigole, on se raconte nos vies, nos envies. Puis il se lève, me tend la main. « Viens », me dit-il.

C'est dans la fraîcheur de ce mois d'avril, les volets mi-clos, la fenêtre ouverte, que nos corps se sont retrouvés aimantés. Je ne pense plus à rien, je suis juste bien.

DÉCISION

Je suis réveillée par la lumière qui traverse les persiennes.

Comme tous les matins, j'ai d'abord été prise d'une légère angoisse, en me demandant comment j'allais faire pour affronter une journée de plus. J'ai mis quelques longues secondes à me souvenir de l'endroit où je me trouvais. D'un coup, tout s'est éclairé, je n'étais pas chez moi, mais chez Gilles, loin de ma vie triste et monotone. L'angoisse s'est évanouie, les questions existentielles avec.

Je suis seule dans le lit. Je m'étire. Je ne suis pas inquiète, je ne me sens pas fatiguée. Le parfum de Gilles est mélangé au mien sur le coussin, les draps, la chambre tout entière.

Je prends le tee-shirt posé là, en boule, tout près de moi. Je le plaque contre mon visage et je respire fort, très fort…

Prince jappe dehors, les oiseaux chantent, le vent souffle légèrement dans les feuilles des arbres…

Je me lève.

J'ouvre la fenêtre, je pousse le volet droit qui s'ouvre lentement en grinçant. Je ne sais pas l'heure qu'il est et je m'en moque complètement. Il fait frais, ça sent bon, odeur de terre humide, de bois, odeur du vent… Il n'y a pas de bruit à part ceux de la nature, à part le sifflement joyeux de Gilles.

Je baisse mon regard vers la terrasse en contrebas. Gille est là, juste en dessous. Il lève la tête vers moi.

— Hey… Comment vas-tu ? Bien dormi ? me lance-t-il en me faisant un signe de la main.

Il est en pyjama, un pyjama rayé, je le trouve terriblement sexy.

— Salut… Oui, très bien dormi… dis-je en riant.

Il paraît que ça ressemble à ça, le bonheur. J'ai l'impression que ça fait des années que je n'ai pas autant utilisé mes zygomatiques.

— Tu viens ? me lance-t-il.

J'enfile un gros pull en laine bleu marine, posé sur le fauteuil en cuir noir près de la grosse armoire. Il sent le parfum de Gilles. Je m'emmitoufle dedans, comme une petite fille. Je vais à la salle de bains, histoire de me donner un petit coup rapide sur le visage. Je regarde mon reflet dans le miroir. Je me trouve belle.

Je descends rejoindre mon amant qui m'attend tout sourire.

Je m'approche de lui. Il me prend dans ses bras et me serre tendrement.

— J'ai préparé le petit-déjeuner, je ne savais pas trop ce que tu mangeais, donc y a un peu de tout… Il fait bon, ce matin, je me suis dit que la terrasse serait parfaite. Tu n'as pas froid, au moins ?

— Non, j'suis bien… je lui dis.

Sur la table en pierre, le petit-déjeuner est dressé. Pains au chocolat, croissants, pain frais, confiture de myrtilles, confiture de fraises, beurre, café, chocolat, thé, œufs brouillés, etc. Mon ventre gargouille. La nuit dernière, nous avons peu dormi, nous avons fait l'amour des heures entières. Une éternité que ça ne m'était pas arrivé ; pour dire vrai, je n'ai pas le souvenir qu'une telle chose se soit déjà produite. Mon corps a besoin d'énergie.

Je tire la chaise et m'installe face à Gilles.

— Thé ? Café ? Chocolat ? me demande-t-il.

— Thé, merci…

Ses cheveux sont en l'air, il a les yeux gonflés par la fatigue, et je le trouve beau, terriblement beau. J'ai envie de lui, là, maintenant…

J'aimerais prendre mon petit-déjeuner tous les matins sur la terrasse, ici, avec Gilles.

— Alors, Marie ? Comment te sens-tu ? me demande-t-il.

— Terriblement heureuse. Tu me permets de ne pas penser et ça fait du bien…

— Je ne sais pas si c'est très positif de ne pas penser, dit-il en trempant sa tartine dans un café brûlant.

— Si, dans mon cas, c'est très positif.

— Je n'ai pas envie de te bousculer, j'ai juste envie que tu sois heureuse…

— Je sais, et tu y parviens très bien.

Les hirondelles chantent, les primevères sont de sortie, moi, je souris, moi, je suis heureuse. Tout annonce une belle arrivée du printemps.

— Nous avons vraiment beaucoup de chance que le temps soit de la partie, me dit-il.

— Oui, et quel bonheur d'entrer enfin dans les beaux jours… je réponds.

— L'hiver n'a pas été très long ni trop rude, cette année. Nous n'avons même pas eu plus de trois jours de neige. Les saisons se dérèglent…

— Tu te rends compte qu'on a une conversation à chier, là ?

— Oui, c'est vrai… C'est juste pour le plaisir de parler, en même temps, on s'en fout, on n'est que tous les deux…

— Mouais, les murs ont des oreilles, si ça se trouve, quelqu'un nous écoute…

— Si quelqu'un nous écoute, il va vite…

— … passer à autre chose… que je réponds en riant.

Ça, c'est un dialogue complètement inutile, mais le bonheur a toujours été ennuyeux… Après le copieux petit-déjeuner, j'aide Gilles à débarrasser la table.

— Du coup, tu n'as pas pu voir ta cousine ? je lui dis avec une petite moue désolée.

— Non, je lui ai envoyé un message pour lui dire qu'elle n'avait qu'à passer ce soir.

— Elle n'était pas là, la dernière fois que je suis venue.

— Non, elle est parisienne. Ça faisait plusieurs mois que je ne l'avais pas vue. Elle vient de se séparer, grosse dépression, il est parti avec une minette de vingt ans.

— C'est typiquement masculin, ça…

— Quoi donc ?

— De partir avec une meuf plus jeune… Ta cousine est loin d'être moche, en plus… Il doit être en pleine crise du démon de midi… besoin de se sentir jeune, frais et pimpant… il va vite déchanter. Y a rien de plus chiant que la jeunesse quand on a passé quarante ans…

— Je te trouve un peu dure, là… il me dit en souriant.

— Dure ? Non, juste réaliste… et je ne dis pas ça parce que j'ai plus de quarante ans, hein…

— Tu ne les fais pas…

— Arrête… t'as pas besoin de me flatter, on a déjà couché ensemble…

— Ah ah ah… Pour en revenir à ma cousine, ça faisait plus d'un an qu'ils se disputaient… Elle a pris sa décision, elle a un deuil à faire.

— Je comprends… Elle a des enfants ?

— Oui deux, huit et dix ans… Tu sais, Marie, j'ai toujours appris que les enfants s'adaptaient très vite aux nouvelles situations. Même s'ils souffrent de la séparation des parents, tant que les parents sont heureux, ils suivent…

— Je comprends ce que tu essaies de me dire… Et Cécile va rester ici, du coup ?

— Elle reprend du poil de la bête, doucement. Je sais bien qu'elle ne restera pas, la campagne, ce n'est pas pour les Parisiens, à part pour ceux qui, d'un coup, ont l'impression qu'ils peuvent faire une mini révolution en s'installant loin de leur ville de croque-mitaines.

— Je vois… Où habite-t-elle en ce moment ? Elle reste à l'auberge, peut-être ?

— Je lui ai trouvé un petit appartement, ici, ce n'est pas ça qui manque, il y a plus d'offres que de demandes, du coup, elle se retrouve avec un T3 pour 400 euros par mois…
— C'est pratique, ça aide bien…
— Tu viens ? me dit-il en me prenant la main.

***

Une fois de plus, dans la grande chambre aux volets ouverts sur le monde, nous nous étreignons et nous faisons l'amour. « Faire l'amour », ces deux mots prennent tout leur sens aujourd'hui. Nous fabriquons, à notre façon, les sentiments.

Je m'endors dans ses bras… Lorsque je me réveille, cette fois, l'angoisse a pris le dessus, et pour cause… Il est temps pour moi de rentrer.

***

Le temps passe toujours trop vite lorsqu'on est heureux.

Gilles m'enlace, je le respire, comme si j'ordonnais à mes sens de se souvenir éternellement de cette odeur qui me rassure et me rend si heureuse.

— J'ai tellement été heureux de t'avoir quelques heures avec moi, tu reviens quand tu peux, me dit-il.

Il ne me presse pas, il ne me dit pas « quitte ton mari ». Il m'embrasse encore avant de se diriger vers sa voiture. Il met mon sac sur le siège arrière. Il met ses lunettes de soleil, alors que le beau temps de ce matin a laissé place à un ciel gris et pluvieux. Quelques gouttes s'écrasent sur le pare-brise.

— Je n'ai pas envie de rentrer, je voudrais pouvoir rester.

Il pince ses lèvres et met le contact, la voiture démarre. Il me dit :

— Tu reviendras vite, je le sais… Puis, on n'est pas très loin l'un de l'autre…

On ne se parle pas pendant les quinze minutes de trajet.

Gilles me suit jusqu'à ma voiture garée devant l'auberge. J'ai cru voir la patronne de l'établissement derrière ses rideaux, en train de nous observer.

Gilles me serre fort contre lui, j'écrase mon visage contre son torse. Il me caresse les cheveux. Mes larmes coulent toutes seules.

— Il ne faut pas pleurer, Marie, me dit-il.

Je ne contrôle pas les soubresauts de mon corps.

— J'ai piqué ton tee-shirt, je lui dis.

— C'est pour ça que tu pleures ? me dit-il en prenant ma tête entre ses mains, un regard à la fois tendre et taquin.

— Non, ce n'est pas pour ça…

— Ah… Moi, j'ai gardé ta culotte, me dit-il en souriant.

— Quoi ? T'es sérieux là ? Dis-moi que tu déconnes, s'il te plaît.

— Je suis sérieux…

Et il me serre de nouveau.

À ce rythme-là, je ne suis pas près de partir.

La patronne de l'auberge nous fait sortir brutalement de notre bulle sentimentale.

— Bonjour, Monsieur le Maire, bonjour, Marie, contente de vous revoir, dit-elle avec un léger accent.

— Ah, bonjour, Madame Carno, vous allez bien ce matin ? répond Gilles, sans me lâcher.

— Oui, Monsieur le Maire, il faudra voir deux trois trucs ensemble pour la fête de cet été, j'ai plein de petites choses à régler avec vous, peut-être que ce soir, nous pourrions dîner ensemble ? lui sort elle.

La main de Gilles se presse autour de ma taille.

— Non merci, Madame Carno, il faudra passer à la mairie directement. J'ai beaucoup de travail en ce moment, il dit.

— Oui, oui, du travail, je vois bien ça, dit-elle en fermant la fenêtre.

— Elle est bien gentille, mais c'est un vrai boulet, il me dit.

J'ai bien senti la petite pointe de jalousie dans la voix de madame Carno.

Je m'installe derrière mon volant. J'ouvre la fenêtre.

— Tu ferais bien de rentrer, Gilles. À mon avis, tu vas te prendre une radée, je dis.
— Ce n'est pas grave, j'irai m'abriter chez la Carno, me sort-il.
— Je n'aime pas ton humour.
— Allez, reviens-moi vite…
— Je fais au mieux… je…
— Tu ?
— Non, rien… Tu me manques déjà…

***

J'enfonce la clef dans la serrure.

Il y a du bruit à l'intérieur de mon appartement, le père joue avec l'enfant.

J'entends la voix de Ludo et j'angoisse.

Aujourd'hui, je veux rire, je veux danser et chanter. Aujourd'hui, je veux profiter du temps qu'il me reste à passer sur cette planète à faire ce que j'ai envie de faire.

J'entends ma fille gazouiller. Elle dit « papa… papa ». Je suis dans le couloir. Rose me voit. Elle hurle « maman, maman ». Elle hurle comme si j'étais partie pendant des mois.

Je regarde le petit bout de moi. Je regarde le petit bout de moi agiter les bras dans la chaise haute, la bouche pleine de purée de carotte. Et il y a l'homme à côté. Il y a le géniteur. Il y a le papa.

L'homme a les yeux cernés. L'homme est fatigué. L'homme paraît triste. Il me dit :

— Alors ? Tu t'es bien amusée ? Rose a été un peu pénible, cette nuit. Elle cherchait sa mère. C'est dur pour un enfant d'être séparé de sa maman.

Il continue de parler en donnant le dessert à l'enfant. Il me dit des choses en espérant me faire réagir, il ne fait que me conforter dans ma décision. Je ne veux pas vivre prisonnière. Je ne veux plus survivre dans une cabane de vie, j'étouffe.

J'embrasse ma fille. Je dis à Ludo :

— Il faut qu'on parle, mais ce soir.

— Eh ben, ça a l'air grave, tu verrais la tête que tu fais.

— Ce soir…

— OK. Comme tu veux. En attendant, j'ai des choses à faire, tu prends la relève ?

— Évidemment.

Je termine de donner le dessert à ma fille.

Je regarde l'homme, le géniteur, prendre sa veste sur la chaise, s'habiller, le visage fermé. Il me dit : « Je rentrerai vers 19 heures, j'ai besoin de prendre l'air, moi aussi… » Je hoche la tête et je le regarde quitter la maison. Il a un aperçu de ce que ça fait de rester à la maison à s'occuper de l'enfant et faire le ménage. Enfin, faire le ménage, tout est relatif, car je vais devoir tout ranger, vu le merdier qu'il a laissé.

L'homme part, comme s'il était au bout du rouleau. J'aimerais bien voir ce que ça va donner lorsqu'il devra vivre seul, sans moi derrière lui pour m'occuper de tout.

Je vois tout en noir. Et pourtant, je sais, je sens que c'est la meilleure des décisions à prendre.

Après le dessert, je couche ma fille. Après avoir couché ma fille, je m'installe sur le canapé.

— Allô, Jess ? C'est Marie.

— Salut…

— Je ne te dérange pas ? je demande.

— Non, pas du tout… me dit-elle.

— Ça va ?

— Oui et toi ?

— Oui…

— T'as vu Gilles ?

— Oui… comment tu le sais ?

— Ludo est passé hier soir à la maison… Il se doute, tu sais…

— Comment ça ?

— Oh ! Laisse tomber, on s'en bat les ovaires, l'essentiel c'est qu'enfin, tu reprennes ta vie en main, ma belle.
— Il est parti… J'angoisse un peu… Ma décision est prise.
— Ne t'inquiète pas. Que vas-tu faire ?
— Je vais le quitter.
— Sage décision.

Je pleure, encore. Je dis à Jess que j'ai peur de perdre ma stabilité ; peur de perdre l'équilibre, peur de perdre ce que je connais, peur de me perdre.

— Quelle stabilité ? Quel équilibre ? De quoi parles-tu, Marie ? Le changement fait toujours peur, mais une fois qu'on a franchi le cap du doute et qu'on a décidé de prendre sa vie en main, tout s'arrange. Tu sais, le bonheur n'est pas facile d'accès. Et pour l'atteindre, bien souvent, il faut savoir péter sa bulle de confort… me dit-elle.

∗∗∗

20 heures
J'ai préparé des pâtes, je n'avais pas envie de cuisiner. On a mangé avec Ludo, en tête-à-tête, en silence.

20 heures 30
Ce n'est jamais facile de quitter, ce n'est jamais facile de dire « c'est terminé ». J'ai fait moult scenarii dans ma tête. J'ai appris par cœur des phrases qui n'ont plus aucun intérêt dans l'instant présent.

Je m'installe sur le canapé. Je demande à Gilles de s'asseoir à côté de moi en *tapotant sur l'assise de cuir*. Je dois absolument éviter de trop le blesser. Je dois y aller doucement. Pourquoi dois-je faire attention ? Quoi qu'il en soit, il sera en colère. Une question d'égo, car je sais que si nous restons ensemble, autant lui que moi, c'est pour Rose. Il n'est pas heureux, je le sais. Je l'ai entendu pleurer la nuit.

Il me dit : « Je t'écoute. » Je le regarde. Je le regarde encore. Il me dit :

— Bon, alors ? C'est quoi ton truc à me dire ? Tu arrives, tu me dis « il faut que je te parle » et tu restes silencieuse…

Je respire un grand coup. Je dis :

— Il faut qu'on se sépare, Ludo.

Il me dit :

— Quoi ? Pourquoi ? Tu as quelqu'un dans ta vie ? Tu es allée rejoindre ton maire dans ce village de culs-terreux ?

— Ce n'est pas le sujet, je réponds.

— Bien entendu que si. Tu m'as trompé ? Dis-le-moi…

— Ça n'a rien à voir, Ludovic…

— Espèce de mytho, tu me dis que tu vas travailler, mais en fait, tu vas te faire sauter par un…par un… plouc.

— Ne sois pas vulgaire… Si je veux te quitter, c'est parce que…

— Parce que quoi… ?

— Parce que… je ne t'aime plus, Ludo.

— Et tu crois que je vais avaler ça ? Tu te casses et tu reviens pour me dire que tu me quittes ? Tu crois vraiment que je vais sauter de joie et te dire « vas-y, pars » ? Tu rêves. Je garde la baraque, et la gamine aussi.

— Ludo, j'aimerais que ça se passe bien.

— Que ça se passe bien ? T'es une menteuse. T'as quelqu'un dans ta vie. C'est pour ça que, depuis quelque temps, tu es différente. Tu croyais que je ne le savais pas ? Tu croyais que je ne voyais rien ? Pauv' conne, va. Je sais, je vois, je ne suis pas débile.

— De quoi parles-tu ? dis-je, la voix tremblante.

— De ton connard de monsieur le maire de Moncul Lajoie, par exemple.

— …

— J'aurais préféré que tu me dises la vérité.

— Mais c'est ce que je fais.

— Non, tu m'as menti.

Je n'ose plus bouger. J'ai la tête qui tourne. J'ai la nausée. Il me dit qu'il aurait voulu que je lui dise la vérité ? Connerie. Il aurait aimé que je ne voie personne, que je le rassure sur l'amour que je lui porte, sauf que je ne l'aime plus. Même si Gilles n'existait pas, j'aurais pris mes cliques et mes claques.

Il me dit :

— Casse-toi, Marie, casse-toi… MAINTENANT, je ne veux plus te voir.

— Quoi ?

— Casse-toi, je te dis. Prends tes affaires et casse-toi.

— Je ne partirai pas sans mon enfant.

— TON ENFANT ? Mais crois-tu que tu sois un exemple pour elle ? Comment veux-tu qu'elle se construise avec une mère menteuse qui trompe son père ? *La mère et la putain*, le retour…

— Ludo, tu vas trop loin.

— Regarde-toi. Je ne te reconnais plus, et ce pull, c'est ton mec qui te l'a donné ?

***

Je suis excédée. Je vois noir. Qu'il aille se faire foutre. Je vais dans la chambre, je prépare mon sac. Je ne pense plus à Marie, je ne pense qu'à moi, en égoïste… *Mère et putain*, la voix de Ludovic résonne.

Ludovic ne fera pas de mal à Rose, je le sais. Rose, c'est sa vie.

Ludo est devant la porte de la chambre, il me saute dessus, il me dit : « Non, pars pas, tout va s'arranger, je t'excuse. » Il m'excuse de quoi ? De ne plus l'aimer ? S'il m'aimait vraiment, il verrait que je suis malheureuse, il me laisserait partir, sans me retenir.

Ses mots s'embrouillent, ses phrases perdent leur sens. Il se lève, il prend sa veste. Il me regarde, il me dit : « T'as deux semaines pour faire des bagages. Prends un avocat, aussi. On divorce. »

Il sort de la maison.

Rose pleure. Je pleure aussi. J'ai l'impression d'être dans un cauchemar. J'essuie mes larmes. Je vais chercher ma fille. Je la prends dans mes bras. Comme si son petit corps contre le mien avait le pouvoir de me consoler.

AINSI VA LA VIE...

Ludo n'est pas rentré de la nuit. Je me suis inquiétée, j'ai eu peur qu'il fasse une bêtise. Puis j'ai reçu un SMS de Jean-Marc : « Ludo est là, t'es vraiment dégueulasse. » Je hais les gens qui se permettent de foutre le nez dans la culotte de leur voisin. Il ferait bien de juger sa propre vie avant de juger la mienne.

Je me doute bien que Ludo est effondré, qu'il a pris une biture, qu'il a vomi sa haine partout, qu'il m'a insultée, qu'il veut m'attaquer... La haine est proportionnelle à l'amour... et je pense que nous nous sommes réellement aimés, dans des temps plus anciens.

J'essaie de sourire, de m'occuper de ma fille du mieux que je peux.

Jess m'appelle. « Tu peux venir à la maison avec Rose un temps, si tu veux », me dit-elle. Son geste me touche.

J'essaie d'appeler Ludo, pour qu'on puisse discuter calmement, mais son téléphone est sur messagerie, tant pis.

Je fais mes valises et je vais chez Jess.

***

Jessie et Robert sont assis devant la table en bois de la grande salle à manger. Rose est dans le trotteur. Mathieu, le fils de Jess, s'occupe d'elle.

J'ai l'impression qu'on est en train de veiller un mort.

Je me sens bizarre, à la fois angoissée et soulagée.

— Tu vas faire quoi, maintenant ? demande Jess.

— Prendre un avocat... je réponds.

— J'en connais un bon, dit Robert.

Robert se lève, prend son portable et marmonne des mots que je ne comprends pas.

— Ah, le voilà, c'est un de mes potes, Jean-Marie, il est très doué… qu'il me sort.

— Et il prend l'aide juridictionnelle ? N'oublie pas que je n'ai pas de revenus, Robert.

— Ne t'inquiète pas pour ça, il me doit deux trois services, on s'arrangera.

— Ça va aller, Marie ? me chuchote Jess.

— Je pense, oui…

— Tu vas t'installer avec Gilles ?

— T'es folle ? Je ne prends pas mon envol pour me remettre en couple… même si je l'aime beaucoup.

— Sage décision, me dit Robert.

— Ça va être long, Marie, Ludovic ne va pas te lâcher… dit Jess.

— Je sais…

— Va falloir te trouver un petit appartement…

— Avec quels revenus ? Je n'ai pas de salaire…

— Il faut qu'on aille voir l'assistante sociale demain…

— … J'ai envie de dormir…

Heureusement que j'ai les amis que j'ai. Ludovic et moi devrons également mettre la maison en vente.

Il faut que je me fasse à l'idée que durant quelques mois, ma vie ne sera pas merveilleusement confortable, mais qu'importe, je vais retrouver ma liberté. C'est le prix à payer.

AÏE

Jess et moi, nous nous rendons à mon domicile. Il y a la voiture de Ludovic garée dans le petit parking, j'ai peur, il me fait peur. Je ne comprends pas d'où vient cette peur. Ludovic n'a jamais levé la main sur moi, et je doute fortement qu'il se laisse emporter par sa colère, sa rage et sa déception.

Jess me dit : « Je viens avec toi. »

J'ouvre la porte de l'appartement. Ludo, allongé sur le canapé, se lève d'un bond. Il y a des bouteilles d'alcool ouvertes, des paquets de chips déchirés, il s'est même remis à fumer.

— Qu'est-ce tu fous ? qu'il hurle.

— Je viens récupérer deux trois affaires.

— Ah oui, tu viens récupérer tes *fringues de pute*… Hey, s'lut Jess, tu savais que ma femme se faisait tirer par un gars, hein, tu le savais ? Tu faisais bien ta sainte nitouche toi aussi, puis si ça se trouve, c'est TOI, CONNASSE, QUI LUI A FOUTU CES IDÉES EN TÊTE.

— Ludovic, arrête, s'il te plaît.

Je ne reconnais plus Ludovic. Il n'a jamais parlé comme ça. La rupture fait-elle tomber tous les masques ?

Il s'approche de nous, une bouteille dans la main, et mon porte-jarretelles acheté il y a deux ans… Il titube, il agite le porte-jarretelles.

— Ça, c'est quoi ? Espèce de bouffonne, tu mets tes culottes pourries avec moi, et avec d'autres, tu portes de jolis dessous sexy, mmmm suis sexy, suis sexy, il dit en ondulant vulgairement son bassin.

Jess lui dit :

— Calme-toi, Ludo…

— Me calmer ? Alors que cette pute vole ma vie ? On était bien, putain… Elle a tout foutu en l'air.

— Dépêche-toi, Marie, me lance Jess.
— Ouais, dépêche-toi, MARRRIEE, qu'il gueule Ludo.

Puis sa voix se radoucit, puis il se met à pleurer, puis il court derrière moi.

— Pars pas, Marie, mon 'mour, ça va s'arranger, j'efface tout, reviens-moi…

Je ne peux pas revenir, je ne veux rien effacer, je ne peux plus vivre avec Ludovic…

Je vais dans la chambre, Ludo collé à moi.

— Parl' moi M'rie bordel… R'garde-moi… R'GARDE-MOI QUE JE TE DIS.

Jess arrive près de Ludo, elle pose sa main sur son bras.

— Viens, viens avec moi, Ludo… qu'elle dit doucement.

Jess est une femme douce qui sait parler, qui sait calmer, qui sait réconforter. Elle s'éloigne avec l'homme. J'en profite pour sortir deux trois valises. Je prends l'essentiel, l'indispensable. Je sais que je ne pourrai pas tout récupérer. Je prends mes boîtes de tapuscrits. Je vais dans la chambre de Rose. Je vide son placard. Je pleure. Je pleure, car je me souviens d'hier, lorsque nous ne pouvions pas faire d'enfant, Ludo et moi, et qu'on pleurait ensemble.

J'ai l'impression d'être dans un film, une comédie dramatique pathétique.

***

Je mets tout en vrac dans la voiture de Jess. Ludo s'est endormi.

***

Je m'installe dans la chambre du fond avec Rose, l'assistante sociale ne pouvait pas me recevoir aujourd'hui. Elle m'a demandé de réunir quelques papiers, fiches d'imposition, mes charges, revenus… Je me sens tellement misérable.

Je donne un coup de fil à Gilles, je lui explique la situation dans laquelle je me trouve, mais sans m'en plaindre, c'est mon choix. Il me dit qu'il est là, si j'ai besoin de lui. « Écoute, ma sœur va quitter l'appartement dans quelques jours, tu pourrais reprendre le bail, je suis certain que le logement te plaira », m'a-t-il dit.

T4 à 400 euros, ça me plairait beaucoup.

Il ne m'a pas dit qu'il voulait s'installer avec moi, ça m'a rassurée, je ne me sens pas prête à recommencer une vie de couple.

GALÈRE

17 avril

Jess et moi sommes dans une petite salle d'attente. J'ai rendez-vous avec madame Poisson, qui peut-être parviendra à trouver toutes les bonnes solutions.

Madame Poisson regarde mon dossier. Elle me dit qu'il faut que je m'inscrive sur les listes de demandeurs d'emploi et de logement HLM. J'ai une grosse boule dans la gorge. Je suis fatiguée, si fatiguée… Je ne me vois pas vivre dans un quartier chaud, femme seule avec enfant en bas âge, je n'ai pas les épaules assez solides pour ça. Mais d'un autre côté, qui suis-je pour me permettre d'avoir des goûts de luxe ? Je repense à la proposition de Gilles. Je salue l'assistance sociale.

L'argent rentrera bientôt. On va vendre la maison. Je vais trouver un petit boulot aussi. Tout va rentrer dans l'ordre…

20 avril

Rendez-vous avec un avocat d'urgence. Papiers administratifs. Argent qu'on jette par la fenêtre. J'ai rempli un dossier d'aide juridictionnelle. Mon avocat me précise les choses que j'ai le droit de demander. Ludo est resté dans notre logement, il me doit la moitié du loyer en charges locatives et une pension alimentaire pour Rose. Rien n'est encore fixé.

Je me suis mariée car je pensais aimer, mais surtout pour que Ludo paie moins d'impôts. Les économies qu'on a faites, on va les jeter en l'air en honoraires. Mariage. Union de deux êtres qui s'aiment. Devant le maire, devant le curé parfois. Union. Encore une invention de l'homme. Couple. Deux solitudes qui se rencontrent. Durée de la passion : neuf mois. Tout fout le camp. On avait des rêves et des ambitions. Une maison. Un enfant. Une vie à déconstruire.

Se mettre d'accord sur la désunion, comme on se met d'accord sur l'union. Si l'un des deux n'est pas d'accord, on engage une procédure plus longue et plus coûteuse.

Le divorce, c'est la continuité de l'union ; le divorce se passera comme la vie maritale se passait. Pour nous, ce sera dans le dénigrement, dans les silences, dans les coups de gueule, et dans l'indifférence.

Puis il y a la garde de l'enfant. Majoritairement, l'enfant reste avec maman. C'est comme ça. C'est toujours comme ça ; l'enfant ne doit pas être séparé de sa mère. Comme si la mère devait culpabiliser si l'enfant reste avec le père. Comme si c'était une honte de ne pas être une mère modèle.

Après, l'avocat. Régler les problèmes comme le partage du mobilier et d'objets divers. « *Ça, c'est à moi, on me l'a offert à mon anniversaire.* » « *Comment fait-on avec la serviette de bain qu'on a achetée ensemble en vacances en Espagne ? On va la déchirer en deux ?* » C'est une bonne idée, ça, la déchirer en deux. La déchirer en deux comme on déchirera l'enfant, un coup chez papa, un coup chez maman. Si on pensait au futur qui se casse la gueule. Si on pensait aux conséquences de la conception de l'enfant et du mariage, on ne se marierait plus. On ne ferait plus d'enfants.

Ensuite, rechercher l'appartement.

Et enfin… ÊTRE HEUREUSE.

Cependant, je ne suis pas libre d'emménager où je veux, car l'enfant me relie au père. Car le père ne veut pas partir de l'endroit où il habite. Car le père a décidé de trouver un appartement proche de l'école maternelle, même si elle n'est pas encore scolarisée ; parce que le père dit que l'enfant ne doit pas être déraciné ; parce que le père veut rester proche de sa famille, de ses amis.

Le bien-être de l'enfant passe par la décision de l'un des parents. Et Ludo me culpabilise. Ludo me dit que l'enfant sera instable et que ce sera ma faute.

On va vivre plusieurs phases, j'en suis consciente.

La colère, suivie d'une pseudo acceptation, puis une autre phase de colère, puis la haine avant le début du deuil.

Parfois, les parents s'entendent bien, une bonne chose pour l'enfant. Parfois, les parents se déchirent, une souffrance pour l'enfant. Quels parents serons-nous ?

Il faut que je fasse les choses dans l'ordre. Il faut que je trouve ma propre indépendance. Il faut que je trouve mon propre équilibre. Il ne faut pas que je quitte le père de mon enfant pour m'installer avec quelqu'un.

***

— Alors ? T'en penses quoi ? me demande Gilles, au milieu du salon au parquet brillant.

Deux chambres, grande pièce à vivre, petit salon, cuisine américaine, et même une baignoire dans la salle de bains.

J'ouvre la fenêtre, je respire un grand coup, je sens que ma vie est en train de changer. Je tombe sur la place du village avec le bar. Je me sens pleinement libre, indépendante et heureuse.

— C'est magnifique... je réponds.

— Alors il est à toi, tu emménages quand tu veux... il me dit.

J'éclate de rire, je lui saute dans les bras. On s'embrasse. Il ferme la porte de MON appartement. Il me tend MES clefs.

***

— On va fêter ça, Marie ? me demande Gilles.

Je le prends par le bras, et ensemble, nous nous dirigeons vers la petite place... Maintenant, la vie va commencer, lalalala...

— Alors, Marie ? Vous aussi vous allez faire partie de la grande famille de Montpeyroux ? me lance le serveur.

Les nouvelles vont vite.

Pendant que nous partageons une coupe de champagne, je raconte à Gilles l'avocat. Je raconte à Gilles les disputes. Il ne m'a rien demandé. J'ai besoin de me vider.

Il ne me conseille pas. Il m'écoute. Il me fait rire, il me détend, me déculpabilise, il désacralise la situation, et ça me fait du bien. Il n'écrase pas le père de mon enfant. Il me dit que, parfois, je suis un peu trop dure. Il a raison. Mais c'est normal si je suis un peu trop dure avec Ludovic. Je suis un peu trop dure avec lui car tout fout le camp et que c'est ma faute, et que c'est sa faute.

DIVORCE

25 mai

Rendez-vous porte 2, tribunal de Grande Instance de Montpellier, Juge aux affaires familiale.

Je patiente, j'attends mon tour. Ludovic n'est pas encore arrivé.

Les avocats dans leurs grandes robes noires défilent. Des attroupements de gens, qui, comme moi, attendent de passer devant des juges, sont assis sur les bancs à l'assise trop dure. Je me sens mal, je ne suis pas une criminelle, je n'aime plus mon mari.

Ludovic arrive avec dix minutes de retard ; de toute façon, il y a déjà un couple dans la salle d'audience. Chacun son tour. Ludo n'est pas rasé. Il me lance un regard assassin, mais ne me dit rien. Une avocate s'approche de mon futur ex-époux, je les vois s'éloigner. Mon avocat arrive et me dit : « Ne vous inquiétez pas, tout va bien se passer. »

Je suis inquiète, je suis inquiète car je ne sais pas de quoi Ludovic est capable.

Je suis inquiète car je culpabilise.

C'est moi qui ai fait la demande de divorce, Ludo ne l'aurait jamais faite, car je sais que malgré la haine qui l'habite, il s'attendait à ce que je revienne, que je rampe à ses pieds en lui demandant pardon…

Liberté, liberté, j'arrive… plus qu'une porte à traverser et je serai à toi, Liberté.

***

Une femme ouvre la porte numéro 2. Elle m'appelle. Je rentre, seule, sans mon avocat. J'ai l'impression de passer un oral du bac. Je me retrouve face à deux femmes et un homme.

Au centre, madame le juge. Elle me présente à sa droite madame le procureur et à sa gauche monsieur le greffier.

— Tout sera retranscrit, on est là pour établir un protocole de divorce, vous ne pourrez pas revenir dessus. Vous avez demandé 300 euros de pension alimentaire pour votre enfant. Restez-vous sur votre position ?

— Je n'ai pas besoin de mon avocat ? je demande, inquiète.

— Non pas pour l'instant. Je vous reçois comme je recevrai votre mari dans quelques minutes. C'est juste pour vous demander si vous restez sur les mêmes demandes. Il ne s'agit pas de reporter la faute l'un sur l'autre, là, c'est juste pour signer un protocole de divorce, pour dire que vous voulez vraiment divorcer, sans possibilité de revenir en arrière.

— Bien… Alors oui, je demande toujours 300 euros de pension alimentaire.

Ma voix tremble, je ne sais pas ce que je fais ici, le cul posé sur ce banc en bois. Criminelle sentimentale.

Nous voilà tous les quatre face au « jury ». Ludo, son avocate ; mon avocat et moi. Je ne parle pas, Ludo ne parle pas, seuls nos avocats s'expriment. Le verdict sera rendu dans un mois. Je mets en place une deuxième démarche juridique pour les loyers que Ludo me doit, le temps que la maison se vende.

***

26 juin
Il n'y a plus de jour fixe, il n'y a plus de date, il y a juste la vie.
Le jugement a été rendu. Ludo devra payer une pension de 250 euros, et me devra 400 euros pour la charge locative. J'ai trouvé un petit travail en tant que secrétaire, à mi-temps, chez monsieur le maire de Montpeyroux. Non, je ne passe pas sous le bureau et je n'aurai pas de promotion canapé, je sais faire la part des choses… Allons, allons…

***

Rose grandit…

Sophie est en couple et heureuse avec son Parisien, Jess et Robert me rendent visite régulièrement.

Je croise Ludo pour récupérer Rose.

On ne parvient pas encore à se parler. On se dit juste « bonjour » au moment du « partage » de l'enfant.

Et les jours ne se ressemblent plus, les jours s'enchaînent et j'apprivoise peu à peu ma liberté.

Un week-end sur deux, on sort, avec Gilles, et tout se passe très bien avec lui. Je n'aurais pas imaginé que je pourrais quitter mon mari pour me mettre dans la vie d'un autre, mais c'est comme ça, parfois, mieux vaut ne pas se poser de questions.

Nous profitons pleinement du temps que nous passons ensemble. Il n'y a pas de jalousie, il n'y a pas de prison dorée, il n'y a pas de règlements de compte, il y a les discussions, la complicité et le rire.

C'est peut-être ça, après tout, le secret des couples qui durent. Le secret des couples qui durent, c'est de ne pas être un couple collé. C'est de ne pas vivre ensemble. C'est de garder son indépendance. C'est de ne pas idéaliser. C'est de ne rien attendre de l'autre. C'est de déconstruire les idées qu'on s'est faites sur l'amour…

INDÉPENDANTE, AMOUREUSE ET HEUREUSE

25 juin – un an plus tard

Il est vingt et une heures trente. Rose est couchée. J'ai osé, il y a trois mois, envoyer mon roman à une maison d'édition. La vie d'artiste est compliquée. Alors j'ai rempli les dossiers d'aides sociales. Je jongle avec mon petit travail à mi-temps, mon travail alimentaire. Un travail qui tue à demi la créativité. Un travail qui permet d'acheter de la nourriture, de payer le loyer, et mon travail d'auteure précaire.

J'aurais pu tomber sur pire, j'aurais pu atterrir dans une entreprise de fabrication de yaourts avec un patron imbuvable.

***

On n'a toujours pas réussi à vendre la maison. J'ai hâte de recevoir l'argent pour m'acheter un petit appartement.

***

Mon téléphone sonne.

— Salut, Marie, c'est Jess, ça va ? me demande ma copine.

— Ça va très bien… et toi ?

— Niquel… Alors ? Le gars t'a appelé pour la maison ? elle me demande.

— Ouais, il ne peut pas la prendre, sa banque a refusé le crédit, je réponds.

— Bon, écoute, ça tombe plutôt bien, j'ai un ami, Laurent Fourel, directeur des ressources humaines, j'sais pas pourquoi je te raconte sa vie…

— Peut-être pour lui donner plus de crédibilité, je réponds en riant.

— Ouais, ça doit être ça, bref, lui et sa femme vont avoir un deuxième enfant. Ils ont besoin d'un logement plus grand et il est hors de question pour eux de louer... Ils ont les moyens, faut dire. Il devrait t'appeler prochainement. Je croise les doigts pour toi...

— Moi aussi...

— Ahhh, j'ai failli oublier de te dire...

— Quoi ?

— Tu te rappelles Martine ?

— Martine ? je répète.

— Oui, la coiffeuse, celle qui s'est installée il y a deux ans vers chez toi, enfin, ton ancien chez-toi...

— Ahhh, elle s'appelle Martine...

— ... On s'en fout, en fait. Il s'avère que Martine est une de mes bonnes copines, et qu'elle a rencontré, tiens-toi bien...

— ... Oui ? Qui ?

— La meuf de Ludo...

— Quoi ?

— Ludo a une meuf... Ça fait six mois qu'ils se fréquentent...

— Déconne...

— Le pire, c'est qu'elle s'est installée dans ton ex-chez-toi...

— C'EST PAS VRAI... Elle pose son cul sur MON canapé ? Dors dans MON lit et... oh mon dieu... elle s'occupe de ma fille aussi ? Ludo ne m'a rien dit, l'enfoiré...

— Par contre, en ce qui concerne Rose, tu peux être tranquille là-dessus. Martine m'a dit qu'elle ne voulait pas de gamins, et qu'à chaque fois que Rose venait à la maison, elle prétextait des trucs débiles pour passer la semaine ailleurs...

— Voilà autre chose... Et elle ressemble à quoi ?

— À rien, me répond Jess en éclatant de rire...

— Comment ça ?

— Cheveux courts, un mètre douze, quinze kilos, elle a quarante ans mais en paraît au moins cinquante-cinq... bref... ridée, avec une voix rauque de pilier de bar...

— Ah ouais...

— Et en plus, elle est bordélique... et passe son temps à dormir...

— Mais quelle vie...

— Bon, tu me diras pour le gars, là je dois aller chercher le petit à l'école...

Ludovic fréquente une femme. Tant mieux. Au moins, il me lâchera la grappe.

Je viens d'ouvrir ma boîte mail, j'suis contente, j'ai enfin une autre nouvelle positive... Un magazine m'a proposé une entrevue pour devenir journaliste, le magazine est à Paris, mais c'est pour couvrir le Sud, parfait. En plus, grâce à Internet, je peux travailler à distance. À soixante euros le feuillet, je ne vais pas cracher dans la soupe.

SUFFIT JUSTE D'Y CROIRE ET DE SE DONNER LES MOYENS D'Y ARRIVER

Le pote de Jessie m'a appelée avant-hier. Hier après-midi, il a visité la maison et… il est emballé… maison vendue… enfin… bon, me faudra patienter encore trois mois pour toucher l'argent, mais en attendant, ça va me permettre de chercher ma petite maison à moi…

Ludovic est dans une situation délicate, il n'avait pas prévu ce changement. Il avait quand même un an pour se préparer, il n'est absolument pas organisé. Monsieur s'était installé avec sa copine en se disant qu'il aurait encore de longs mois devant lui avant de déménager. Manque de pot, des acheteurs ont fait une offre.

Gilles m'aide à trouver la petite maison qui me conviendra le mieux. Une petite maison avec un petit jardin. Toute en pierres apparentes avec une cheminée et du plancher au sol.

Ce n'est pas parce que Gilles et moi n'habitons pas ensemble que nous nous voyons peu, au contraire. L'avantage de ne pas habiter ensemble, c'est que nous profitons seulement des bons moments. On se retrouve comme de jeunes amoureux, et lorsque nous avons besoin de silence, besoin de nous ressourcer, nous retournons chacun de notre côté dans notre nid douillet.

Depuis quelques jours, je suis journaliste, une «vraie»… J'ai un bon salaire. Je vis mieux.

***

Je m'assois sur mon canapé… Je n'ai pas de télé… Je bois un thé… Rose est chez son père. Je suis seule. Il me faut toujours quelques jours pour m'adapter à ma solitude, quand ma fille s'en va chez papa, la maison me semble si vide. Il n'y a plus de jouets qui traînent dans la salle à manger, plus de biberon dans l'évier…

J'inspire et expire un grand coup. Je souris aux anges… Bordel que je suis heureuse.

Mon téléphone sonne… encore, qu'est-ce que j'suis prise comme meuf…

— Mademoiselle Marie H ?

— Oui, c'est moi-même…

— Éditions KEI. Nous avons reçu votre tapuscrit « VOILÀ, TOUT EST DIT… », et nous serions ravis de vous éditer…

Ça a commencé comme ça, j'évite de m'attarder sur la conversation… Je suis tellement heureuse… Champagne… Une maison d'édition est intéressée par mon roman ; avec les temps qui courent, ce n'était pas gagné… Mais mon histoire parle d'amour, de séparation, de petites choses qui ne font pas tellement réfléchir, mais qui racontent le parcours d'une vie, de ma vie… qui pourrait être la vie de n'importe qui… La maison d'édition est à Paris, du coup, ils vont m'envoyer mon contrat par mail, c'est pratique, la technologie… Je ne m'attends pas à ce que mon bouquin soit un best-seller, mais ça me fait du bien, juste du bien, merci, Éditeur…

Et puis merde, après tout, mon bouquin pourrait être un best-seller, suffit juste d'y croire et de se donner les moyens…

VOILÀ, TOUT EST DIT…

Je ne sais pas comment va évoluer ma vie.

Je ne connais pas mon destin, ni la femme que je serai demain, mais ce que je sais aujourd'hui, c'est que j'ai décidé de faire les choses en fonction de ce que je ressens, pour être heureuse, juste être heureuse.

Je vais connaître les moments d'incertitude, de chagrin, mais aussi le bonheur et la joie d'exister.

Je ne veux pas mourir demain en étant dévorée par les remords et les regrets. Je veux faire les expériences de vie qui me permettront d'évoluer.

Alors, peut-être que je ne serai pas riche, peut être que je vais galérer dans cette jungle humaine, mais chacun de mes choix, bons ou mauvais, me permettra de progresser et de savoir qui je suis vraiment.

Je ne me mets plus de côté, je ne me cache plus. J'ai même perdu du poids. Je ressemble à ce à quoi j'ai toujours voulu ressembler.

J'apprends à faire de moi ma meilleure amie.

Je m'apprivoise, je me connais.

***

Je retourne ma cuisse de poulet. Il n'y a personne d'assis à la table. Il n'y a personne à attendre que le repas soit servi… Il n'y a que ma petite fleur qui me regarde et me sourit… Elle rentre à l'école l'an prochain, ça va me faire tout drôle.

Je me sens libre, libre et indépendante, amoureuse aussi.

***

Gilles m'appelle, il me dit que nous allons partir cet été, en Corse, pendant deux semaines.

L'ENNUI	9
LE MARI	18
ABDICATION	23
LA DISPUTE	28
LE BOULET	33
INTELLO PRÉCAIRE	38
BLASER	44
SOPHIE	48
CÉLIBATAIRE PROVISOIRE	54
N'IMPORTE QUOI	79
LES COPINES	91
TRANSHUMANCE	99
AU BOUT DU ROULEAU	114
DÉCOUCHER	118
SITE DE RENCONTRES	126
VIRTUEL-MOI	137
ALIBI	143
RENDEZ-VOUS	152
FRED	158
MONTPEYROUX	174
VERNON	185
DÉMONS DE MINUIT	200
GILLES	208
RIZ BLANC ET POISSON CRU	223
TOUT ARRIVE À POINT À QUI N'ATTEND PLUS	229
FOULE SENTIMENTALE	236

ET TOUT REPREND SON COURS 242

ET LES JOURS DÉFILENT, LA VIE AVEC 246

BIENVEILLANCE DE MON CUL 253

FÊTES DE FIN D'ANNÉE 260

SAINT-VALENTIN 264

QUEL BEAU BÉBÉ 269

UN AN PLUS TARD 272

EXCURSION À MON-PÉROU 279

DÉCISION 289

AINSI VA LA VIE… 301

AÏE 303

GALÈRE 306

DIVORCE 310

INDÉPENDANTE, AMOUREUSE ET HEUREUSE 313

SUFFIT JUSTE D'Y CROIRE ET DE SE DONNER LES MOYENS D'Y ARRIVER 316

VOILÀ, TOUT EST DIT… 318

À découvrir dans la collection Romance Addict

Cœurs de Soldats
Tome 1 : Parce que c'est toi…
Tome 2 : Je te promets…

de Bella Doré

Doutes
Tome 1 : La part des anges
Tome 2 : L'ivresse assassine

de Zéa Marshall

Coup de foudre à Saint-Palais

d'Angélique Comte

Plumes à Plume

de Nathalie Sambat

Les chocolats ne fondent pas à Noël, les cœurs oui !

Collectif de nouvelles

Les glaces fondent en été, les cœurs aussi !

Collectif de nouvelles

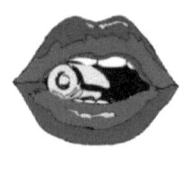

Addictive, acidulée, sexy, passionnée.
Une collection inédite, originale.
Elle se décline en 3 styles :
Romance, Sexy Romance et Dark Romance.

Retrouvez nos auteur(e)s, nos nouveautés, nos actualités sur la page Facebook de Romance Addict

Découvrez les autres collections de JDH Éditions

Magnitudes

Drôles de pages

Uppercut

Nouvelles pages

Versus

Les collectifs de JDH Éditions

Case Blanche

Hippocrate & Co

My Feel Good

F-Files

Black Files

Les Atemporels

Quadrato

Baraka

Les Pros de l'Éco

Sporting Club

L'Édredon

La revue littéraire de JDH Éditions

Venez découvrir les textes de la revue

**Textes et articles dans un rubriquage varié
(chroniques, billets d'humeur, cinéma, poésie…)**

Suivez **JDH Éditions** sur les réseaux sociaux
pour en savoir plus sur les auteurs,
les nouveautés, les projets…

Inscrivez-vous à notre Newsletter sur
www.jdheditions.fr
Pour recevoir l'actualité de nos nouvelles
parutions